U0727979

大河湾

〔英〕V.S.奈保尔 著

方柏林 译

V. S. Naipaul

南海出版公司

新经典文化股份有限公司
www.readinglife.com
出　品

献给我珍爱的友人：

纳迪拉·K.阿尔维、南希·斯拉德克

安德鲁·怀利和乔迪·格雷格

目　录

第一部
第二次反叛

1

世界如其所是。那些无足轻重的人，那些听任自己变得无足轻重的人，在这个世界上没有位置。

纳扎努丁把他的小店低价卖给我，他觉得我接手后不会有好日子过。和非洲其他国家一样，这个国家独立后又经历了动乱，那个处在大河河湾处的内陆小镇几乎荡然无存。纳扎努丁说，我得从头开始。

我开着我的标致车从海岸出发。如今，你可以从东海岸一路开到非洲腹地，但那时候可没有这么简单。沿途好多地方封闭了，或者充满血腥。当时公路多多少少还是开放的，即便如此，我还是跑了一个多星期。

问题不只是路上的流沙和泥泞，以及蜿蜒狭窄、时有时无的盘山公路。更要命的是边境哨所的种种行径，是森林里小木屋外面的讨价还价。木屋上面飘扬着古里古怪的旗帜。我不得不费尽口舌和那些持枪的人说好话，求他们给我和我的标致车放行——穿过一片树丛，紧接着又进入一片树丛。然后得费更多口舌，掏更多钞票，送出更多罐头食品，才能把我的标致车开出我费了九牛二虎之力才进入的地方。

有时候这样的交涉要花掉半天时间。他们头儿的要求有时很荒谬，比如张口就要两三千美元。遇到这种情况，我会一口拒绝。他就钻进自己的木屋，好像没什么可谈的了。我只好在外边游荡，因为也没有什么事可做。这样相持一两个钟头后，或者我钻进木屋，或者他从木屋里钻出来，我们最终以两三美元成交。纳扎努丁说得没错，我问他签证的事，他说钞票更管用。"这种地方进是进得去，难就难在怎么出来。那是一个人的战斗。怎么个解决法，就得看各人自己的神通了。"

进入非洲越深——放眼处，或灌木丛生，或沙漠连绵，或山路崎岖，或湖泊纵横；午后时常下雨，道路一片泥泞；而在山的阴面，则长满蕨类植物，猩猩出没其间——进入越深，我就越是觉得："真是疯了。我走错了方向。走到头也不可能有新的生活。"

想归想，我还是继续往前开。每天的旅程都像是一大成就，有了这成就，想回头越来越难。我不禁联想起旧时的奴隶，他们的情形也是这样。他们走过同样的路，当然，他们是徒步，反着方向，从非洲大陆的中心走向东海岸。离开非洲的中心和自己的部落越远，就越不容易溜出队伍逃回家，看到周围陌生的非洲人就越感到紧张。最后到了海岸的时候，一个个都没了脾气，甚至迫不及待想要跳上船，被带到大洋彼岸安全的家园。我就像那些离家远走的奴隶，巴不得早一点儿到达目的地。旅途越是艰辛，就越想着快点儿赶路，好去拥抱新生活。

到了目的地，我发现纳扎努丁并没有说假话。这地方的确遭到了动乱的洗劫，这个河湾小镇已经被糟蹋得面目全非。河水湍急处原本是欧式郊区，我到的时候早已夷为平地，废墟上长满了灌木，原来的花园和街道都分辨不出来了。只有码头和海关办公楼一带的行政和商业区，还有镇中心的一些居民街道幸免于难。再没有什么了。连那些非洲人聚居的城区也空了，只有角落里还有人居住，其他地方一派衰败。很多被遗弃的水泥结构的房子像一个个矮墩墩的盒子，有的淡蓝色，有的淡绿色，上面爬满了长得快死得也快的热带藤蔓，如同一层层褐绿色的席子。

纳扎努丁的小店就在商业区的一个集市广场上。店里有股老鼠味，到处都是粪便，不过还算完整。我把纳扎努丁的存货也买下来了——但实际上什么也没买着。我还买了他的良好祝愿——但毫无意义，因为很多非洲人回到丛林里，回到安全的村庄里去了，这些村庄分布在隐蔽的、难以发现的溪流边。

急匆匆地到了这里，却没什么事好做。不过像我这种情况并非个例，还有别的商人和外国人，有的整个动乱时期一直在这里。我和他们一起等待。和平局势持续下来，人们开始返回镇上，城区^①的院落渐渐充实起来。人们开始需要我们能够提供的商品。就这样，生意又慢慢做起来了。

扎贝思是我店里最早的常客之一。她是个小贩——算不上商人，只是个小打小闹的零售贩子。她来自一个渔民群落，可以说是个小部落。她大约每月到镇上跑一趟，批发一些货物回村。

她从我这里采购铅笔、抄写本、剃须刀片、注射器、肥皂、牙刷、布匹、塑料玩具、铁壶、铝锅、搪瓷盘子和盆子。这就是扎贝思的渔民乡亲需要从外面购买的一些简单的东西。动乱期间，他们没有这些东西也照样过来了。它们不是必需品，也不是奢侈品，不过有了它们，生活会方便些。这里的人会很多事情，凭自己的双手就能生活。他们会鞣皮革，会织布，会打铁。他们把大树挖空做成小船，把小树挖空做成厨房里用的研钵。不过，要是想有个不会弄脏水和食物也不漏的容器，一个搪瓷盆子是多么令人满意啊！

扎贝思十分清楚村子里的人需要什么，知道他们能出多少钱，愿出多少钱。海岸的商人（包括我父亲）经常说——特别是进错了东西自我安慰的时候——任何东西最终都会有人买。这里却不是这样。大家对

<hr />

①原文为法语。本书中出现的法语除特殊情况外，均直接译为中文，采用仿宋字体。

新东西甚至现代化的东西感兴趣，比如注射器，这挺让我吃惊。不过，他们的口味有些先入为主，拘泥于头一次接受的东西。他们只相信固定的样式，固定的商标。我要是向扎贝思"推销"什么，那也是徒劳。我只能尽量进些他们熟悉的货物。这生意做起来有些乏味，不过倒也省事。这使扎贝思成为一个不错的商人，很直接，通常对一个非洲人来说，她的确是这样。

扎贝思是文盲。她把复杂的采购清单都记在脑子里，她甚至记得上次采购的价格。她从来不赊账，她讨厌赊账。每次买东西她都从小手提包里掏钱出来，现货现付。每次进城她都拎着那个手提包。每个商贩都知道扎贝思的手提包。她不是不信任银行，而是根本不了解。

我和她谈话用的是混合了南腔北调的河边语言，我告诉她："有一天，贝思，有人会把你的包抢走。你这样带着钱到处跑不安全啊。"

"到了发生这种事情的时候，萨林姆爷，我就会知道该待在家里。"

这种思维很奇怪，不过她本来就是个奇怪的女人。

"爷"是"老爷"的简称。她叫我"老爷"是因为我是外国人，是大老远从海岸过来的，而且说英语。还有，叫我"老爷"是为了把我和其他外国居民区分开来，她叫他们"先生"。当然，这都是"大人物"到来之前的事情。他一来，就把我们通通变成了"公民"。开始还没问题，不过后来他让我们生活于其中的那套谎言叫老百姓搞不明白了，害怕了。然后出现了比大人物的神物更厉害的神物，他们就决定把这一切都做个了断，恢复原状。

扎贝思的村子离这里只有六十英里左右，不过离公路——就是条羊肠小道——还有一些距离，离主河道也颇有几英里路。不管是水路还是陆路都不好走，得花上两天时间。如果雨季走陆路，甚至要三天时间。一开始，扎贝思总是从陆路过来，和她手下那帮妇女一起跋山涉水，来到公路上，等着马车、卡车或者大巴车。后来汽船恢复航行了，扎贝思就从水路过来，但这也好不到哪里去。

从村里伸出来的秘密河道既狭窄又艰险，还有很多嗡嗡叫的蚊子。扎贝思和她手下的女人们乘着独木舟，有时用篙撑，有时用手推，想方设法赶到主河道。到了那里，她们就在岸边等着汽船来。她们的独木舟里装满了货，大多数是食物，要卖给汽船和拖在汽船后面的驳船上的乘客。食物主要是鱼和猴肉，有的是新鲜的，有的是"烘焙"的，烘焙是乡下的一种熏法，一般都熏得焦黑，外边结了一层黑壳。有时她们会捎上一条熏蛇，或是熏小鳄鱼，黑乎乎的一块，根本看不出来是什么东西。不过扒开焦煳的外壳，里面的肉倒是白白嫩嫩的。

汽船和拖在后面的驳船一出现，扎贝思就和她手下的女人们划着桨，撑着篙，赶到河中央，靠近汽船的航道，顺着水流往下漂。汽船过去了，独木舟在浪花中不住地颠簸。独木舟和驳船靠近的时刻非常关键，扎贝思和她的女助手们迅速抛出绳子，套到驳船下层的钢甲板上，那上面总会有人接住绳子，拴在舱壁上。独木舟本来是挨着驳船往下漂的，被拴住后开始调转方向。这时候，驳船上的人把纸票子或者布料扔下来，落在他们要买的鱼肉和猴肉上。

汽船或驳船开过的时候，把独木舟拴在上面来搭顺风船，这种做法在大河上是被认可的，不过风险很大。河道有上千英里，汽船每跑一趟，都有舟毁人亡的传闻。不过这种风险值得一冒：接下来，小贩扎贝思就跟在汽船后面，轻轻松松地逆流而上，一直到小镇边上。在离码头不远的大教堂废墟旁，她把独木舟解下来。她不想直接停靠在码头上，那里有当官的，总想收点什么税。这趟路真不容易！为了卖出一些简单的土特产，给乡亲们捎点货回去，得经历多少麻烦和危险！

汽船到来前一两天，码头大门外的空地上摆开了集市，搭起了帐篷。扎贝思在镇上的时候，就待在帐篷中。要是下雨，她就睡在杂货店或者酒吧的走廊上。后来镇上开始有了非洲客栈，她就到客栈去住。她到我店里来的时候，根本看不出她曾经跋山涉水，一连几天露宿在外。她总是穿得整整齐齐，身上按非洲的样式裹着棉布，褶皱层层叠叠，显出她臀部的肥大。她头上包着头巾，是河下游的那种样式。她拎着手提包，里面塞着皱巴巴的票子，有的是乡亲们给她买货的，有的是在汽船或驳船上卖东西的所得。她买货，付款。汽船开走前的几个钟头，她手下的女人们会赶过来把货搬走。那些女人身材矮小瘦削，头发稀疏，身上穿着破破烂烂的工装。

顺流而下就快多了。不过危险依然存在，又得把独木舟拴在驳船上，最后又得解开。那时候，汽船下午四点离开小镇，所以到深夜，扎贝思和她手下的女人们才能到达和驳船分开的地方。扎贝思总是小心翼翼，不让人发现通往村子的入口。同驳船分开后，她会一直等汽船、驳船和船上的灯光全部消失，才和女人们一起撑着篙往上游走，或者顺流而下，进入回村的秘密河道。然后，她们撑的撑，推的推，连夜往回赶。河道两边枝桠横曳，每前进一步都很艰难。

连夜赶回家！我到了夜里很少在河上。我一点儿也不喜欢这样，这会让我感到仓皇无主。在大河上和森林里，天黑后，除了能看到的东西，你对什么都没有把握。即便有月光，也看不清多少东西。要是弄出点儿声音，比如把桨轻轻伸进水里，你就会听到自己的声音，感觉自己像是另外一个人。河流和森林就像鬼魂，它们比你强大多了。你会感觉自己孤单无助，仿佛是私闯进来的。

到了白天——尽管天色可能暗淡瘆人，湿热的雾气升腾起来，有时会让人想起冷天——你可以想象小镇重建并扩张的情形。想象森林被铲除，修起了马路，穿过溪流和沼泽。想象这片土地成为今天的模样："大人物"后来说过，要沿着河流建一个长达两百英里的"工业园"。（其实他并不是认真说的。他只想扮成这块土地上有史以来最伟大的魔法师。）不过，在白天，那种未来远景还是可以想一想的。你可以想象这片土地被驯化了，变得适合你这样的人居住。独立前有一部分土地被驯化过，但这些地方现在已经是满目疮痍。

但要是夜里到河上去，情况就大不一样了。你会觉得这片土地把你带回到某些熟悉的东西，这些东西你过去了解，只是后来忘记了，忽略了，但它们一直没有消失。你会觉得这片土地把你带回到一百年前，带回到某种亘古不变的状态。

扎贝思走过的是什么样的路啊！好像她每次都是从藏身的地方出来，从现在（或未来）抢回一些宝贵的货物，带给她的乡亲——比如那些剃须刀片，她从包装盒里取出来一片一片地零卖，金属制作的奇迹！离小镇越远，离渔村越近，这些货物就越珍贵。扎贝思的渔村是实在的、安全的世界，有森林和障碍重重的河道防护着，外人无法闯入。她的渔村还有其他防护措施。这里人人都知道祖先在上面看着他。祖先们永远不死，他们就住在天上，他们在世上的经历从未被遗忘，而是一直保留了下来，和森林之魂合为一体。森林深处最安全。扎贝思把这安全抛在身后去进货，然后又回归这安全的所在。

人们都不喜欢离开自己的领地。但扎贝思却无所畏惧地在外边跑。她拎着手提包来，拎着手提包走，没有人找过她麻烦。她是个不同寻常的人。从长相上看，她不像这一带的人。这里的人身材瘦小，皮肤很黑。而扎贝思身材高大，皮肤呈铜色。那铜色有时候会闪闪发亮，特别是脸颊那里，看起来就像涂了什么化妆品。扎贝思还有其他一些不平凡的地方。她的气味很特别。很浓，很难闻，一开始我想这可能是鱼腥味，因为她来自渔村，天长日久，身上的腥味变得难以消除了。后来我又想，这可能和村里没什么东西可吃有关系。但是，我遇到扎贝思部落里的人，发现他们的气味不同于扎贝思。非洲本地人都能感觉到她身上的气味。他们走进店里的时候，如果扎贝思也在，他们就会皱起鼻子，有时甚至会走掉。

梅迪说——对了，梅迪是有一半非洲血统的男孩，在我们海岸的家里长大，现在跑到我这儿来了。梅迪说扎贝思身上的味道太浓，浓得蚊子都不来咬她。我寻思这可能是男人不敢靠近扎贝思的原因。其实扎贝思很肉感，而这里的男人都喜欢肉感的女人。而且她还拎着手提包跑来跑去。扎贝思还没有成家，据我所知，她也没有和男人住在一起。

这气味本来就是为了不让人靠近的。梅迪对本地风土人情掌握得挺快。我就是从他那儿了解到，扎贝思是个魔法师，在这一带还小有名气。她身上的气味是防护油膏的气味。别的女人用各种香水来吸引人，扎贝思却用防护油膏来驱赶和警告别人。她处在保护之中。她知道这一点，别人也知道。

我一直把扎贝思当成小贩和好顾客。现在我知道她在这一带是个拥有权能的女人，是女先知，这一点我永远忘不掉。所以她的魔力对我也发挥作用了。

2

　　非洲是我的故乡，我们家族几个世纪以来都生活在这里。不过我们属于东海岸，这就有所不同了。海岸那里不能算地地道道的非洲。那是一个阿拉伯人、印度人、波斯人、葡萄牙人混杂的地方，这里的居民其实是印度洋人。真正的非洲在我们身后，连绵许多英里的丛林、沙漠把我们和内陆的非洲人分隔开来。我们把目光投向东方——阿拉伯、印度、波斯。我们和这些地方的人做生意，我们的祖先也是从这些地方来的。不过我们不能说自己是阿拉伯人、印度人或波斯人。和这些地方的人比较起来，我们感觉自己是非洲人。

　　我生在一个穆斯林家庭，我们是一群特殊的人，不同于阿拉伯人和非洲海岸的其他穆斯林。就习俗和生活态度而言，我们更接近于印度西北部的印度教徒，我们的祖籍就在那里。到底是什么时候从那里迁过来的，没有人能告诉我。我们不是那种人。我们只是活着，守着本分，沿袭着先人的活法。我们从来不问为什么，从来不记录。在内心深处，我们知道自己的民族很古老，但我们好像没有办法测算时间的流逝。我父亲和祖父讲故事的时候都不会说出时间。这并不说明他们忘了，或者搞不清楚。在他们看来，过去就是过去。

记得祖父说过，他曾经把满满一船奴隶当成橡胶来运。他无法告诉我这是什么时候的事情，它只是在他的记忆当中飘来飘去，没有日期，也没有背景。祖父并没有把它作为一桩恶行、恶作剧或玩笑来讲，他只是觉得这是他做过的一件不同寻常的事——不寻常的地方不在于运送奴隶本身，而在于把奴隶当成橡胶。要不是我还记得老人说过这故事，这段往事就永远石沉大海了。后来我看了书，才知道橡胶贸易在第一次世界大战之前是项大买卖，后来又成了中非的大丑闻。祖父想必是在橡胶成为大买卖的时候了解到"橡胶"这个概念的。这些事实我后来都了解了，祖父却一无所知，也不感兴趣。

非洲有过一阵动荡期，阿拉伯人被扫地出门，欧洲势力迅速扩张，非洲大陆被瓜分殆尽。祖父说的往事是我听到的唯一一个关于那个时期的家族故事。我们就是这个样子。我们自己的历史以及印度洋的历史，我都是从欧洲人写的书上了解到的。我可以说我们的阿拉伯人当年曾是伟大的冒险家和作家，我们的水手在地中海张起三角帆，为后来发现美洲大陆做了铺垫；我可以说印度导航员带着达伽马从东非航行到卡利卡特①；我也可以说"支票"一词最早的使用者就是我们的波斯商人。之所以能说出这些，是因为我看过欧洲人写的书。但这一切都不在我们自己的知识范围内，也不能引发我们的自豪感。我觉得，如果没有欧洲人，我们的过去会被冲刷掉，就好像镇外沙滩上渔民的足迹。

那片沙滩上有一处围场，墙是用砖砌起来的。在我还小的时候，那里就是废墟了。热带非洲的建筑都不长久，所以围场也算是珍贵的历史遗迹了。贩运奴隶的商队从内陆赶到这儿，把奴隶们悉数关在围场里，等着单桅帆船来带他们漂洋过海。要是你不知道这情况，围场就什么也

---

① 印度西南部港市。

不是，只不过是摇摇欲坠的四面墙，出现在以沙滩和椰子树为背景的明信片上。

阿拉伯人曾经统治过这地方，后来欧洲人来了，现在欧洲人又打算离开了。但是不管怎么变，人们的举止和思想都没什么改变。岸边渔船的船首仍旧画着象征好运的大眼；渔夫看到游客拍摄他们仍旧会怒气冲冲，几欲杀人，因为他们相信相机会摄走他们的灵魂。人们照旧过着日子，过去和现在之间并无断裂，而过去发生的一切都随风而逝。永远只有现在。这就好比天上出了什么问题，以至于曙光总是一出现又立刻回归黑暗，人们只好一直生活在拂晓。

东海岸的奴隶制和西海岸有所不同。不会有人被贩运到种植园。从东海岸离开的人大多去了阿拉伯人家里当仆人。有的变成了他们服务的家庭的成员。有几个甚至凭一己之力成了有权有势的人。非洲人是森林的孩子，他们走了几百英里路，从内陆出来，远离自己的村子和部落，进入外国人家里，受他们的保护，总比孤零零地落在陌生且有敌意的非洲人中间强。因为这个原因，虽然欧洲国家很早就禁止蓄奴了，贩运奴隶的交易仍未停止。当欧洲人在做一种橡胶生意时，祖父偶尔还会做做另一种"橡胶"生意。也是因为这个原因，秘密的奴隶交易在东海岸屡禁不绝，一直到不久以前。奴隶和可以称为奴隶的人都想维持原状。

我们家的大院里，住着两个奴隶家庭，他们已经至少连续三代住在我家了。他们最不愿意听到的事就是让他们离开。这些人的正式身份是仆人，但他们希望别的人——比如其他非洲人、贫穷的阿拉伯人和印度人——知道他们其实是奴隶。这并不说明他们以身为奴隶为荣，他们引以为豪的是他们和名门望族有联系。要是他们觉得你比不上这些人家，他们就会对你很粗鲁。

我还小的时候，老仆人穆斯塔法常带着我沿着旧城区的小巷散步。小巷狭窄幽深，两边的墙刷成白色。穆斯塔法给我洗澡，把我穿得整整齐齐，在我的眼睛周围涂上墨粉，在我的脖子上挂上幸运符。然后，他让我骑在他肩膀上。我是这样散步的：穆斯塔法把我架在肩膀上炫耀着，炫耀着我们家族的价值，炫耀着他在我们家受到的信任。有些孩子故意嘲弄我们，遇到这些孩子，穆斯塔法就把我放下来，怂恿我骂他们，他自己也骂。有时还怂恿我和他们干架。要是我招架不住，可能要受这些孩子的拳打脚踢，他就把我抱起来，重新架到自己肩膀上。然后，我们继续散步。

说了这么多穆斯塔法、阿拉伯、单桅帆船和奴隶，好像我是在讲一个《一千零一夜》里的故事。不过，当我想起穆斯塔法，甚至当我听到"奴隶"一词时，我想的是我们家那个肮脏的大院子。那里既像学校又像后院：到处都是人，总是有人在扯着嗓子叫，许多衣服晾在绳子上，铺在漂白石上；漂白石的酸味混合着茅坑的臭味，以及角落里用东西围起来的小便处散发的骚味；院子中间的冲洗池里堆着肮脏的瓷碟子和铜盘子；孩子们到处跑来跑去，熏得黑乎乎的厨房里总有人在做饭。我想的是一群吵吵闹闹的女人和孩子，想的是我的姐姐们和她们的家庭，以及女佣们和她们的家庭，两边显然争执不断。我想的是我们屋子里的争吵，以及仆人们比赛似的争吵。小小的院子里挤了太多人。我们不想把那些人都赶到仆人的住处。他们都不是一般的仆人，不可能把他们赶走，我们和他们拴在一起了。

这就是东海岸的情形。奴隶们在不止一个方面反仆为主。住在仆人屋里的人不再是纯粹的非洲人。家里人不肯承认，但他们身上不知什么时候已经混入了亚洲人的血，有可能混了好多次了。穆斯塔法的血管里就流着印度古吉拉特人的血。梅迪也是，这小伙子后来横贯大陆跑到我身边。不过，这种混血是主人的血混到仆人身上。而在海岸的阿拉伯人中情况恰恰相反，仆人的血淹没了主人的。作为主人的阿拉伯种族其实已经消失了。

阿拉伯人原本是伟大的探险家和战士，他们一度是统治者。他们深入大陆腹地，建造城镇，在森林里种植果树。后来他们的势力被欧洲人打破，他们的城镇和果园一起消失了，被丛林所吞噬。他们不再惦记自己在世上的位置，不再有闯劲。他们忘了自己是谁，从哪里来。他们只知道自己是穆斯林，按着穆斯林的风俗，接二连三地娶老婆。到了后来，他们和阿拉伯半岛的渊源断了，只能娶非洲女人，而在以前，非洲女人只能做他们的仆人。所以，没过多久，阿拉伯人和自称阿拉伯人的人同非洲人就难以区分了。他们对自己原来的文明几乎一无所知。他们还看《古兰经》，还遵守《古兰经》上的律法，还穿着特定样式的衣服，戴特定样式的帽子，蓄着特定样式的胡须，仅此而已。他们不知道祖先在非洲都做过什么。他们只是沿袭着权威的习惯，却没有与之相应的精力和教育。阿拉伯人的权威在我小的时候还真真切切，到后来就退化成单纯的习俗，一阵风就能把它吹走。这个世界就是这样。

我为阿拉伯人担忧，也为我们自己担忧。因为就权势而言，阿拉伯人和我们差不多。我们都生活在大陆边缘，都是生活在欧洲国旗之下的小群体。小时候我在家里从来没有听到过有人讨论我们自己以及海岸的未来。大家似乎觉得一切都会延续下去，结婚照旧得门当户对；生意和贸易会继续开展；非洲对我们来说同以前一样。

我的姐姐们是按照传统方式结婚的。大家觉得我到了时候也会结婚，把家族的香火传下去。不过，当我还是一个在上学的小孩时，我就觉得我们的生活方式过时了，快到头了。

一些小事物能够启发我们新的思维方式。给我启发的是本地的邮票。英国执政当局发行了很多漂亮的邮票，上面画的都是本地的风土人情。其中有一张邮票叫作"阿拉伯独桅帆船"。这些邮票里好像有一个外国人的声音："这地方最吸引人的就是这东西。"要不是看过独桅帆船的邮票，我会对这种船习以为常。由于这些邮票，我开始注意它们，每次看到它们被拴在码头，我都会觉得那是这一带特有的东西，有些古怪，外国人看了会评论，而且不太现代，绝对不像停泊在现代码头的那些大客轮和货船。

所以我很早就养成了观察的习惯。我尽量从熟悉的情景中跳脱出来，从一定距离之外打量它。正是由于这种观察习惯，我发现我们这个群体已经落伍了。从此我就有了一种不安全感。

我以前认为这种不安全感是个弱点，是我性格的缺陷，被人发现了我会感到难为情。我总是把我对未来的想法埋在心底。这在我们家的宅院里不难办到：我说过，这里从来没有人讨论政治之类的东西。我们家的人不傻。我父亲和他的弟兄都是做生意的。他们照自己的方式跟随时代的步伐。他们审时度势，敢于冒险，有时候胆子还很大。但他们过多地陷在自己的生活里，不能退一步来考虑生活的本质。他们只是本分地活着，要是时运不济，他们就从宗教中寻找安慰。这不是听天由命，而是他们坚信人类的一切努力都虚妄无益。

我永远达不到这个高度。我的悲观和不安全感更世俗化，我不像家里人那样有宗教意识，我的不安全感也是因为没有真正的宗教归属造成的，它就像是对我们信仰中那种崇高的悲观主义做了一点改变，这种悲观主义能促使人做出异乎寻常的事。我比较物质，追求中庸，力求在生活和超脱之间找到平衡，不安全感正是这一切的代价。

如果说我对我们在海岸的处境的不安全感是性情造成的，那么发生的事情没有一件能让我平静下来。非洲这一带的局势开始急剧变化。北方一个内陆部落发动了血腥叛乱，英国人好像没办法把他们镇压下去。在别的地方，起义和暴动也此起彼伏。虽说疑病生病，但我认为我的这种感觉也并不完全是我的紧张情绪造成的：我们所熟悉的政治体制已经到头了，会为新的制度所取代，而新的制度也不会好到哪里去。我害怕谎言——黑人套用白人的谎言。

欧洲让我们这些生活在东海岸的人了解了一些自己的历史，我认为，欧洲人也教会了我们说谎。欧洲人到来之前，关于自己，我们那一带的人从不说谎。这并不是因为我们思想高尚，我们不说谎的原因是我们从来不评价自己，没什么谎好说的。我们这些人安守本分。欧洲人却能说一套做一套。他们这样做是因为自认对欧洲文明有亏欠。这是他们相对于我们的最大优势。欧洲人和其他人一样想要黄金和奴隶，同时又要给自己脸上贴金，说自己给奴隶带来了好处。欧洲人头脑聪明，精力旺盛，在他们势力的全盛期，他们能把欧洲文明的两面都表现出来，奴隶到手了，脸上也贴金了。

欧洲人能够评价自己，所以和我们比起来，更有办法应付变化。我把欧洲人和我们自己作了比较，发现我们在非洲已经无足轻重，也创造不了什么价值。欧洲人正打算离开，或者参加战斗，或者和非洲人狭路相逢。我们却还在盲目地因循守旧。到了这最后关头，我们家和我所知道的其他人家还是没有人讨论政治。大家都回避政治话题，我发现我也在回避。

我每周到朋友因达尔家的球场打两次壁球。因达尔的祖父原来是印度旁遮普邦的人，后来到这里的铁路上当契约劳工。这位来自旁遮普的老人混得很不错。契约到期后，他就在海岸这里定居下来，成了集市放贷人，向集市店主提供贷款，每次二三十先令。有些店主缺乏周转资金，要依靠这种小额贷款来进货，第一周贷了十先令，到了下一周就要还十二到十五先令。这种生意说不上有多光彩，不过如果人活络（而且手腕硬），一年内资本可以翻很多倍。怎么说呢？这是一种服务，一种谋生手段。也不只是谋生手段。因达尔家发了，成了有实无名的商业银行家：他们投资兴办了一些小公司，发展得不错。他们还投资贸易，同印度人、阿拉伯人和波斯湾的人做起了生意（就像独桅帆船的邮票所反映的那样）。

因达尔家是个大宅院，地上铺了柏油。主楼在最里面，院子两边有些小一点儿的房子，喜欢独门独户的家人住在里面。其他房子是给仆人住的（严格意义上的仆人，能请来，也能送走。不像我们家的那些仆人，赶都赶不走）。还有球场。所有这一切都围在涂成朱红色的高墙内，正门有门房守着。这座大宅院坐落在新城区，在我眼中要多高级有多高级，要多安全有多安全。

有钱人总不会忘记自己有钱：我看因达尔不愧是放高利贷者或曰金融家的儿子。他长相英俊，注重仪表，略显柔弱，表情看上去总是一本正经。在我看来，这种表情表示他很在乎自己的财富，也反映出他对性的焦虑。我想他是个暗地里喜欢寻花问柳的人，又总是害怕被人发现，也怕染上花柳病。

因达尔已经开始担心体重了，所以和我一起打球。打完后，我们一起喝冰冻橙汁和热红茶。他告诉我他要离开了。他要去英国上一所著名的大学，要在那里读三年书。因达尔和他家里人都是这个样子，喜欢用随意的口吻宣布重大消息。这消息让我有些郁闷。因达尔可以做他想做的事，不单单是因为他有钱（我总觉得出国留学没有一大笔钱是办不到的），还因为他在本地的英文大学里一直念到十八岁。而我到十六岁就不念了，不是我不聪明，也不是我不想接着念，只是我们全家没有一个人过了十六岁还待在学校。

我们坐在球场阴凉处的台阶上。因达尔用他那种平静的口吻说："你知道，我们在这儿搁浅了。要想在非洲站稳，不强大不行，但我们并不强大，我们连自己的旗帜也没有。"

他把不能说的话给说出来了。他话一出口，我顿时觉得宅院的高墙毫无用处。我所见到的一切是他们家两代人经营起来的，我为他们的徒劳感到悲哀。因达尔的话一出口，我就觉得自己能进入他的思想，看到他看到的东西——这宅子的富丽堂皇只是虚张声势：大门也好，门房也好，都挡不住真正的危险。

我听懂了他的话，但是我不动声色。我的表现和别人一样——这些人不承认我们这里正在发生变化，他们这种姿态曾经让我哀其不幸，怒其不争。因达尔接着问："你打算怎么办？"我就像没有看到问题的存在一样，回答说："我会留下来做生意。"

这根本就不是真的，我的感受恰恰相反。但我发现，当问题摆在我面前的时候，我却不肯承认自己孤立无助。我本能地采取了我们家人的态度。不过我的宿命感是假的，我其实很在乎世俗的一切，我什么也不肯放弃，我能做的也只是躲避事实真相而已。发现自己是这个样子，穿过炎热的小镇回家时，我觉得很烦躁。

下午的阳光照耀在发软的黑色柏油路和高高的芙蓉树篱上。一切都那么平淡无奇。不论是熙熙攘攘的人群，还是破败的街道，或是没有装饰的高墙之间的小巷，都还没有什么危险。但这地方我实在待不下去了。

我的房间在我们家的楼上。我回去的时候，灯还亮着。我从上面俯视我们的宅院，看到了附近院落和空地上的树木和绿地。姊姊正在喊她的一个女儿：好像是白天拿出去用石灰擦洗的铜瓶没有拿回来。看着这个掩在墙后的虔诚的女人，我突然发现她对铜瓶的关注是多么琐屑。粉刷成白色的墙是多么单薄，比沙滩上奴隶围场的墙还要单薄，能给她提供的保护实在是少得可怜。她太脆弱 —— 她的为人，她的宗教，她的风俗，她的生活方式，全是脆弱的。多少年来，这个吵吵闹闹的院子有自己的生命，有自己的天地，怎能不叫人习以为常？又怎会有人驻足询问到底是什么给我们提供了庇护？

我还记得因达尔投向我的既鄙视又愤怒的目光。我当时就下了决心。我要远走高飞。我保护不了别人，别人也保护不了我。我们不能保护自己。我们只能用各种方法回避现实。我要离开我家的宅院，离开我周围的人群。和他们绑在一起，自欺欺人地和他们一起过日子，只会跟着走向灭亡。我只有独立出来，才能驾驭自己的命运。过去的一股历史潮流把我们带到这里，这段历史我们已经忘记，只存在于我后来看到的欧洲书籍中。我们按自己的方式生活，做我们应该做的事，我们敬拜神，服从神的诫命。但现在，用因达尔的话来说，新的历史潮流就要到来了，将把我们全部冲走。

我不能再听天由命。我不想因循传统做个好人，我想干一番事业。但怎么做呢？我可以奉献什么？除了家里传给我的非洲贸易技能之外，我还有什么才干和本领呢？焦虑噬咬着我。纳扎努丁提出把他的店铺和生意转让给我，我立刻如获至宝地接受了。他的店铺在一个遥远的国家，但还在非洲大陆上。

在我们中间，纳扎努丁算是外乡人。他和我父亲年龄相仿，但看上去比父亲年轻，而且更见多识广。他打网球，喝葡萄酒，说法语，戴墨镜，穿西服——西服的翻领很宽，翻领的顶端微微向下。他在我们中间以欧化风度而著称（不过我们有时也在背后嘲讽他两句）。他从来没有去过欧洲，那些欧化举止并不是在欧洲学的，而是在非洲中部一个小镇上学的。他在那镇上住过，在那里有自己的生意。

很多年前，纳扎努丁一时兴起，把海岸的一些生意停掉，开始往内陆跑。非洲各殖民地的边界使得他的活动多了一层国际化色彩。不过，纳扎努丁也只是沿着原来阿拉伯人的贸易路线往内陆走，到了大陆中部大河的那个转弯处就不再前进了。

那是阿拉伯人上世纪到达的最远的地方。他们在那里遇到了从另一个方向赶来的欧洲人。但对欧洲人来说，跑到这里不过是牛刀小试，而对中非的阿拉伯人来说，已经是竭尽全力了。驱使阿拉伯人深入非洲的那股干劲在其源头已经熄灭，他们的势力就好比星星的光，星星已经死亡，而它的光还在继续前行。阿拉伯人的势力已经消失了。河湾兴起了一个欧洲的而非阿拉伯的小镇。纳扎努丁不时从这个小镇上回到我们中间，把乡乡的举止、品位和各种商业成功的故事带回来。

纳扎努丁是外地人，但和我们的社区难解难分，他要在我们这里给儿子娶媳妇，给女儿找婆家。我一直都知道，他看中了我，想把一个女儿嫁给我，这情况我早已知晓，所以也没有什么难为情的。我喜欢纳扎努丁。我喜欢他来串门，喜欢和他说话，喜欢他坐在我们楼下客厅或者走廊谈论远方的奇闻逸事时表现出来的异乡派头。

纳扎努丁是个热情饱满的人。他喜欢他做的每件事。他喜欢他买的房子（总是物超所值）、他选的饭店、他点的菜。他事事顺心，他常说起他接连不断的好运，要不是他擅长描述，这些运气会让听的人受不了。他让我渴望做他做过的事，去他去过的地方。他成了我的榜样。

除了这些，纳扎努丁还会看手相，他只能在情绪好的时候看，所以大家都很重视他的解读。我十多岁的时候让他看过，他说我的手相很不寻常，因此我很尊重他的判断。他后来还不时给当初的解读增添一点儿新内容。有一次我记得特别清楚：他坐在摇椅上，在地毯边缘和水泥地之间晃来晃去。他突然中断正在说的话题，要我把手伸给他看。他摸了摸我的指尖，弯了弯我的指头，看了看我的手掌，然后把我的手放开。他想了想他刚才看到的情况——他总是停下来思考他看到的情况，而不是一直盯着我的手掌看。接着他说道："你是我见过的最可信的人。"这话我听了并没有什么欣喜的感觉。因为他好像并没有给我指出一条人生道路。我问他："你会给自己看手相吗？你知道你的命运是怎样的吗？"他回答说："我不知道，不知道。"这时他的声音有些异样，我发现，尽管这个男人什么事情都顺心如意（按照他的说法），但实际上他对各种事情的结局总是抱着悲观的看法。我想："男人就应该这样吧。"从此以后，我感觉和他更亲近了，比和我的家人还要亲近。

后来这个成功而健谈的人破产了，这个结果有人私下里预言过。纳扎努丁做生意的那个国家独立了，独立得很突然，接连几个星期，几个月，从那里传来的都是战争和杀戮的消息。有人开始说纳扎努丁的闲话了，好像如果他不是这样的人，如果他少吹点儿牛，少喝点儿酒，言谈举止本分一些，局势就不会朝这个方向发展。我听说他带着全家逃到乌干达去了。据说他们坐在卡车顶上，在丛林中跋涉了很多天，最后惊慌落魄地出现在边境城市基索罗。

他总算还平安。后来他终于回到海岸，但是想看他笑话的人都大失所望。他并没有垮掉，依然是那么兴致勃勃，戴着墨镜，西装笔挺。好像这场灾难根本就没有影响到他。

通常情况下，纳扎努丁来拜访的时候，大家总是认真准备，好生接待。客厅要重新打扫过，雕刻着打猎场面的铜花瓶也被擦得锃亮。不过这一次，大家认为他落难了，成了普通人，和我们没什么两样，所以就不像以前那样费心了。客厅依旧是乱七八糟，我们坐在外边的走廊上，面对着院子。

母亲给我们上茶来了，举止不同于往常。往常上茶的时候，她就像其他普通家庭妇女一样，客客气气的，有些羞怯，而现在，她就像在完成最后一项不得不完成的仪式。她把茶碟放下来的时候，眼泪都快掉下来了。我的姐夫妹夫们也凑了过来，脸上都带着关注的表情。不过，尽管传闻说他坐在卡车顶上跋山涉水，我们从他口里并未听到灾难故事，他说的还是他接连不断的好运和成功。他说他预见到要出乱子，所以在事情发生之前几个月就离开了。

纳扎努丁说："让我紧张的不是非洲人，而是欧洲和其他地方的人。出事前人们都失去了理智。那里掀起了地产热潮。大家除了谈钱还是谈钱。今天一文不值的一片丛林，明天就可以卖到五十万法郎。简直像在变魔术，不过变出来的都是真钱。我也跟着这阵风跑，差点陷了进去。

"一个星期天上午，我赶到开发区，那里有我买的几块地。天气很恶劣。又热又闷。天空乌云密布，但又不下雨，而是一直就这样子。远处有闪电，森林里其他什么地方在下雨。我当时就想：'这哪里是住人的地方！'开发区离急流处并不远，我能听到大河流淌的声音。听着河水的声音，抬头看着天，我心里在想：'这哪里是什么地产？明明只是一片丛林嘛。以后也只是一片丛林。'我迫不及待地等到星期一上午，把所有东西都拿出来卖。比市价要低，不过我要求在欧洲付款。我把家里人送到了乌干达。

"你知道乌干达吗？一个可爱的国家！挺凉快，海拔三四千英尺，有人说它像苏格兰，也有山。英国人把它管理得井井有条。非常简单，非常高效。公路很棒。那里的班图人也很聪明。"

真不愧是纳扎努丁！我们都想他这次完了。没想到他还能这么热情地谈论他新去的国家，借此让我们振奋，让我们反思他的运气。居高临下的还是他。虽然没有明说，但他看到我们这些人处境危险，那天他是来给我一个机会的。

在原来的国家他还有一些产业——一家商店，几个代理处。在把资产转移出这个国家的同时，他觉得还是审慎一些，继续把商店经营下去，免得人家对他的事情过分关注。现在他给我提供的机会就是这家商店，还有那几个代理处。

"它们现在不值什么钱了，不过会好转的。我真想白送给你，不过这对你对我都不好。你一定要见好就收。生意人可不比数学家。你要记住这一点。不要被漂亮的数字搞昏了头。生意人十块钱买进的东西，到了十二块钱就能出手了。有些人十块钱买进了，到了十八块还不松手，想等到二十块。都是漂亮的数字而已。等他的货跌到十块，他就想等到十八块。跌到两块，又想等到十块。或许最后能回到这个价位吧，但他已经浪费了一辈子四分之一的光阴。最后到手的钱只是聊以自慰的数字。"

我问他："这店——比方说你是十块钱买的，你说你现在卖给我多少钱？"

"两块。过三四年它能涨到六块。非洲总会有生意做，现在只是暂时中断。对我来说，等着它从两块涨到六块太浪费时间。我在乌干达做棉花生意更有赚头，不过对你来说，资本会翻三番。你要记得见好就收。"

纳扎努丁从我的手相上看到了可信，但他看错了。我接过他的生意时在很大程度上失信了。我接手他的生意只是为了逃离。逃离我的家庭，逃离我们这个群体，这也意味着逃离我对他和他女儿心照不宣的承诺。

纳扎努丁的女儿是个可爱的姑娘。她每年到海岸来和姑姑们在一起住几个星期。她受过比我更好的教育，听说以后要进入会计或者律师行业。论条件，她是个不错的结婚对象，我也挺喜欢她，但只把她当成我的家人一样来喜欢。和她结婚容易得不能再容易，不过和她结婚也会压抑得不能再压抑。我开着我的标致离开海岸，为的就是逃脱这种压抑，逃脱其他的一切。

我失信于纳扎努丁，不过我一直把这个享受生活、喜欢探索的人当作自己的好榜样。我开车去的就是他的小镇。我对这个河湾小镇的全部了解都来自纳扎努丁讲的故事。人在紧张的时候会发生一些荒唐的事情，这趟艰辛的旅程到达终点的时候，我脑子里想着的居然只是纳扎努丁所说的小镇饭店，以及欧洲的食品和葡萄酒。他说过："那里的葡萄酒是萨科内和斯皮德。"这是一个商人的观察。他的意思是，即便在那里，在非洲的中部，酒也是从我们东海岸而不是另一边运过去的。但在我的想象中，我由着自己把他的话理解成纯粹的愉悦。

我没有去过真正的欧洲饭店，也没有开心地喝过酒——我们那边是禁止喝酒的。我也知道纳扎努丁描述的生活已经结束了。但我仍旧开车穿越非洲前往纳扎努丁的小镇，仿佛那种生活可以为我重现。

到了目的地，我才发现纳扎努丁在他的故事里渲染的小镇已经毁掉了，又恢复成了丛林，就像他决定出卖土地时所想象的丛林。尽管我有所准备，尽管别人给我讲述过最近发生的事件，我还是感到震惊和失望。我的失信似乎不那么重要了。

不要说葡萄酒！连最简单的食物都很难找。要想吃蔬菜，只能买罐头装的，罐子陈旧不堪，而且价格奇贵；要不就自己种。非洲人抛弃了小镇，回到自己的村庄，日子还好过一些。至少他们可以回到传统的生活，或多或少能做到自给自足。镇上剩下的其他人（包括几个比利时人、一些希腊人和意大利人，还有一小群印度人）就很惨了，要商品没商品，要服务没服务。大家一无所有，被迫像鲁滨逊一样艰难度日。我们有车，住的房子也不错。我买了一套公寓，就在一个空仓库上方，价格非常便宜，简直是半卖半送。不过这还不如披着兽皮住在窝棚里，这样日子过起来还不至于显得如此难堪。商店里空无一物，喝水也成问题，供电时有时无，汽油也经常短缺。

有一次，我们接连几个星期弄不到煤油，两条空油船在河下游被人劫走，当成大河的馈赠拖走，停放到一条秘密的溪流上，改装成住人的地方。这里的人为了防蛇，喜欢把院子刮得干干净净，一直刮到红土层，所以驳船的钢甲板就成了理想的地板。

在这些没有煤油的早上，我只好用木炭生火烧水。生火的器皿是一只英国造的铸铁火盆，是我商店里的存货，本来是卖给当地的非洲人的。我把火盆搬到屋子后面楼梯的中间平台上，蹲在那里用扇子扇。周围的人在做同样的事，炊烟四处升起，把这一带都染蓝了。

还有废墟。码头大门外有一块面目全非的纪念碑，上面只剩下几个拉丁词语Miscerique probat populos et foedera jungi，也不知道是什么意思。但这几个词我是牢牢记住了，我按自己的发音来念，它就像一句没有意义的小诗铭记在我的脑海中。这些字母刻在一块花岗石顶端，花岗石的其他部分光秃秃的，什么也没有。文字下方的铜像被扒掉了，花岗石上还残存着一些锯齿状的铜片，从图样看，雕刻者在顶上雕刻了一些香蕉叶和棕榈枝，衬托主体雕塑。我听说纪念碑落成就是前几年的事，殖民地时代行将结束之际，为的是纪念此地和首都之间开通汽船六十周年。

汽船纪念碑刚竖立起来就被摧毁了。而在落成典礼上肯定有人发表演讲，祝愿汽船业务迈进新的六十年。其他殖民时期的雕塑和纪念碑也遭遇了同样的命运：底座被破坏，围栏被推倒，泛光灯被敲碎，上面锈迹斑斑。废墟就保持着废墟的样子，没有人来收拾。所有主要街道的名称都改掉了，粗糙的木牌上歪歪斜斜地写着新的名字。没有人使用新的名字，因为大家都不太喜欢。改名字的人只是想把旧名字废掉，消除人们对入侵者的记忆。非洲人深沉的愤怒，他们不顾后果的破坏欲望，都让人毛骨悚然。

但最让人毛骨悚然的莫过于急流附近沦为废墟的郊区。那里一度是房地产的宝地，现在又成了丛林，而且按照非洲习惯变成了公共地界。那里的房子被一间一间烧掉，放火前和放火后，本地人需要的东西被洗劫一空：一张张锡皮、一根根管子，还有浴缸、洗碗池、抽水马桶（这些容器不渗水，他们可以拿回去泡木薯）。广阔的草坪和花园又恢复成丛林；街道不见了；水泥或者空心土坯造的墙东倒西歪褪了颜色，上面爬满了藤蔓植物。灌木掩映中不时露出饭店（啊，那些萨科内和斯皮德葡萄酒）或夜总会的水泥框架。有家夜总会叫作"那波利①"，这名字现在已经毫无意义，仍留在水泥外墙上，颜色快褪尽了。

经过雨淋日晒和灌木的摧残，这地方看上去已经很古老了，仿佛是一个已经消失的文明留下的遗址。废墟绵延很多公顷，仿佛在诉说一场毁灭性灾难。不过这文明仍未消失。这种文明就是我的生存环境，事实上，

---

① 那不勒斯的意大利语名称。

也是我仍在追求的文明。它能让我产生一种奇怪的感觉：处在废墟之中，你的时间感错乱了。你感觉自己像是个幽灵，来自未来而非过去。你感觉自己的生活和野心都已经实现，你所看到的是那种生活的遗迹。在你所处的地方，未来出现过，又消失了。

纳扎努丁的小镇满目疮痍，物资匮乏，形同鬼域。对我这样初来乍到的人来说，这里根本就没有社交生活。这里的外国人也没有向我表示欢迎。他们经历太多事了，也不知道事态会朝什么方向发展，一个个都非常紧张。比利时人，尤其是年轻的，都满腹牢骚，怨天尤人。希腊人都很顾家，就像其他顾家的人一样，他们咄咄逼人但又失意落魄，在这时候和家人好友守在一起。在周末，我轮流拜访三户人家，在他们家吃午饭，这顿午饭成了我的正餐。我拜访的全是亚洲人或印度人家庭。

我拜访过一对印度夫妇。他们住在一间狭小的公寓里，里头充满了阿魏胶的气味，装饰着纸花和颜色鲜艳的宗教画。这家的男人好像是个联合国专家什么的，合同到期后不想回印度，留在了这里，做些零工谋生。这对夫妇很客气，他们总是强调自己有义务款待受到惊吓或者处境窘迫的外国人（我想这可能是出于宗教原因）。不过老是这么说，热情好客的形象就大打折扣了。他们的食物汤汁太多，太辛辣，我有点受不了，我也不喜欢男主人吃饭的样子。他低下头，鼻子离食物只有一两英寸，吃东西的声音很响，总是喜欢咂巴嘴。男人吃饭的时候，妻子在边上给他扇扇子，眼睛一直盯着他的盘子看。她用右手扇扇子，左手托着下巴。尽管这样，我还是一周到他们家跑两趟，并不是看中他们的食物，只是想找个地方去罢了。

我去的另外一家房子很简陋，简直像个农场，里面住了一对老年印度夫妇。老人的子女们都在动乱中离开了。老人的院子很大，积满了灰尘，到处都是废弃的轿车和卡车，看样子是殖民时代某个运输公司的旧址。这对老夫妇似乎不知道自己在什么地方。他们的院子外边就是非洲的丛林，但他们不会说法语，也不会说非洲土语。看他们的样子，你会觉得路边的大河就是恒河，边上有印度寺庙，有沐浴的台阶。不过和他们在一起很舒心。他们不会刻意找话，要是你什么都不说，闷头闷脑地吃了就走，他们也会很开心。

让我感到最亲近的人是舒芭和马赫什，我不久就把他们当成了朋友。他们开了一家店，正对着凡·德尔·维登旅馆，这里本应是做生意的黄金地段。和我一样，他们也是从东海岸来的，逃离了自己的家乡。这对夫妻都长得非常漂亮。在这个小镇上，难得见到这样讲究仪表和穿着的人。不过他们离开家人的时间太久了，都不大想得起来打听他们了。和其他离群索居的人一样，他们沉浸在自己的天地里，不大关心外边的事。不过这对美丽的夫妇也有紧张的时候。女主人舒芭爱虚荣，神经质，马赫什要质朴一些，经常为她感到焦虑不安。

我在纳扎努丁的小镇上就过着这样的日子。我本来是想跑出来开辟一片新天地。不过凡事都有个度，这里日子的无聊让我不堪忍受。现在的生活可以随心所欲，但却没有以前丰富。夜晚孤寂难熬，让我如坐针毡。我觉得我撑不下去了。聊以自慰的是，我觉得我还没有失去太多，只是浪费了一些时间。要是我愿意，还可以继续往前走，至于走到哪里，我现在还不知道。后来我又觉得自己不能走。我必须留下来。

我一直担心的事情终于在海岸发生了。那里发生了起义，非洲人终于把阿拉伯人（其实他们和服侍自己的非洲人已经没什么两样了）打倒了。

这消息我最早是从舒芭和马赫什那里听到的，而他们是从收音机里听到的。这里的外国人喜欢听BBC的新闻，我一直没有养成这样的习惯。我们捂住这消息，不让当地人知道。因为这个原因，我们为当地没有自己的报纸感到庆幸。

后来，欧美的报纸陆陆续续送到小镇，落入各种人手中，传来传去。我觉得很惊讶，有些报纸竟然为海岸的屠杀说好话。不过，人们对自己并不真的感兴趣或者不必亲身生活的地方就是这样的态度。有些报纸吹捧那里的起义结束了封建主义，开启了新纪元。不过现在所发生的事情并非破天荒第一次。弱肉强食的情况在非洲并不新鲜。这是这片土地上最古老的法则。

最后，海岸那边来信了，一来就是一批，是我家里人写的。信写得很谨慎，不过里面传达的信息却明白无误。海岸那里已经没有我们的地盘了，我们在那里的生活结束了。家里人正在各奔东西。只有老人还住在我们那个大院——那里终于平静点儿了。家里的仆人到最后还是缠着我们，不肯走掉，在这个革命的时代还坚持自己的奴隶身份，最后家里每人分了几个。来信的目的之一是叫我也收容几个。

我不能随心所欲地选择，显然，别人已经给我选好了。仆人家有个孩子或小伙子想离开海岸，跑得越远越好，他坚决要求"跟随萨林姆"。这孩子说他"对萨林姆特别有好感"，为此一直纠缠不休，最后他们决定把他送到我这里来。那种场景我可以想象。我完全能想象他如何吵闹、跺脚、怄气。我们家的仆人就是这样放肆，比小孩还要麻烦。我父亲不知道家里其他人写给我的信上是怎么说的，来信说他和母亲决定送一个人过来照顾我——当然，他真正的意思是送个孩子来让我照顾，让我提供衣食。

我不能拒绝：这孩子已经上路了。他说对我"特别有好感"，对我来说这倒是新鲜事。他选择我的真正原因可能是我只比他大三四岁，未婚，更有可能容忍他四处闲晃的行为。他永远在闲晃，以前我们送他到古兰经学校上学，他总是逃学，为此可没少挨他妈妈的揍，不过丝毫不改。（我还记得他在院子里尖叫，他母亲则在大喊。两人都竭尽表演之能事，想吸引院子里所有人的注意。）这孩子谁看也不像家奴的样子，他从来不愁吃住，更像是个花花公子。他待人友好，但不可靠。他朋友众多，总是愿意帮助人，总是答应帮助人，不过许诺的事情一件也做不到。

收到告知他被送来的信件之后不久，有天夜里，他坐着道莱特的一辆卡车到了。不过一见到他，我就心疼不已：他模样大变，看起来非常疲倦，非常惊恐。他还没有从海岸杀戮事件带给他的震惊中恢复过来，而且横贯非洲的旅程也够他受的了。

旅程中前面一半路他坐火车，以每小时十英里的速度前进。然后转公共汽车，最后上了道莱特卡车。战火连绵，路况很差，而且车辆破旧，来自于我们家乡的道莱特居然还能在小镇和东部边界之间跑运输。道莱特的司机帮助这孩子穿过重重哨卡。他虽然是个见过世面的东海岸混血儿，却像个真正的非洲人一样，被路上遇到的内陆陌生部落的人吓得心惊肉跳。他不敢吃他们的食物，所以饿了好几天。他不知不觉地走过他的祖先一个多世纪前走过的路，不过是反其道而行之。

他一见到我就扑进我怀里，这不是一般的穆斯林式拥抱，而是像孩子一样紧抱着不放。我拍拍他的肩膀，他顺势哭号起来，声音大得简直能把屋顶掀掉。他一边哭号，一边向我诉说他在家里那边集市上目睹的杀戮。

他说的话我没有全部听进去，我为邻居感到着急，想叫他不要这么大声，想让他知道这种炫耀式的奴隶行为（在某种意义上的确可以这么说）在海岸那里无所谓，但这里不会有人理解。但他接着又讲了一会儿"卡法尔"（也就是非洲人）的野蛮，好像我这公寓是东海岸那个院落，他可以随心所欲地大声说外边的任何人。道莱特的非洲搬运工很友好，一直从外边的楼梯往上搬运行李。行李并不多，但散成好多件，小小的，令人尴尬：几个包袱卷，一个柳条编的洗衣筐，几个纸箱子。

我从这个哭闹不休的孩子边上走开。要是我把注意力放在他身上，就等于怂恿他继续这样。我去找搬运工，走到街上给他小费。不出我所料，楼上的哭闹终于停住了。公寓的安静和陌生影响了他。回到楼上，我不愿意再听他说话，只叫他吃东西。

他安静下来，规矩了。我给他准备烤豆子和奶酪吐司，这都是他用那些包袱卷和纸盒子装着带过来的。家里人还委托他带来其他一些东西，比如母亲捎来的生姜、调料、香料，父亲捎来的两张全家福。还有一张画在廉价纸张上的贴画，画的是古吉拉特老家的一处圣地，不过画家把它画成了一个现代化的地方，附近的街道上有汽车、摩托车、自行车，甚至还有火车，一片混乱。父亲总是说，不管我多么现代，最终都会回归信仰。

那孩子吃完后说道："出事的时候我在集市上，萨林姆。一开始我还以为只是有人在米安的小摊旁吵架。我真不敢相信自己的眼睛。他们一个个凶神恶煞，好像刀子砍不死人，好像人不是肉长的一样。我真不敢相信。到后来，就好像是一群野狗冲进肉铺子一样。我看到好多胳膊啊，大腿啊，横七竖八地躺在地上，血不住地流。的的确确。第二天它们还在那儿，那些胳膊和腿。"

我想让他打住。我不想再听下去了。不过让他住嘴没那么容易，他继续描述那些断胳膊断腿。他说的受害者都是我们从小就认识的人。他目睹的一切真是惨绝人寰。我开始觉得，他本来已经不想哭了，但好像又想让自己激动起来，多哭一会儿。他说着说着，就有点什么东西记不起来了，思想又开小差了，我感觉这让他挺苦恼。我也苦恼。

不过没几天，他就镇定下来了，再也不提海岸发生的事。他适应得比我想象的还要快。我以为他会从此消沉下去，我以为他跋山涉水跑到这个落后的小镇会心怀怨恨。我万万没想到，他居然喜欢小镇。他之所以喜欢，是因为他在这里颇受欢迎，这和以前大不一样。

他的长相和体形和本地人差别很大，他比他们个头更高，更结实，行动更放松，更有活力。他受到人们的仰慕。本地女人本来就很随便，她们毫不掩饰对他的喜爱，在大街上叫住他，用那种坏坏的、半笑半嗔的眼神打量着他，好像是在说："你当我是在开玩笑，那就笑吧。要不你就当真吧。"我对他的看法也变了。他不再是从仆人屋子里出来的孩子。当地人对他的看法，我全看在眼里。在我看来，他比以前更帅气，更出众。在当地非洲人眼里，他不是地道的非洲人，不会引起种族间的不安。他是一个异乡人，但和非洲有千丝万缕的联系，他们想同他套近乎。他交上好运了。他学当地语言学得很快，还有了新名字。

在家里的时候，我们都叫他阿里，要是我们想暗示他特别放肆、特别不可靠的本质，我们就喊他"阿里娃"。"阿里！阿里！这个阿里娃跑哪儿去了？"他现在拒绝使用这个名字，他更愿意人们叫他"梅迪"，当地人就是这样叫他的。后来我才明白，"梅迪"不是一个真正的名字，而是法语"métis"，意思是混血儿。不过我用"梅迪"的时候没有这层意思。对我来说，"梅迪"只是个名字而已。

和在海岸的时候一样，梅迪还是爱四处闲晃。他的卧室从厨房过去穿过走道就是；从外面楼道上到二楼的平台，右边第一个房间就是他的卧室。我经常听到他深夜才回来。他本来就是为这种自由自在的生活投奔我的，这下子该满意了。就是这个梅迪，刚来的时候还是个又哭又闹的孩子，一举一动都像是仆人屋子里出来的，你看他现在那自由自在的样子！真是叫人刮目相看。原来的举止他很快就摆脱了，他对自己的价值有了新的想法。他成了店里的好帮手。因为他喜欢游荡（这是我担心的一点），所以在公寓里不大能见到他。不过他一般不会跑远。在这个小镇上，他就像是我的家人。他的出现冲淡了我的孤独，使得空虚的日子不再那么难受——有好几个月，我苦苦等待着贸易的复苏。渐渐地，生意开始缓慢复苏。

一切都在恢复常规：早晨在公寓喝咖啡，然后采购，中午单独吃饭，然后接着采购，到了晚上各自回家。我们主仆两人有时会遇到，大家平起平坐，带着同样的需求，跑到黑黝黝的小酒吧。这些小酒吧又开始出现在镇上，这是生活复苏的迹象。酒吧就设在简陋的小屋子里，屋顶是皱纹铁皮，没有天花板，墙是水泥的，漆成深蓝色或者绿色，地板是红色的水泥地板。

在这样一个地方，梅迪给我们的新关系烙上了印记。我进去的时候，发现他正在跳舞，跳得好极了——细腰窄臀，体形几近完美。出于仆人的本能，他一看到我就停了下来。他向我欠身鞠躬，做出欢迎的样子，好像他是这里的主人。他用刚学来的法国腔说道："我不能在恩主面前做不恰当的事情。"但接下来举止照旧。

就这样，他学会了大胆。但我们没有闹过不快。他对我越来越有用，成了我的报关员，很善于和顾客打交道，为我和小店赢来不少好感。作为一个外乡人，一个仆人，他居然是镇上唯一敢同兼任巫师的小贩扎贝思开玩笑的人。

我们就这样生活在一起。这时小镇逐渐恢复生机，汽船又从首都往这里开了，先是一周一班，后来增加到两班，人们又从村子里出来，回到镇上。随着贸易的发展，按照纳扎努丁的说法，我的生意也从原来的零爬到了二。我甚至暗暗地盼着它升到四了。

3

女魔法师或女巫扎贝思远远躲开男人。但她并非一直这样，并非一直是魔法师。她有个儿子，有时候她会向我提起这个儿子，但总是把他说成过去生活的一部分，已经被她抛到身后了。听那口气，我感觉她这个儿子缥缈虚无，有可能已经不在人世了。后来有一天，她竟把儿子带到我店里来。

那孩子约莫十五六岁，长得高高大大。邻近一带的男人平均只有五英尺左右，他比他们都要高，块头也比他们大。皮肤漆黑一片，完全没有继承他母亲身上那种古铜色。他长着一张长脸，轮廓坚毅。从扎贝思的话中，我得知孩子的父亲是南部某个部落里的人。

孩子的父亲是生意人，去过全国各地。在殖民时期奇迹般的太平岁月中，只要你愿意，就不必去管部落之间的界线，想去哪里都行。他在旅途中遇到了扎贝思，扎贝思跟他学会了做生意的本领。到了非洲独立的时候，部落之间又有了边界的阻隔，出门不再像过去那样安全。商人于是回到了自己的部落，把他和扎贝思生的儿子也一起带走了。如很多民谚所述，在非洲几乎所有地方，孩子跟父亲天经地义。扎贝思的儿子名叫费迪南，过去几年一直不在母亲身边，在南部上学，生活在一个矿区小镇。他在那儿经历了独立后的所有动乱，特别是漫长的分裂战争。

不知何故——有可能是他父亲去世了，或者重新结婚了，想把费迪南甩开，也可能是扎贝思本人的意思——孩子现在又被送回到母亲身边。费迪南在这里人生地不熟，不过这地方所有人都不能没有部落归属，所以按照风俗，费迪南被母亲的部落接纳。

扎贝思决定送儿子到镇上的公立中学读书。学校里面已清理干净，重新开始运作了。校舍是一幢两层楼的石头建筑，带两个院子，是殖民时代官邸的风格，楼上楼下都有宽阔的走廊。楼下原来被人占着，在走廊上生火做饭，垃圾扔在地上或者院子里。那些垃圾千奇百怪，不是罐子、纸张、盒子这类镇上常见的垃圾，而是一些更纯粹的垃圾，壳啊、骨头啊、灰烬啊，被烧毁的麻袋什么的。所以垃圾堆看起来就像是筛出来的灰黑色泥土堆成的小土墩。

草地和花园都被踩没了，九重葛却在疯长，把高高的棕榈树缠死，从学校的围墙上垂下来，又沿着大门口的几根方柱子往上爬，缠绕在装饰性的铁拱门上面。拱门上那几个铁字仍在，是学校的校训：Semper Aliquid Novi。擅自住在这里的都是些吃不饱饭的人，胆子很小，校方一说，他们就搬了出来。学校里的门、窗户和百叶窗有的已经换掉，水管也修好了，整个校区粉刷一新，地上的垃圾被用车拉走，地面浇上了柏油。前一阵子这里看上去还是一片废墟，现在再看，已经整理得有模有样了，里面开始出现白人教师的身影。

费迪南到店里来的时候，已经是公立中学的学生。他穿着学校的制服：白衬衫，白短裤。虽然简单，却也挺显眼。白裤子穿在费迪南这个大个子身上，模样有点滑稽，不过费迪南和扎贝思都把校服看得很重。扎贝思过着纯粹的非洲式生活；对她来说，只有非洲才是实实在在的，但她不想把费迪南也绑在非洲。我认为这并不矛盾，扎贝思的日子过得这么苦，自然希望儿子比她强；要想比她强，就得跳出无始无终的村庄和大河的生活传统，得接受教育，学会本领。对扎贝思和她这一代的非洲人来说，教育只有外国人才能提供。

费迪南准备到学校寄宿，报到的那天早上，扎贝思把他带到我店里来介绍给我认识。她希望我在这个陌生的镇上照看费迪南，为他提供保护。扎贝思之所以选我来担负这任务，一来我们做了这么长时间的生意，她信得过我；二来我是外国人，会说英文。费迪南能从我身上学习到外面世界的言谈举止。他在学校学了什么东西，也可以在我这里练一练。

这个高个儿小伙子挺安静，态度也很恭敬，但我感觉他只是母亲在场的时候做做样子。他的眼神中有一丝淡漠和轻蔑。他好像是在迁就他刚刚认识的母亲。扎贝思是个村妇，而他毕竟在南部的矿区小镇上生活过，必定见过比我体面得多的外国人。她母亲对我的小店十分尊重，而他似乎不屑一顾。我的商店是水泥谷仓改造的，地上摆着各式各样的粗劣商品（但我知道什么东西放在什么地方），谁看都不会觉得它是现代商店，也没有像有些希腊人的商店那样漆得花花绿绿。

我说："费迪南是个大小伙子了，贝思。他会自己照顾自己的，我插不上什么手。"这么说是为扎贝思好，也是为费迪南好。

"不是，不是，萨林姆爷。费迪南一定要到您这儿来。要是想揍他您就尽管揍。"

这不大可能。只是说说而已。我朝费迪南笑了笑，他也对我笑了笑，嘴角朝后咧了咧。他这么一笑，我发现他的嘴形很好看，脸上其他部位棱角分明。从他的脸上，我觉得我能看到某些非洲面具的雏形。非洲面具的五官总是会简化和突出。想着这些面具，我认为我看到了他面相中的特异之处。我意识到，我在用非洲人的眼光看他，我一直用这种眼光看他。他的脸给我一种印象，无论当时还是后来我都认为那是一张大人物的脸。

扎贝思的请求让我感到不快，不过不答应也不行。我慢慢地摇着头，意思是我想让费迪南把我当朋友看，费迪南准备单膝下跪，但他停住了，没有行完这个礼。他假装腿上痒，伸手挠了挠膝盖窝。在白裤子的衬托下，他的皮肤黝黑而健康，微微有些发亮。

　　单膝下跪是一种传统礼节，丛林里的孩子用以向年长者表示尊重。它像是条件反射，并不是特别郑重其事。在镇外，有时候能看到小孩子瞥见大人过来了，中断手上的活计，就像猛然看到蛇吓着了一样，跑到他们跟前下跪。大人也就在他们头上随意拍一下，然后孩子们若无其事地回去干活。这个风俗从森林王国一直传到了东部。不过，它属于丛林的风俗，进不了城。费迪南在南部矿区小镇待过，对他这样的人来说，单膝下跪的风俗显得特别土气和卑贱。

　　他的脸已经让我不安。现在我更是想："这儿要出娄子。"

　　要是太阳不太烈，也不下雨（一下雨街上就发洪水），从小店赶到公立中学并不算远。费迪南每周到店里来看我一次。他一般是在星期五下午三点半来，有时也在星期六上午来。他每次都打扮成学生的样子，穿着白色校服，有时还不顾天热披着运动夹克，胸前的口袋上绣着校训：Semper Aliquid Novi，排列在一幅卷轴上。

　　我们见了面互致问候。我们是按非洲方式问候的，能够花掉些时间。问候完了，就没什么话好说了。他从来不主动和我说最近发生的新闻，总是等着我来问。我只好有一搭没一搭地问些"今天在学校做了什么啊？""惠斯曼斯神父给不给你们带课啊？"诸如此类的问题。他的回答总是既简单又准确，让我不知道接下来问什么好。

　　我和他没法像和其他非洲人那样闲聊，起初是不想，很快就变成不能了。我感觉和他聊天特费劲，我也不知道该怎么办。他是丛林里来的孩子，一放假就回到他母亲的村子。他在学校学了什么东西，我毫不知情。我没法和他谈功课上的事，因为优势全在他那一边。还有那张脸！我想这张脸后面肯定藏着很多我无从了解的东西。我感觉这张脸透露出坚定和沉着。作为他的监护人和教育者，我反而被他看透了。

要是这么下去，我们的交往可能就要结束。但是店里还有梅迪，而梅迪和什么人都处得来。他没有我和费迪南之间的那些问题。因为梅迪的缘故，费迪南开始常往小店跑动，后来还到我家里来。和我照例是应付几句，有时候用英文，有时候用法文。然后，他和梅迪开始用当地的土语聊起来。这时候他就像换了一个人一样，声音高亢，笑声朗朗。梅迪也不比他差。梅迪已经学会了当地土语的很多语调，也学会了与之相配的举止。

在费迪南看来，梅迪对这小镇比我更熟悉。这两个未婚小伙子搅在一起，能在小镇上找些什么乐趣可想而知：啤酒、酒吧和女人。

这里的人把啤酒当成一种食品，小孩也不例外；人们一大早就开始喝。当地没有酒厂，汽船运来的货物中有很大一部分是本地人爱喝的低度淡啤。在大河沿岸的很多地方，独木舟从前进的汽船上运走一箱又一箱啤酒，汽船在返航回首都的路上回收空酒瓶。

对女人，人们的态度是逢场作戏。我刚到的时候，朋友马赫什就说过，这里的女人，你只要开口，她们随时和你睡。男人可以敲开任何一个女人的门和她睡觉。马赫什和我说起这情况的时候，既没有兴奋，也没有赞赏，他有漂亮的舒芭在身边就够了。对马赫什来说，男女问题的随便是这个地方混乱和腐败的原因之一。

我一开始很喜欢这样的寻欢作乐，后来也意识到马赫什说的问题。不过，既然自己也寻欢作乐，我也就不站出来反对。梅迪和费迪南去的地方我也去，所以没办法劝他们不要去。其实受拘束的反而是我。虽然梅迪已经变了很多，我还是把他看成是我们家的人，我必须小心翼翼，不做伤害他的事，或者传回去会伤害家里其他人的事。我特别注意不让人看到我和非洲女人在一起。做到这点并不容易，但值得自豪的是，我还从来没有给人留下什么把柄。

费迪南和梅迪就可以公开到小酒吧去喝酒，公开挑选自己喜欢的女人，或者跑到他们认识的女人家里。而我这个主人、监护人却得遮遮掩掩。

费迪南从我这里能学到什么呢？在海岸那边，我听说非洲人不知道怎么"生活"，在这里的外国人也这么说。这话的意思是非洲人不会合理地花钱，也不会持家。唉！我的情况虽然特殊，不过家底实在太浅，费迪南看了会怎么想？

我的小店乱七八糟。货架上有成捆的布匹和油布，但大部分货物都摊在地上。我的桌子摆在水泥谷仓的中间，正对着大门，桌子靠着水泥柱子，勉强给了我一点儿在垃圾的海洋中停泊的感觉。垃圾真是多：蓝白边的大瓷盆，或者带着植物图案的蓝边盆子，一堆堆白色瓷盘子，中间夹着粗糙的方形牛皮纸；还有瓷杯子、铁锅、炭火盆子、铁床架、锌桶、塑料桶、自行车轮胎、手电筒，以及各种各样的油灯，有绿色的，有粉红色的，也有琥珀色的。

我买进卖出的就是这些垃圾，我必须恭恭敬敬地对待它们，这毕竟是我的生计，我的财富从二涨到四就靠它们了。但这些垃圾都过时了，好像是为我这样的商店特制的。这些东西是在欧美生产的，现在又多了日本货，我怀疑这些地方的工人是否知道他们生产出来的东西会被派什么用场。比如那些小一点儿的盆子，人们在里面装满潮湿的细枝、草叶和泥土，用来养小虫子。大的盆子属于大件，村里人一辈子顶多只买两三个，用来泡木薯，去除毒素。

这就是我做生意的地方。我住的地方也一样简陋。以前的房主是个未婚的比利时女人，好像是个什么艺术家。她把房间布置成"工作室"的样子，我搬进来之后，里面乱得失去了控制。梅迪接管了厨房，也搞得一团糟。我想他从来没有清洗过煤油炉子。可能是因为他是仆人家庭出身，觉得擦洗是女人的事。我把炉子清洗干净了也无济于事，只要重新生火，不几日又会发出怪味，布满黏糊糊的脏东西，梅迪居然毫不惭愧。厨房里充满了怪味，虽然这儿主要是用来煮早上喝的咖啡。我简直不敢进去。梅迪的房间就在从厨房伸出来的走道对面，可他却一点儿也不在乎。

屋子后面有一段楼梯，你可以从楼梯平台直接进入这条走道。一打开楼道门，各种发热发闷的气体扑鼻而来：灰尘味、食油味、煤油味、脏衣服味、陈油漆和陈木材味。窗子根本不能开，所以才有这些味道。小镇已经破败得惨不忍睹，小偷却到处都是，这些小偷本事大得很，只要有缝他们就能钻进来，更不要说开窗户了。走道右边就是梅迪的房间：一眼看上去，梅迪把它收拾成了一个还算像样的仆人小屋，里面有小床，有铺盖卷和各种各样的包裹和纸盒子，他的衣服挂在钉子和窗户的挂钩上。沿着走道经过厨房，左边就是客厅。

客厅是一间大房子，比利时女人把它从上到下刷成了白色，包括天花板、墙、窗户，甚至窗户玻璃。房子整个成了白色，地板光秃秃的，放了一张沙发，用深蓝色的粗布罩着。为了使画室兼客厅效果更突出，里面还放了一张大台子，未曾油漆，大得就像个乒乓球桌，上面放满了我的杂物：旧杂志、平装书、信件、鞋子、球拍、扳手、鞋盒子、衬衫盒子等。我常想把东西理一理。台子的一角还空着，上面总是铺着烫焦的白布：那是梅迪熨衣服的地方。有电的时候他就用电熨斗烫（电熨斗一直放在桌子上）；没电的时候，他就用那种笨重的老式扁熨斗烫——这熨斗是从店里存货中拿来的。

房子后面的白墙上挂着一幅巨大的油画，上面画着一个欧洲港口，颜色是红、黄、蓝三色。这画是急就章式的现代风格，是比利时女人自己画的，上面签了她的名字，摆在客厅这个显要的地方。搬家时她竟没拿走，好像它不值得她费事。地板上靠墙斜放着一些别的画作，也是我从她那里继承来的。看来这位女士对自己的垃圾失去了信心，独立战争一爆发，她立刻就走了。

我的卧室在走道的尽头。对我来说，这地方尤其荒凉。里面配了一个定做的大衣橱，有张巨大的泡沫床。这床给了我多少期待，也曾给过那个比利时女人多少期待！那么期待！那么确信自己的自由！那么失望！那么惭愧！趁梅迪还没有回来，或者还没有起床，我见缝插针地从这里悄悄送走了多少非洲女人！有时候，我躺在床上等着天明，等着摆脱某些回忆。我还常常想起纳扎努丁的女儿，想起纳扎努丁对我的信任，许诺做个好人。后来情况又有了变化，房子和床对我有了新的意义。但在此之前，我只知道我已经知道的。

那位比利时女士曾想给这片高温多雨、长满阔叶树（总是可以透过漆成白色的窗户模糊地看到）的土地带来一些欧洲、故乡和艺术的气息，带来一种不同的生活。她看来自视甚高，不过就事论事地看，她想做的一切并没有多大价值。我想费迪南看过我的小店和房子后，也会对我做出同样的结论。他很难看出我的生活和他所熟悉的生活有多大不同，这使我在夜里心情更加沮丧。我不知道支撑我生存的渴望在本质上究竟是什么。我开始感觉到，无论我去哪个地方生活，无论多么富有，多么成功，多么舒适，也只是现在生活的翻版。

这些想法有可能把我带到我不希望去的地方。这有一部分是我的孤独造成的，我知道。现实环境和日常生活并未体现出我的全部。我知道有什么东西横亘在我和费迪南之间，横亘在我和周围的丛林生活之间。在日常生活中，我无法表露出这些不同，无法彰显真正的自我，只好退而求其次，开始愚蠢地展示自己的东西。

我让费迪南看我的东西。我绞尽脑汁想着接下来让他看什么东西。他的态度很冷淡，好像所有东西他以前都看过。他和我说话总是用那种死气沉沉的腔调，虽然这是他一贯的特征，我却为之烦躁不已。

我想告诉他："看看这些杂志。看这些杂志没有钱拿，我还是看。我之所以看这些书，是因为我有兴趣，是因为我想了解世界。再看看这些画，这位女士画这些画可没少花功夫，她想制造出一点儿漂亮的东西，挂在屋子里。她把画挂在这里，并不是因为它有魔力。"

最后我还是把这些话说出来了，虽然并不是原原本本这样说的。费迪南无动于衷。这些画其实是垃圾，那位女士不知道怎样把画布填满，只是用颜料在上面乱涂一通。这些书和杂志也是垃圾，特别是那些色情的。它们让我感到沮丧，感到难堪，但是我没有把它们扔掉，有的时候我需要它们。

费迪南误解了我的恼怒。

有一天他对我说："萨林姆，你不必给我看这些东西。"

他不再叫我老爷，这是梅迪给他带的头。梅迪喜欢叫我"恩主"，如果有外人在，他的口气会显得很有讽刺意味。梅迪这天也在。费迪南说我不必给他看这些东西，他的口气中并无讽刺意味。他说话从来不带讽刺意味。

有天下午，我正在看杂志，突然费迪南来了。我打了个招呼，然后接着看杂志。这是一本通俗科学杂志。我最近迷上了这种读物，喜欢吸收一些零碎的知识。看杂志的时候我常在想，杂志里面谈到的这些学科和领域其实我应该花时间去钻研，拓宽知识面，发现新事物，成就一番事业，发挥自己的才干。这也就等于在过一种有文化的生活了。

那天下午，梅迪去海关给一批货报税，这批货是两个礼拜前用汽船运过来的，这里的速度就是这么慢。费迪南说过我不必让他看一些东西，这话我到现在还记恨，我不想主动挑起话题。他自己在店里转悠了一会儿，最后走到桌子跟前问我："萨林姆，在看什么啊？"

我无法控制自己，又拿出了教师和监护人的身份来。我告诉他："你应该看看这篇文章。他们在设计一种新电话，不用电流，用光脉冲。"

在这些杂志上看到的新奇玩意儿我自己也不是很相信，不指望它们出现在自己的生活中。不过这些东西的魅力也就在这里：自己用不起不要紧，关于它们的文章，可以一篇接一篇地往下看。

费迪南问："他们指谁？"

"你这话是什么意思？"

"我是问在设计新电话的'他们'是谁？"

我心里寻思：他来公立中学才这么几天，我们之间就到这种地步了！他离开丛林还没多长时间！我认识他的母亲！我把他当朋友！可我们已经开始在说这种政治废话了。我想我知道他指望我说出什么样的答案，但我没有这样说。我没有说"白人"。说实在的，我心里很想这么说，好让他知道自己的位置。

但我给出的回答是："科学家。"

他没再说什么。我也没再说什么，故意继续埋头看书。小小一段对话就这么结束了。从此以后，我再也不想当老师，再也不想把自己和自己的东西展示给他看。

费迪南问我设计新电话的"他们"是谁，我没有说"白人"，这事让我寻思良久。我发现，虽然我不想满足他的政治心理，但实际上我把我真正想说的说出来了。我说的"他们"不是指白人，不是，也不可能是指镇上的熟人，也就是独立后留下来的那些白人。我确实想说科学家。我想说在各方面都和我们判若天壤的人。

他们！要是我们想谈论政治，想在政治上骂谁或者赞美谁，我们会说"美国人"、"欧洲人"、"白人"、"比利时人"这样的话。我们要是谈论做实事的人、制造东西的人或搞发明的人，则不论自己是什么种族，一概说"他们"。这样就可以把他们同他们所处的群体和国家区别开来，和我们自己联系起来。"他们在制造能在水上开的车。""他们在制造火柴盒一样小的电视机。"我们说的这些"他们"都遥不可及，无所谓是不是白人了。他们是公正的，高高在上，端坐云端，如同神仙一般。我们盼着得到他们的赐福，得到了就四处炫耀——比如我向费迪南炫耀廉价的双筒望远镜和高级相机——仿佛这些东西的设计发明也有我们一份功劳。

我给费迪南看我的东西，好像是让他进入我生活的深层奥秘，进入我生活的本质，好像这本质被乏味平淡的日子掩盖住了。但事实上，我自己也好，镇上的其他人也好——亚洲人、比利时人、希腊人——同"他们"之间都如隔天堑，我们和费迪南并没有两样。

我从此不再想充当费迪南的老师。我只想听之任之，和以前一样。让他到我的店里和家中走动走动，就足以向他的母亲交代了。

学校的雨季假期到了，扎贝思到镇上采购，顺带把费迪南带回家。她对费迪南的进步好像还比较满意。费迪南好像也舍得放下学校和镇上的酒吧回到母亲的村子。所以他就回家度假去了。我想着随汽船和独木舟顺流而下的旅程。想着河上的雨。想着扎贝思手下的女人们在漆黑一片的河道上艰难地撑着独木舟，回到隐在暗处的村子。我想着黑漆漆的深夜，想着空荡荡的白天。

现在的天空很少放晴，顶多是从灰色或者暗灰色转为酷热的银色。天上多半时间电闪雷鸣，有时候在远处的森林，有时候就在头顶上方。我从店里往外看，只见雨水噼里啪啦地落下来，打在集市广场的凤凰树上。这样的雨中断了生意，笼罩了小贩们的木头货摊。人们都躲到广场四周商店的雨篷下，人人都在看雨，很多人在喝啤酒。裸露的街道上一片红色的泥泞，是长满灌木的土地那种红色。

有时候，一天的大雨结束，云层中露出落日，美丽无比。我喜欢在靠近急流的地方观赏这美丽的景色。急流附近过去是一个小公园，也有一些便利设施。现在只剩下一条长长的防洪水泥墙，然后就是一大片空地，雨后一片泥泞。渔网挂在光秃秃的大树干上，大树干埋在河畔的岩石中间，岩石造成了河里的急流。空地的一端是一些茅草棚。这地方又恢复成渔村了。落日的光从重重乌云中透射出来，河水从黄褐色变成金色，变成红色，变成紫色。急流声如雷鸣，奔腾不息。岩石上挂起无数个小瀑布。夜幕降临，有时还会下雨，急流声，雨声，混成一片。

河上长满了一丛一丛的水葫芦，如同黑色的浮动岛屿，漂在黑色的河道上。它们从南部漂过来，绕过河湾，又从急流处腾挪跳跃而下。雨水和河流就像是要把树林从大陆的腹地扯走，让它在河上漂流，漂流到海洋，到遥远的地方。水葫芦是河里才有的果实。这种淡紫色的花前几年才出现，本地语言里还没有它的名字，人们仍然称之为"新东西"或者"河上的新东西"。这种植物是本地人的新敌人。坚韧的枝蔓和叶子纠缠成厚厚的一团，黏附在河岸上，堵塞了河道。它们长得很快，人们用尽各种工具想消灭它们，但根本来不及。回村的河道必须不时清理。水葫芦就这样没日没夜地从南部漂过来，一路走一路撒播种子。

我已经决定不再管费迪南。但到了新学期，我发觉他对我的态度起了一些变化。他不再和我那么疏远，到了我的店里，甚至都不急着去找梅迪。我想可能是他母亲教训了他吧。此外，他回村之时虽然比较冷静，但回去后可能会对那里的生活感到震惊——不知他是怎样度过那些日子的。总而言之，他可能不再对小镇和镇上的生活满不在乎了。

事情的真相要更简单些。费迪南开始长大成人，正面临着成长的困惑。他的部落背景混杂，在非洲这个地方他是个陌生人，没有真正属于自己的群体归属，没有效仿的榜样，也不知道自己要做什么。他想搞清楚这一切，想通过我来练习。

我能看出他在尝试不同的性格，不同的行为举止，但他折腾的范围也有限。他母亲扎贝思来镇上采购的那几天，他模仿的是他母亲，扮成小商贩的样子，好像和我是生意上的伙伴，和我平起平坐，向我询问销售情况和价格。接着，他又扮成处于上升期的非洲年轻人，公立中学的学生，现代，冲劲十足。要是扮演这种角色，他就穿上颜色鲜艳的运动夹克，上面绣着校训：Semper Aliquid Novi。他无疑觉得这样有助于显示他从欧洲老师那里学到的风度。有时候，也不知道是从哪个老师那里学的，他会跑到我家的客厅，也就是原来做画室的那间房，背靠着白墙，双腿交叉站在那里，一副要和我高谈阔论一番的架势。有时候，他又模仿另外某个老师，绕着工作台踱步，一边说话，一边拿起这个看看，拿起那个看看。

他现在想方设法和我谈话，不是和梅迪那种，他想和我进行严肃的谈话。以前他总是等我开口问，现在却主动提出一些零碎的想法，或是抓住一些值得辩论的小话题，像是想要把讨论继续下去。他在磨炼公立中学学生这个角色，在借助我来练习，几乎把我当成了语言教师。不过我还是挺感兴趣的。我开始对学校里的话题有了些了解，我想知道这些。

有一天他问我："萨林姆，你对非洲的前途有什么看法？"

我没有回答。我想了解他的想法。他的血缘这么复杂，又跑过这么多地方，是不是真的了解非洲呢？我很想知道。我也想知道他和他的同学对非洲的了解是不是从地图集上得来的。梅迪从海岸远道而来，一路上宁可饿死，也不敢吃陌生部落里陌生的食物，在这一点上费迪南是不是和梅迪一样呢？扎贝思知道自己有魔法护身，所以敢从村里跑到镇上，费迪南对非洲的了解有没有超过扎贝思呢？

费迪南只是告诉我非洲以外的地方日渐堕落，而非洲在蓬勃兴起。我问他外边是怎么堕落的，他无言以对。我穷追不舍，他只能重复在学校里听说的只言片语。我还发觉，学校里讨论的话题到了他的脑子里被搅乱了，简化了。对过去的看法和对现在的看法混为一谈。他穿着运动服，就觉得自己成了上等人，成了大人物，就像在殖民时代那样。他觉得自己是非洲的新人类，这让他很自负。出于这种令人惊讶的自负，他把自己和非洲画上了等号；而非洲的未来只不过是他将来从事的工作。

费迪南在扮演这种角色时，和我的谈话总是断断续续，因为他有时候根本讲不清楚。他把讨论带到某个地方，然后就打住了，也不感到有什么难堪，仿佛这只是一次语言练习，这次做砸了，还可以指望下一次。然后，他又恢复老样子，去找梅迪，把我甩到一边。

我对学校里发生的事情有了更多了解（殖民时期的那种市侩风气这么快又重现了！），对费迪南的想法也有了更深一层的认识，但我不觉得和他的距离拉近了。我以前把他看成一个谜，觉得那张面具一般的面孔后面是疏远和嘲讽，即便如此，我仍然觉得他是个实实在在的人。而现在，他不只是做作，他的人格变来变去。我开始觉得他内里空无一物。想到学校里有可能满是费迪南这样的人，我不禁捏了一把汗。

还有他的自负。这让我不安，我觉得这个国家谁也没有安全可言。梅迪也感到不安。没有了酋长和政客的非洲，大家都是村民，这样倒也民主。现在，梅迪不过是店里的伙计，也可以说是个奴仆，而费迪南就不一样了！他可是有着远大前程的公立中学学生！不过这没有妨碍他们的友谊，他们照旧平等相待，相好如初。但梅迪在我家当过仆人，见过玩伴怎样变成主人，所以，尽管重新认识了自己的价值，他肯定还是感到自己又一次落在了后面。

有一天，我正在家里，听到他们走了进来。梅迪在解释他和我在店里的关系，解释他从海岸跑过来的经历。

梅迪说："我们家和他们家早就认识，他们过去叫我比利，我学过记账。我不会一直待在这里的，你知道。我要到加拿大去，证件什么的都齐了，我现在在等体检。"

比利！嗯，听上去和阿里倒有些相像。加拿大？那是我一个姐夫去的地方；梅迪过来不久，我收到一封家信，信里说全家人都为我这个姐夫的"体检"担忧。无疑,梅迪就是从这封信里捡到了加拿大这个话题。

我弄出点儿声音,让他们意识到我在家里。他们随后进了客厅,我装作什么也没有听到。

不久之后的一个下午,外面下着倾盆大雨,费迪南突然跑到店里来,浑身湿透,身上还在往下滴水。"萨林姆,你必须送我到美国留学。"

他的口气透着绝望。这个想法突然在他心里迸裂开来,显然,他觉得自己如果再不行动,就永远没有机会了。他穿过倾盆大雨,跑过积水的街道,衣服全部湿透了。这么突然,这么着急,这么高的要求,我不禁愕然。对我来说,出国留学是件稀罕事,费用不菲,根本不在我们家承受范围之内。

我问他:"我为什么要送你去美国?我为什么要在你身上花钱?"

他无言以答。别看他不顾一切的样子,也别看他在雨中跑了这么多路,他可能只是想找个话题。

难道这只是因为他简单质朴?我觉得我的火气直往上冒。这兴许同下午的大雨、闪电和异乎寻常的黑暗有关。

我又问:"你为什么觉得我有这个义务?你为我做了什么?"

我说的一点不假。自从他觉得自己会成为一个人物,他对我的态度就好像我欠了他的,就因为我表现得乐意帮忙。

他一脸茫然,平静地站在黑乎乎的店里,眼里毫无怨恨的迹象,好像对我的反应早有准备,只是亲眼看到才踏实。和我对视了一会儿,他把目光移开,我知道他要改变话题了。

他把绣着校训的湿淋淋的运动服往外扯了扯,说:"我的衬衫湿了。"见我没有回答,他扯了扯运动服别的地方:"我冒雨跑过来的。"

我仍然没有回答。他不再摆弄他的衣服,而把眼光投向积水的街道。他要是说话起错了头,想改个话题,就是这个样子:每次谈话不成功,都是以这种短句子结束,把话题扯到自己或者我正在做的事情上,这种做法让人很烦躁。现在他又故技重演，一边看着外面的雨，一边东拉西扯地说他看到的东西。他是想让我放他走。

我说："梅迪在储藏室里。他会给你一条毛巾。你再让他给你泡点儿茶。"

但是，事情并未就此了结。对费迪南来说，没有哪件事能痛痛快快地了结。

我还是常到朋友舒芭和马赫什家去吃午饭，每周两次。他们的房子比较花哨，有点像他们自己。他们夫妇俩都很漂亮，肯定是镇上最漂亮的人。这一点谁也比不了，不过他们的穿着总是略显过头。他们房间铺着波斯和克什米尔地毯，还有旧铜器，这些是真正的漂亮东西，但他们又添加了一些花里胡哨的东西：做工粗糙的现代莫拉达巴德铜器，机器生产出来的印度神像画匾，耀眼的三叉壁灯等等。还有一尊沉重的裸女雕像，是用玻璃雕刻的。这雕像有几分艺术气息，让人联想到女性之美，舒芭之美。夫妇俩总是这么醉心于自己的美，就好像有钱人醉心于金钱一样。

有一次，我们在一起吃饭，马赫什问我："你那位伙计怎么了？好像和其他人一样变得越来越狡猾。"

"你是说梅迪？"

"他有一天跑到我这里来。好像已经认识我很长时间的样子，那是在向那个和他一道来的非洲男孩炫耀。他说他给我带客户过来了。他说那个非洲男孩是扎贝思的儿子，也是你的好朋友。"

"我不晓得自己还有这么个好朋友。他到底想干什么？"

"见我快要生气了，梅迪就跑开了，把那孩子丢在我这里。那孩子说他想要个照相机，但我看他并不是真的要什么东西，只是没话找话。"

我说："但愿他掏钱给你了。"

"我没照相机给他。萨林姆，生意不好做。提成，一路要给提成，到头来没钱可赚，本钱都会亏掉。"

卖照相机是马赫什想出来的点子，结果搞砸了。马赫什就是这个样子，满脑子都是些小点子，总是想搞点儿新业务，但很快又都放弃了。他听说东部要建一个狩猎公园，而我们小镇将成为它的基地，他以为旅游业很快就会复苏。其实这里的旅游业只停留在欧洲的宣传画上，不过是为首都的政府造势而已。所谓的狩猎公园已经回归自然了，其实没人当过真。这里的道路、度假村本来就很原始，现在干脆消失了。游客（他们有可能对一些廉价的照相机感兴趣）也没来，结果马赫什不得不把照相机用分段运输法运往东部。分段运输是像我们这样的人运货到各地的常用手段（有的是合法经营，有的是偷运）。

马赫什说："这孩子说你要送他到美国或者加拿大留学。"

"有没有说我送他去学什么？"

"他说是商业管理。这样以后就可以接管他妈妈的生意，把生意做大。"

"把生意做大！进十二打剃须刀片，一片一片卖给渔民？"

"我想他是想借朋友之手让你就范。"

道理很简单：如果有人在你的朋友面前说你要帮他如何如何，你就有可能真的会这么做。

我说："费迪南是个非洲人。"

再次遇到费迪南，我说："我朋友马赫什说你要去美国读商业管理。你有没有告诉你妈妈呢？"

他听不出我话里的挖苦。但是换成这种说法让他有些手足无措，一时语塞。

我接着说："费迪南，你不要到处跟人家讲一些无凭无据的事。你说，商业管理是什么意思？"

他回答："记账、打字、速记。就是你平时做的那些事啊。"

"我可不会速记。那只是秘书课程，不能算商业管理。你也不用大老远跑到美国或者加拿大去学这东西，在这里也一样学，我想首都肯定有地方教。到了某个时候，你会发觉你想做的不止这些。"

这些话他不爱听，他的眼里充满了羞辱和愤怒。但这不能怪我，要找人算账的话，只能去找梅迪，而不是我。

他遇见我的时候，我正准备去希腊俱乐部打壁球。和过去在海岸的时候一样，我穿上帆布鞋和运动短裤，手里拿着球拍，脖子上搭着一条毛巾。我走出客厅，站在走道上，意思是等他出来，我好锁门。但他仍待在客厅里，不用说，他是在等梅迪。

我走了出去，站到楼梯平台上。这里不时会停电，这天也是。火盆里有火，其他一些人也在外面生火，烟雾袅袅升起，萦绕在进口的装饰树中间：肉桂树、面包果树、鸡蛋花、凤凰树。听说这片居民区过去是不让非洲人和亚洲人进来住的，而现在这里烟幕缭绕，树木掩映，竟有几分森林村庄的味道。这些树我在海岸的时候就认识，我想海岸的这种树也是进口的。但在我心目中，它们同海岸和家乡，同另一种生活联系在一起。同样的树，在这里看起来就像是假的，这个小镇也一样。它们看起来似曾相识，但只能让我联想到我现在的处境。

后来再也没听到过费迪南说留学的事，不久，他甚至摆脱了前程远大的公立中学学生的姿态。他在进行一些新的尝试。他不再两腿交叉靠在墙上，不再绕着工作台踱步，不再把东西拿起来又放下，也不再挑起严肃的谈话。

现在他每次来，总是一副严肃而凝重的表情。他总是把头抬得高高的，行动慢悠悠的，在客厅的沙发上一落座就往下溜，有时几乎是躺在那里，一副懒散倦怠的样子。他对面前的东西视而不见。他愿意倾听，但懒得开口——这就是他想留给我的印象。我不知道他装成这样子是什么意思。后来听了梅迪的一番话，我才明白费迪南想要达到的目的。

学期中间，学校里出现了一些新面孔，来自东部的武士部落。这些人个个高大威猛。梅迪用羡慕的口气说，他们过去经常坐着轿子出行，由一群矮小人种的奴隶抬着。这些来自森林部落的高大的非洲人颇得欧洲人垂青。从我记事的时候起，就有一些杂志写过他们，说他们不种地，也不做生意。他们和欧洲人一样，瞧不起其他非洲人。如今非洲已沧桑巨变，欧洲人照样赞赏他们，杂志上仍经常登载关于他们的文章和照片。事实上，欧洲人和非洲本地人都把这些非洲武士看成最高等的非洲人。

经历了诸多变故，学校里依旧弥漫着殖民时期的气息。这些新学生的出现在学校里掀起了一阵波澜。费迪南的双亲都是做生意的，他想尝试这些懒惰的森林武士的角色。在学校里他没法懒散，也装不出过去有奴隶伺候的样子，但他觉得可以拿我做练习。

不过，我知道关于那个森林王国的其他一些事情。我知道给他们当奴隶的那个部落曾反叛过，后来被血腥镇压，才给他们当了奴隶。不过非洲是个很大的地方，丛林掩盖了屠杀的声音，浑浊的河流和湖泊冲走了淋漓的鲜血。

梅迪说："我们必须去那里，恩主。我听说那是非洲最后一块宝地。那里仍然有很多很多白人。那里仍然有很多白人，听说布琼布拉①就是个小巴黎。"

要是他对自己说的话有点儿了解，我都会为他担心。他哪里是真的想到布琼布拉去找白人做伴？他哪里知道加拿大在什么地方，是干什么的？我对他太了解了，知道他的话只是说说而已。不过这都是些什么鬼话！白人被从我们的镇上赶跑了，他们的纪念碑也被毁掉了。但在那里，在另外一个镇上，还有很多白人，有武士，有奴隶。这把那些少年武士

---

①非洲中东部的布隆迪共和国的首都。

迷住了，把梅迪迷住了，把费迪南迷住了。

我于始觉得我的世界是如此简单，如此单纯。对我、马赫什以及镇上没受过多少教育的希腊人、意大利人来说，世界真是太简单了。我们能理解它，要不是遇到这么多障碍，我们也能征服它。我们远离自己的文明，远离干实事、造东西的人，我们造不出自己喜欢的东西，甚至不具备原始的技能，不过这都不要紧。事实上，我们接受的教育越少，心里就越安宁，就越容易追随我们所属的一种或多种文明。

对费迪南来说这不可能。他永远不能变简单。越是尝试，他越是糊涂。开始我还觉得他的脑袋空荡荡的，其实并不是。他脑袋里装满了各种各样的垃圾，乱成一团。

随着这些少年武士的到来，吹牛之风在学校蔓延开来。我发现费迪南——或是别的什么人——也在吹嘘我。也可能是我不小心说了什么。总之这个学期他们在说我很关心非洲年轻人的教育和福利。

我的店里开始有很多年轻人过来，有的是公立中学的学生，有的不是。他们有的手里拿着书，有的穿着运动校服，上面绣着校训 Semper Aliquid Novi，一看就是借来的。他们都想要钱，都在我面前哭穷，说自己需要点儿钱去完成学业。胆子大些的一次又一次直接开口要，胆子小些的就在店里晃悠，直到店里的人全走光为止。个别的还会编点儿故事，无外乎自己的父亲去世了或者在遥远的地方，母亲在村子里，自己无依无靠，大志难酬这种话，和费迪南的情况半斤八两。大部分人甚至都懒得去编这些故事。

对这些愚蠢的做法，我先是吃惊，后来厌烦，再后来就开始害怕了。你骂他们一顿，让梅迪把他们撵出去，他们都不在乎。有的走了又来。他们好像都不理会我的反应，仿佛我已经被赋予一种特殊的"性格"，我对自己的看法根本无关紧要。这正是让我害怕的地方。他们貌似厚道，其实并不厚道，貌似单纯，其实并不单纯——追究起来，我想事情的源头是费迪南，他胡乱阐释我们的关系，他想利用我。

马赫什对非洲人有偏见，所以我那时把问题简化了，轻描淡写地一语带过："费迪南是非洲人。"我想费迪南在自己的朋友面前，肯定也会胡乱解释我和他的关系。我现在觉得他的谎言和吹嘘已经结成一张大网，把我捆在了中间。

其他外国人可能都遇到了我这种情况。最近发生的事情证明了我们的无助。现在局势平静下来了，但我们所有人——亚洲人、希腊人，以及其他欧洲人——都沦为受害者，都在被人暗算，只是暗算的方法有所不同。我们中有的人很凶，这些非洲人对他们有所顾忌，就是暗算也会小心翼翼，总的来说对他们还算恭顺。但对其他人就没什么顾忌了：就像对我一样，直截了当地要这要那。这完全符合这片土地的传统：在这里，人向来就是猎物。你对你的猎物说不上有多少恶意。你只是设了个陷阱。一次次失败，但你的陷阱会一直等待。

我到小镇后不久，马赫什跟我说起本地非洲人："萨林姆，你要记住，他们 malin。"他故意用了一个法语词，因为用 wicked、mischievous、bad-minded 这些英文词都无法准确表达他的意思。这里的人 malin，就好像狗追赶蜥蜴，猫追赶小鸟。他们 malin，是因为他们一直都把人当成猎物。①

这些非洲人体格并不健壮，他们矮小而单薄，在广袤的森林和河流面前，显得非常弱小。但好像正是为了弥补这种弱小，他们喜欢用巴掌而不是拳头来伤害别人。他们用手掌伤人，喜欢推推搡搡，喜欢扇耳光。晚上我坐在酒吧或小舞场外面，不止一次看到原本只是一个醉鬼在推来推去，然后是一阵乱打，巴掌扇过来扇过去，最后演化成了刻意的谋杀。

① malin 为法语，兼有"恶毒"、"狡猾"、"淘气"的意思。后面三个英语单词的意思分别为"邪恶的"、"恶作剧的"、"坏心眼的"。

只要受害者受了伤，出了血，他们仿佛就不再是十足的人，行凶者就得把毁灭行动进行到底。

我无遮无拦。我没有家庭，没有国旗，也没有信仰。费迪南是不是把这种情况告诉了他的朋友？我觉得我这时候应该和费迪南谈一谈了，把事情搞清楚，要让他改变对我的想法。

如我所愿，机会不久自动送上门来。一天早上，店里来了一位衣冠楚楚的年轻人，手里拿着的像是本商业账簿。这小伙子属于胆子比较小的那种人，一直在店里晃荡，等人都走空了，才走到我跟前来。他走过来的时候，我发觉他手里拿的并不是地道的商业账簿。由于时常握攥，簿脊的中间位置已磨破磨黑了。这个年轻人显然是穿着他最好的衬衫，但我发觉这衬衫也没有我想的那样干净。他这身衣服肯定是遇到重要场合才穿，回到家就挂在钉子上，然后遇到新的重要场合又拿出来穿。衣服领子里面都成了黄黑色。

"萨林姆先生。"

我拿过账簿，他的目光转向别处，双眉紧锁。

账簿是公立中学的，从殖民时代后期传到现在，颇有些年头了。上面列着原计划建造的体育馆的捐款情况。封二印着学校的标志：盾形纹章和校训。扉页上写着校长的号召词。笔迹生硬，棱角突出。这本来是典型的欧洲书法，后来被这里有些非洲人学了去。第一个捐款的是省长，他的签名可谓大手笔，一签就是一整页。我翻看着这本登记簿，研究着官员和商贾们充满自信的签名。这些签名时间并不久远，但显得像是另一个世纪的东西。

其中一个签名引起了我特别的兴趣，签名者也是来自海岸的印度裔穆斯林，纳扎努丁经常提起他。此人对金钱和安全有一种很老派的看法，他用自己的所有钱财建造了一座宫殿。后来这个国家宣布独立，他不得不抛弃辛辛苦苦建立起来的宫殿。恢复了中央政府权威的雇佣兵曾经驻扎在里面。这座宫殿现在仍用作军营。从账簿上看，这位修宫殿的仁兄捐了一大笔钱。我还发现了纳扎努丁的签名——我有些吃惊。我都忘了他有可能出现在这里，出现在殖民地时期这些死气沉沉的姓名当中。

体育馆最后并没有建起来。人们的忠诚和对未来的信心，对身为公民的自豪感，通通付诸东流。只有账簿留了下来。有人看到它可以换钱，就顺手牵羊了。登记簿的日期显然改过，原校长的签名也被涂掉，改成惠斯曼斯神父。

我告诉面前的小伙子："这册子我留下了，我要物归原主。是谁给你的，费迪南吗？"

他一脸无助，汗珠从皱着的额头上滚下来，他眨了眨眼睛，没让汗水流进眼里。"萨林姆先生——"

"你已经给了我，没你的事了，现在你走吧。"

他只好从命。

那天下午，费迪南来了。我预料到他会来找我，他想看我的表情，弄清楚我把登记簿怎么了。他叫我："萨林姆？"我没有理他，就让他站在那里。不过他不会站太久的。

梅迪就在储藏室里，肯定听到他的话了。梅迪在喊："喂……喂？"费迪南回了一声，随后就到储藏室去了。他和梅迪开始用方言聊，听上去聊得挺开心，声音很大，发出一阵阵笑声。我怒火中烧，立刻从书桌的抽屉里拿出账簿，走到储藏室。

储藏室只有一个小小的窗子，装在很高的地方，还被封住了，屋子里黑洞洞的。梅迪正站在梯子上清点靠墙那排货架上的存货。费迪南倚在靠另一面墙的货架上，在窗子正下方。我看不清他的脸。

我站在门口，举起登记簿向费迪南挥了挥，告诉他说："你是在找麻烦。"

他问了一句："什么麻烦？"

用的是那种死气沉沉的腔调。他并无嘲讽之意，确实是在问我的话是什么意思。不过我看不清他的脸，只看到他的眼白，好像还看到他在咧着嘴笑。这张鬼脸！这张让人想起面具的脸！我也在想："是啊，什么麻烦？"

说起麻烦，前提是有法律法规，并且得到所有人的认同。这里却是无法无天的蛮荒之地。以前有过秩序，不过是建立在欺诈和残忍的基础上，小镇之所以落到今天的田地，原因全系于此。现在没什么法规了，有的只是官僚。这班官僚你要是不塞钱给他们，就是天大的道理都会被他们轻易推翻。我只能对费迪南说："不要害我，孩子，因为我能把你害得更惨。"

我现在能更清楚地看到他的脸了。

我说："你去把登记簿还给惠斯曼斯神父。要是你不去，我自己去。我还要让他赶你回家，让你永远不能回来。"

费迪南一脸茫然，仿佛遭到了突然袭击。接着，我注意到梯子上的梅迪。从眼神看，梅迪非常紧张惊恐。我发觉我犯了个错误，不该把火全发到费迪南一个人头上。

费迪南的眼睛亮了起来，眼白能看得清清楚楚。在这个可怕的时刻，他看起来就像老电影里的丑角，身体前倾，几乎要失去平衡了。他深深地吸了一口气，眼睛仍然直直地盯着我，怒容满面，不住地往地上吐唾沫。我的话深深伤害了他，他快疯了。他的双臂垂在身体两侧，看起来比平时更长。他的双手握了握，但没有攥成拳头。他的嘴张开着。我原来还以为他在笑，现在看他根本没笑。要不是光线太暗，我一开始就能看清楚。

他那样子够吓人的，我在想："瞧这模样，他要是看到受害者的血，看着敌人被宰杀，应该就是这种表情吧。"顺着这思路往下走，我又想："就是这种愤怒把小镇夷为平地的。"

我本可以再进一步，把愤怒催化成眼泪，但我没有这么做。我想我已经让他们认识到我是什么样的人了。我走了出去，让他们在储藏室里冷静一下。过了一会儿，我听到他俩的说话声，不过声调柔和多了。

到了四点钟，商店要打烊，我大声喊梅迪。他巴不得趁这个机会出来活动，所以很爽快地答应了一声："恩主。"然后皱着眉头，表示他对打烊这件事十分上心。

费迪南也出来了，神色平静，脚步轻盈。他叫了我一声："萨林姆？"我回答说："我会把登记簿还回去。"我看着他走开，沿着红色的街道走在光秃秃的凤凰树下，经过小镇集市两旁简陋的小屋。他走得慢吞吞的，身影高大而忧伤。

4

我带着登记簿去学校找惠斯曼斯神父，他不在。外间的办公室里有个比利时年轻人，告诉我说惠斯曼斯喜欢隔一段时间出去几天。去了哪里？"到丛林里，到各个村庄里去。"年轻人不知是秘书还是老师，说话口气很不耐烦。我把体育馆捐款登记簿交给他，他益发火大。

他说："他们跑到这儿来，求着我们招他们进来。这倒好，刚一进来就偷上了。要是不看着点儿，整个学校都会让他们偷走。他们跑到这里来，恳求你照应他们的孩子，到了街上，他们照样和你推推搡搡，表示他们对你毫不在乎。"年轻人脸色不好，皮肤苍白，眼圈发黑，说话的时候不住地流汗。他接着又说："很抱歉，你和惠斯曼斯神父谈谈会更好。要知道，我在这里很不容易，天天把蜂蜜蛋糕和鸡蛋当饭吃。"

听起来他的饮食似乎挺高级，后来我才明白他其实是说自己无以果腹。

他说："惠斯曼斯神父这学期想让男孩们吃非洲的食物。这也没什么大关系。首都的一位非洲妇女就会烧一手好菜，她烧的对虾和贝壳特别好吃。可这里呢，全是毛虫、菠菜拌番茄酱，也不知道是不是真番茄酱。第一天就这样。当然，这只是给男孩们吃的，不过我一看就倒胃口。我不敢待在饭厅里看着他们嚼这些东西。现在厨房里烧的东西我全都不敢吃，我自己房间里又没有烧饭的器具，到凡·德尔·魏登旅馆去吃吧，庭院里不时飘来下水道的怪味！我得走。这里我待不下去了。惠斯曼斯神父无所谓，反正他是牧师。我又不是牧师。他往丛林里跑，我可不想往丛林里跑。"

对此我也爱莫能助。食品对每个人来说都是问题。我自己的安排也够呛。那天中午我还是跑到印度夫妇那里去蹭饭，为了这顿饭我闻够了阿魏胶和油布的味道！

大约一周之后，我又去了学校，听说那比利时小伙子和我见面之后第三天就乘汽船走了。是惠斯曼斯神父告诉我这消息的。神父刚旅行归来，晒得黑黑的，样子很健康。他丝毫没有因那位年轻教师的离去而心烦。他说，他很高兴体育馆捐款登记簿被送回来，这登记簿是小镇历史的一部分，偷登记簿的孩子早晚有一天会明白过来的。

惠斯曼斯神父四十来岁。他穿得不像一位教士，不过他就是穿着普通的裤子和衬衫，也显得与众不同。他长着一张"娃娃脸"，我注意到欧洲人有时候是这种脸型，但在阿拉伯人、波斯人和印度人中间看不到。这种脸上，嘴唇的形状和前额的突起有些孩童的特征。这种脸型的人有可能是早产儿，或是很早的时候经历过磨难。他们有的内心同外表一样弱不禁风，有的则十分坚强。惠斯曼斯神父就很坚强。他给人的印象是不成熟、脆弱，但又坚韧顽强。

他前些天是到河上去了，拜访他熟悉的几个村庄，并带回来两件东西：一个面具和一件比较古旧的木刻。他没多讲刚离开的那位老师，也没多讲体育馆捐款登记簿，他更愿意讲他带回来的这两件东西。

这木刻不同寻常，有五英尺高，刻的是一个瘦削的人，只有四肢、躯干和脑袋，很粗拙，是用直径不超过七八英寸的木头刻出来的。对木刻我也略知一二，我们在海岸的时候也做过这种生意。我们还从精通木刻的部落请了几户人家，专门为我们干活。不过惠斯曼斯神父没理会我提供的信息，继续讲他从这件木刻上看到的东西。在我看来，这木刻像夸张而粗糙，是木刻匠人的恶作剧（我们家雇用的木刻匠人有时候会做这种事）。但是，惠斯曼斯神父知道这瘦削的人像的含义，觉得它充满了想象力，意义深远。

我静静地听他说。最后，惠斯曼斯神父笑了一下："Semper aliquid novi."他用校训开了个玩笑。他说这句话历史久远，可追溯到两千年前，是一个古罗马作家说的，意思是非洲"总有新的东西"。这话用于面具和木刻再贴切不过。每个面具、每件木刻都是为特定的宗教目的制作的，只能制作一次，所以个个都不相同。仿制品就只是仿制品，不会有原作的魔力和威力。惠斯曼斯神父对仿制品不感兴趣，他按照是否有宗教属性这个标准来搜寻面具和木刻。如果没有宗教属性，这些东西就是死的，毫无美感可言。

很奇怪，一个基督教牧师居然对非洲信仰如此感兴趣。在海岸，我们对非洲信仰不屑一顾。不过，尽管惠斯曼斯神父有着渊博的非洲宗教知识，而且不遗余力地收集这些物件，他对非洲人的其他方面却兴致索然。他似乎对这个国家的时局漠不关心。我对他这种置身事外的超然态度感到妒忌。离开的时候，我心里在想，他的非洲完全不同于我的非洲。他的非洲是丛林和大河的非洲。他的非洲是个奇妙的地方，充满了新鲜事物。

他是一位教士，半个男人。他按照宗教誓约生活，而我就不会立这样的誓约。我来拜访他的时候，是带着我这种背景的人对宗教人士特有的尊敬而来的。但现在，我觉得他不只是一位宗教人士。我觉得他是一个纯粹的人。有他在镇上，我心里感到安慰。他的态度，他的兴趣，他的知识，给这个地方增添了一些东西，使之显得不是那么蛮荒。虽然他有点儿自我陶醉，他不管那个年轻教师的精神崩溃，他说话的时候不听我插话，但这一切我根本不放在心上，我觉得这是他的宗教特质使然。我经常去找他，试图了解他的兴趣喜好。他总是喜欢说话，说话的时候眼光略略偏向一边；他还总是喜欢向我展示他新发现的东西。他到我的店里来过几次，为学校订购东西。每次都显得那样腼腆，其实那并非腼腆。我和他在一起没法轻松自如。他总是那么超脱。

神父告诉我说，镇上还有一则箴言，刻在码头大门那里的残碑上，也是拉丁文。Miscerique probat populos et foedera jungi. 意思是："各族融合，团结如一，深合他意。"这则箴言的历史也很久远，是从古罗马时期流传下来的，出自一首描写罗马帝国建立的诗歌。罗马的第一位英雄要到意大利去建立自己的城市，途中在非洲海岸登陆。当地的女王爱上了这位英雄，意大利之旅眼看就要告吹，此时关注这位英雄的诸神插手了。其中一位说罗马的主神可能不会同意他在非洲落脚，让各民族在这里融合，让罗马人和非洲人缔结条约，结成一体。在那首拉丁诗歌里，那句诗意思就是这样，但在这条箴言中，原诗句被篡改了三个词，变成了和原文相反的意思。根据这则箴言，也就是码头大门外的巨石上刻的话，在非洲落脚是没有问题的：罗马主神同意民族融合，同意各族人在非洲缔结和平相处的条约。Miscerique probat populos et foedera jungi.

我非常惊愕。为纪念和首都通航六十周年，人们居然篡改了两千年前的诗句！罗马如何了得！而这儿算是什么鬼地方？把这句话刻在非洲这条大河边的纪念碑上，肯定会给这镇子招来灾祸。难道他们就没有隐隐的担忧，如同原诗中流露的那样？果然，纪念碑刚竖起来，就被摧毁了，只留下一些铜片，和几个讽刺意味十足的词语。当地人谁也看不懂这些词语是什么意思，他们只是把纪念碑前的空地当作集市和露宿地。汽船开走前的两天，他们赶着羊，提着鸡笼，牵着猴子（和山羊、鸡一样，猴子也是杀来吃的），闹哄哄地到这里来交易。

幸亏我没有说话，因为在神父看来，这句话中并没有虚荣的成分。它帮助他认识自己在非洲的位置。他并非简单地认为自己置身于非洲丛林中的某个地方，他把自己看成渊源久远的历史的一部分。他属于欧洲。他觉得这句拉丁语说的就是他自己。镇上的欧洲人教育程度不高，在急流附近，现已沦为废墟的欧式郊区代表的东西和神父的生活格格不入。不过这都没有关系。神父对欧洲有自己的看法，对欧洲文明也有自己的看法。横亘在我们之间的就是这些看法。我和在希腊俱乐部里遇到的人之间是没有这种隔阂的。惠斯曼斯神父不像我遇到的那些人，拼命强调自己的欧洲特性，强调自己和非洲人的不同。在各个方面，他都比我们更安心。

　　面对非洲小镇的遭遇，惠斯曼斯神父不像他的同胞那样义愤填膺。对于纪念碑、雕塑遭到毁坏，神父也没有像其他人那样觉得是奇耻大辱。这并不是因为他乐于宽恕，或是对非洲人的遭遇有更深一层的理解。对他而言，这个他的同胞建立起来的小镇惨遭摧毁，只是暂时的退步。但逢大势变化，重要的新事物产生，都难免发生这种事情。

　　他说河湾那里建成居住地是大势所趋。那里是天然的会合之处。部落会改变，权力会更迭，但人们最后总会回到那里，在那里见面，在那里做生意。如果把那里建成阿拉伯式小镇，可能会比非洲居住区富裕那么一点儿，技术上也不会先进多少。阿拉伯人身处偏远的内陆，不得不应用森林里的东西来建设这个小镇，小镇的生活和森林里的生活不会有很大差异。阿拉伯人只是给欧洲文明的到来铺平了道路。

　　惠斯曼斯神父崇敬事关欧洲殖民和河道开放的一切。他这种态度镇上人要是知道了，肯定会大吃一惊。大家都说他是热爱非洲的人，照他们的想法，神父本应唾弃过去的殖民时代才是。过去是苦涩的，但惠斯曼斯神父似乎视之为理所当然，他的目光超越了这苦涩。海关附近的修船厂早已无人问津，垃圾成堆，锈迹斑斑。他从里面淘到老旧轮船的残骸和报废机器的部件，都是十九世纪九十年代末的东西。神父把这些东西摆在学校的院子里，仿佛它们是古代文明的遗迹。他最得意的一件东西上面有一块椭圆形的铁牌，上面刻着来自比利时塞拉林镇的制造者的姓名。

浑浊的大河奔腾不息，周遭发生着一些平淡的事件，各民族混居在一起——这一切早晚会滋生出伟大的东西。我们正处在其开始阶段。惠斯曼斯神父觉得殖民时期的遗物和非洲物品同样重要。在他眼中，真正的非洲已奄奄一息，行将就木。因此，趁非洲还没死的时候，很有必要好好了解它，并把它的物品保存起来。

他把从垂死的非洲收集来的物件通通收藏在学校的枪支储藏室里，那里以前是用来放学生军训时使用的老旧枪支的。储藏室和教室一样大小，从外面看也像间教室。不过它没有窗户，只有两扇木条大门。里面唯一的光源是一个光秃秃的灯泡，从长长的电线上垂下来。

惠斯曼斯神父给我开了门，我一进去就闻到一股热烘烘的青草、泥土和陈油脂的气味。板条搭的架子上放着一排排面具，看着这些面具我的心情很复杂。我在想："这就是扎贝思的世界，她离开我的商店，应该就回到这种世界去了。"不过，扎贝思的世界是活生生的，而这里的世界却是死的，这就是面具给我的印象。它们平躺在一排排架子上，不是向着天空和森林，而是对着上一层架子的下面。这些面具在不止一个方面被贬低了，失去了原有的威力。

不过这种印象转瞬即逝。储藏室又暗又热，面具发出的气味越来越浓，我的敬畏感也越来越深，我越来越感觉到我们被外面的世界包围着。这就像夜里在大河上的感觉。丛林里精灵出没，祖先的阴魂在丛林上方俯视着，庇护着。在这间屋子里，这些死气沉沉的面具所代表的阴魂，它们拥有的魔力，以及那些质朴的人们对宗教的敬畏，似乎全都集结起来了。

面具和木刻看起来年代都很久远，说它们属于什么时代都有可能。可能是一百年前，也可能是一千年前。好在惠斯曼斯神父逐一记录了它们的时间，从他的记录看，它们存世时间都还不长。我边看边想："这个面具是一九四〇年的，就是我出生那年。""这个是一九六三年的，就是我刚来这里的时候。说不定是在我和马赫什、舒芭夫妇一起吃饭的时候造出来的。"

　　如此古老，又如此年轻。惠斯曼斯神父对于他的文明，对于未来，抱有一种很宏大的看法。他认为自己站在这一切的终点，觉得自己是最后一个也是最幸运的一个见证人。

5

我们中大部分人只知道大河、毁坏的公路和它们两边的东西。此外的一切均属未知，我们只能为之惊诧。我们很少偏离常规的路线，其实我们出门的次数都不多。好像我们到这里来已经跑得太远，没有心思再动了。我们只是守着自己熟悉的东西：公寓、商店、俱乐部、酒吧、日落时的河畔。有些周末，我们也到河马岛上去玩。河马岛位于急流上游。不过，岛上荒无人烟，只有河马，我第一次去的时候见到了七只，现在只剩下三只了。

至于隐蔽的村庄，我们只能从到镇上来的村民身上了解一二。他们已经与外界隔绝多年，缺衣少食，每次出现的时候都形容枯槁，衣裳破烂，能再次自由出行他们似乎都很高兴。我经常从商店里看着他们在广场的商铺前闲逛，盯着各式布匹和成衣，或者漫步到食品摊前，看着一堆一堆放在小块报纸上的油乎乎的煎飞蚁（论勺卖，价格不菲）。还有橙色的毛虫，眼睛外突，身上长着毛，在瓷盆里蠕动着。还有白白胖胖的蛴螬，装在小纸袋里，一个袋子放五六条，用潮湿松软的泥土养着。这些蛴螬富含脂肪，身体吸收能力强，没什么味道，沾甜的能吃出甜味，沾辣的能吃出辣味。这些都是森林食品,不过现在村庄里已经找不到了(蛴螬生长在一种棕榈树的树心),大家也不想跑到森林深处去找。

村民们本来只是到镇上来逛逛,但越来越多的人开始在镇上露宿。一到晚上,街道上、广场上到处都有做饭的。商店雨篷下的人行道是睡觉的地方。在这里睡觉的人还搭起了象征性的围墙:用石头或者砖块支撑着纸盒子,构成矮墙;或者在地上插上棍子,用石头围住棍子,保持棍子直立,然后在棍子之间拉绳子,形成小拳击台的样子。

小镇的人气又旺了起来,不再像原来那样荒凉。人们从四面八方的村庄里赶来,似乎没有什么能阻挡他们。接着,从镇外茫茫一片的未知之中,传来了战争的消息。

还是那场战争,我们至今没有从中完全恢复过来。它是一场半部落性质的战争,在独立运动中爆发。战争让小镇受到重创,成了空城。我们都觉得这场战争已经打完了,该了结的都了结了,战争的狂热也化作乌有了。没有任何迹象让我们想到别的结局。连本地非洲人也开始觉得那是个疯狂的时期。说疯狂是实至名归。从马赫什和舒芭那里,我听说了很多关于那个时期的可怕故事。听说这里接连几个月都有士兵、叛兵和雇佣兵在肆意杀戮;人们被捆成让人难以接受的形状,在街上被活活打死,一边挨打,一边被迫唱一些歌。从村子里来的人对这种恐怖毫无准备。而现在,这可怕的情形又要重演了!

独立时期,我们这一带的人因为愤怒和恐惧而失去理智——殖民时代郁积了太多愤怒,部落之间潜伏的各种恐惧也被唤醒。这一带的人不仅受到欧洲人、阿拉伯人的虐待,也受到其他非洲人的压迫。独立运动开始后,他们不愿接受首都的新政府统治,于是掀起了这场起义。起义是完全自发的,没有领袖,也没有宣言。要是这场反抗更理智一些,不是为了反抗而反抗,这一带的人本可以建成新的国家,把河湾的小镇收归自己名下,成为新国家的首都。但他们过于憎恨入侵者,因为入侵者在这个小镇上统治，从小镇上发号施令，统治其他地方，所以他们连带着憎恨起小镇。他们宁可把它毁掉，也不想自己接管。

毁了小镇，他们又感到难受。他们盼着这里重现繁华。现在小镇露出了一点生机，他们却又害怕起来。

这些人好像不知道自己的想法。他们遭受的苦难太多了；他们给自己带来了太多苦难。他们从村子里出来到镇上游荡的时候，一个个都显得那么疲弱和癫狂。到了镇上，他们看上去非常需要小镇的食品和安宁，但一回到村里，他们就想把小镇重新推倒！多么可怕的愤怒！就像森林里的暗火，潜入地下，沿着被烧掉的树木的根系暗暗地燃烧，然后突然从一片光秃秃的焦土中冒出来。在废墟和贫乏当中，毁灭的欲望又燃烧起来了。

这场战争我们都以为已经远去，突然之间又冒了出来，就在我们身边。我们不时听说我们熟悉的路边发生了伏击事件，听说村庄被攻击，听说部落头人和官员被杀。

这时马赫什说的一席话让我印象深刻。他的衣着打扮总是那么一丝不苟，他总是那么养尊处优，为他可爱的妻子着迷不已，真是没想到他会说出这番话来。

马赫什告诉我："你能怎么办？你生活在这里，你还问这个问题？别人怎么做你就怎么做呗。只能继续下去。"

小镇上有军队驻扎进来了。这些军人来自于一个武士部落。他们原来伺候这一带的阿拉伯人，帮他们找奴隶。后来经过几次血腥叛乱，转投殖民政府门下当兵。所以，小镇的治安管理仍旧照搬原来的套路。

不过现在不需要奴隶了，而且在殖民时代结束后，每个人都可以得到枪支，每个部落都可能成为武士部落。所以这支军队行事谨慎。街上有时会出现一卡车一卡车的士兵，但这些士兵都不露出自己的武器。他们有时也在营房附近练练步伐。他们的营房也就是我那老乡建的宫殿，楼上楼下的走道被隔成几块，晾着女人的衣服（军人制服的洗涤被一个希腊人承包了）。仅此而已。这些军人都不张扬，也不敢张扬。他们周围都是过去的敌人，是他们原来猎捕的对象。他们定期领军饷，日子过得还不错，不过军备很短缺。这个国家刚换总统，新总统是军人出身。他用这种方式辖制国家，控制桀骜不驯的军人。

就这样，镇上的人们勉强相安无事。这些军人待遇不错，而且已经被驯化，和他们做做生意还是挺不错的。士兵们也舍得花钱，他们买家具，也喜欢地毯——这是跟阿拉伯人学的。不过现在镇上的平衡局面受到威胁了。军队真的要去打仗。把现代武器交给这些人，下命令让他们去杀人，他们会不会像各自为政的独立运动时期一样，变得如同他们猎捕奴隶的祖先，成群结队地四处烧杀抢掠？谁都不知道。

千万不要这样。我在这场战争中是中立的，两方我都怕。我不想看到军队失控的局面。我也不想小镇毁在本地人手里，尽管我对他们抱有同情。我不希望任何一方赢，只希望回到过去的平衡局面。

有天晚上，我预感战争近了。半夜醒来，我听到了远处的卡车声。可能是任何一方的卡车，甚至有可能是道莱特的运货车，从遥远的东海岸过来。我在想："这是战争的声音。"听着机器发出的不间断的、刺耳的声音，我想到了枪。我在想这些枪会被用来对付疯狂的、食不果腹的村民——他们的衣服已经破得不成样子，黑乎乎的，和灰烬一个颜色。不过这都是半夜惊醒时的焦虑。过了一会儿，我又睡着了。

早上梅迪送咖啡来的时候说："士兵们跑回去了。他们往大桥方向走。一到桥上，他们的枪就开始弯曲。"

"梅迪！"

"我正在跟你讲呢，恩主。"

糟了。部队要是真撤退就糟了。我不希望这支部队撤退。如果不是真的，那也够糟糕的。梅迪说的传闻是从本地人那里听来的。他说部队的枪变弯了，这就意味着反抗者——也就是那些衣衫褴褛的人——听信谣传，认为自己有森林和大河上各种阴魂护佑，刀枪不入。也就是说，只要有人振臂一呼，镇上的人立刻就会揭竿而起。

　　够糟的，不过我也没什么办法。商店的存货——根本没办法保护。我还有其他什么值钱的东西？还有两三公斤黄金，是我在各次小交易中挣下的。还有我的证件——出生证、英国护照等等。还有照相机，我以前给费迪南看过，后来再也不用它来吸引人了。所有这些东西我都放进一口木箱子里。我还把父亲托梅迪带来的圣地贴画放了进去。另外我也让梅迪把他的护照和钱放进箱子。梅迪恢复了在我们家做奴隶时的样子，慌慌张张，在这种节骨眼上还为了面子处处跟我学。看我把东西放到箱子里，他也照做，什么乱七八糟的东西都往里塞，我不得不叫他停手。我们在院子里挖了个坑，把箱子埋了下去。那个坑就在楼梯下面，红土中没有石头，很好挖。

　　其时天色尚早。我们的后院荒凉乏味：早晨的阳光洒下来，院子里飘着邻居家的鸡的气味，地上是红色的尘土和死去的叶子，晨光中，树影斜斜地横在地上。这些树我在海岸的时候就很熟悉。一切都这么平淡无奇，我在想："这样做真蠢！"过了一会儿，我又想："我不该这样做！梅迪现在知道我所有值钱的东西都在那口箱子里。我现在只能听他摆布了。"

　　我们离开家，到商店开门营业。我得继续下去。早上第一个钟头，我们做成了一笔小生意。但紧接着，集市广场的人都走了，小镇陷入沉寂。阳光耀眼而炽烈，我盯着不断缩短的树影，以及广场周围的商铺和房屋。

　　我想我有时能听到急流的声音。那是河湾处永远不息的声音，若是平时，这里根本听不到。现在，那声音随风飘来，忽有忽无。中午，我们关门去吃饭，我开着车穿过街道，四处一片寂静，只有强烈的阳光下金光点点的河流还有一点儿生气。河上没有独木舟，只有一堆一堆的水葫芦，从南部漂过来，又向西部漂去。水葫芦的花茎粗粗的，宛若桅杆。

那天中午，我在那对亚洲夫妇家中吃饭。他们原来是做运输生意的，独立运动爆发后，生意立刻停了，家里其他人全部离开了。我和这对夫妇每周一起吃两次饭，但一直以来，他们家毫无变化。这对夫妇几乎从来没什么新消息，我们之间也仍然没多少话可说。他们的房子简陋得像农舍，坐在走道上看，院子里仍旧停放着运输公司留下的那些日益发霉生锈的汽车。这要是我自己的生意，我会觉得这幅场景有碍心情。不过老夫妇俩好像并不介意，也不知道自己已经失去了很多。他们好像觉得把日子挨过去就够了。和我们家上一辈的人一样，他们觉得自己完成了宗教和家庭规定的传统义务，觉得自己这一辈子够了，圆满了。

过去在海岸的时候，每当在我们群体中看到像他们这样对周围发生的事情漠不关心的人，我就会感到悲哀。我总想让他们觉醒，让他们意识到危险的存在。但现在能和这对安详的老人待在一起，我感到心情十分平和。在这样的一天，如果能一直待在这里多好啊。真希望能回到童年，生活在睿智的长者的庇护之下，相信他们所相信的一切！

日子顺当的时候，谁会需要哲学和信仰？日子顺当的时候，每个人都能应付。只有在不顺当的时候，我们才需要借助外力。说到借助外力，非洲人是最擅长的。非洲人掀起了这场战争，他们会因战争吃尽苦头，他们面临的苦难无人能比。但他们能够应付。不管穿得多么破烂，他们都有自己的部落和村庄，这是完全属于他们的世界。他们至少可以逃回他们隐秘的世界，消失在其中，以前他们就这样干过。即便他们遭到巨大的不幸，在临死的时候，他们心里还是踏实的，因为他们知道祖先在上面看着，祖先赞许他们所做的一切。

但费迪南做不到。他血缘混杂，和我一样，在这个镇上也是个陌生人。下午，他来到我的公寓，看上去非常疯狂，几近歇斯底里，充满了非洲人对陌生的非洲人的恐惧。

学校已经停课，目的是保证师生安全。费迪南觉得学校很不安全，他认为镇上一旦发生叛乱，头一个攻打的就是学校。他摆脱了原先装出的种种角色和姿态。他原来一直大模大样地穿着运动校服，显示自己是非洲的新一代，现在觉得这衣服危险，会彰显出他的与众不同，于是给扔掉了；下身的白短裤也换成了卡其布长裤。他语无伦次地说要回南部，回到他父亲那边去。不过这是不可能的——他也知道这不可能。不要说去南部，就是沿着大河送他回他母亲的村里都不可能。

这孩子已经老大不小，可以说是个大人了，这时竟然抽抽搭搭："我又没想到这里来。我谁都不认识。是我妈妈要我来的。我没想到这镇上来，也没想来上学。她为什么要送我来读书啊？"

这种时候，我和梅迪都觉得安慰别人本身就是一种安慰。我们决定让费迪南住进梅迪的房间。我们给他收拾了一些铺盖出来。见我们这么关心他，他平静下来。天还没黑，我们就早早吃了饭。吃饭的时候费迪南一言不发。回各自房间后，他和梅迪聊了起来。

我听见梅迪在说："他们到了桥上，所有卡车都停住了，他们的枪也弯了。"

梅迪嗓门很高，声音很兴奋。他早上告诉我的时候可不是这种声音。现在他的腔调和本地非洲人一样，他就是从他们那里得到这个消息的。

到了早上，商店外面的集市广场毫无生气。小镇仍然空空荡荡。流浪的，露宿的，似乎全都躲起来了。

中午我到马赫什和舒芭家吃饭，发现他们的高级地毯不见了，同时消失的还有上好的玻璃器皿和银器，以及水晶玻璃的裸女塑像。舒芭看上去很紧张，特别是眼睛周围。马赫什更紧张，最让他感到紧张的是舒芭。我们吃饭的时候，情绪一直随着舒芭的情绪起伏。今天她好像要为她准备的饭菜而惩罚我们。我们吃了好长时间都没有说话。舒芭用疲惫的眼神低头看着桌子，马赫什则不断地看向她。

舒芭最后终于开口了："我这一周本应在家。我父亲病了。我有没有跟你说过，萨林姆？我应该和他在一起，而且今天是他生日。"

马赫什的目光在桌子上方飘来飘去。他又说了那段我曾觉得很聪明的话，不过效果大打折扣："我们应该继续下去。一切都会好的。新总统又不是傻瓜，他不会像前任那样，躲在家里什么都不管。"

舒芭插话了："继续下去？继续下去？我一直就是这样过的。我一辈子都是这样过的。我在这些非洲人中间就是这样过的。萨林姆，你说这能叫日子吗？"

她看着盘子，并没有抬眼看我。我也没开口。

舒芭又说了："萨林姆，我这辈子都荒废了。你想象不出我这辈子是怎么荒废掉的。你不知道我待在这里多么担惊受怕。你不知道我听说你来的时候有多恐惧，你不知道我一听说镇上来了陌生人有多害怕。你知道，我不得不害怕所有人。"她的眼睛抽搐了一下。她停住不吃了，用指尖按住颧骨，好像要把神经的疼痛挤压走。"我是富足人家出来的，我们家挺富裕。这你也知道。家里人给我安排好了一切，可我遇到了马赫什。他那时开了一家摩托车店。当时发生了一件很可怕的事。我和他刚认识就上床了。你知道我们是什么样的家庭，是什么样的风俗，所以我想你也知道我做出这种事有多糟糕！不过糟糕的还不止这些。自从这件事以后，我们就不想和任何人交往。这也是我命苦！你怎么不吃啊，萨林姆？吃啊，吃啊，我们还要继续下去呢。"

马赫什的嘴唇紧张地闭起来，看上去有点儿傻。听到责怪的话中含有表扬的意思，两眼又开始熠熠发亮。他和舒芭已经共同生活快十年了。

"我的家人把马赫什毒打了一顿。不过这更坚定了我的决心。我的哥哥弟弟扬言要泼硫酸毁我的容貌。他们可是说到做到的。他们还扬言要杀马赫什。所以我们躲这儿来了。我每天都在防着我的兄弟们来。到现在还是。我在等待他们。你知道像我们这样的人家，有些事是开不得玩笑的。后来，萨林姆，我们住在这里的时候，发生了更糟糕的事情。马赫什说我天天防着兄弟们其实很傻。他说：'你的哥哥弟弟不会自己大老远跑这儿来。他们会派别人。'"

马赫什插了一句："我那是开玩笑。"

"不，那不是开玩笑。是真的。天知道他们会派什么人过来，任何人都有可能。不一定非得是亚洲人。有可能是比利时人、希腊人，或者其他欧洲人。也可能是非洲人。我怎么搞得清？"

吃饭的时候就舒芭一个人在说，马赫什没有打断她，似乎他以前应付过这种局面。饭后，我们一起进城，马赫什说他不想把车开过去，于是上了我的车。刚离开舒芭，他的紧张就一扫而空。舒芭说了这么多他们之间的事，可他一点儿没有感到难堪，也没作评论。

我们沿着尘土飞扬的街道往前行驶，马赫什开口了："舒芭夸张了。事情没有她想的那么糟。新总统可不是傻瓜。汽船今天早晨还开过来了，里面都是白人。你不知道？你要是到凡·德尔·魏登旅馆那里，就会看到一些白人。新总统出身不好，好像是女仆生的。不过他会把局面收拾起来的！他会利用眼下的机会，好好修理修理这个国家，让大家该做什么做什么。去凡·德尔·魏登看看，你就会知道独立后是什么情形了。"

马赫什说得没错。汽船确实开过来了，车子驶过码头时我向那边瞧了一眼，果然看到船停在那里。船来的时候并没有鸣笛，我也没有注意，所以根本不知道它开来了。这艘汽船甲板低，平底，几乎被海关的小屋挡住，只有船尾的船舱上层的顶盖露在外面。我把车停在马赫什的商店外，正对着凡·德尔·魏登。我看到一些军车，还有一些被临时征用的民用卡车和出租车。

马赫什说："非洲人记性不好，这是好事。你去看看是谁来阻止他们自杀。"

凡·德尔·魏登是一幢现代化的楼房，高四层，水泥结构，线条笔直，是在独立之前的经济繁荣时期建起来的。尽管历经沧桑，仍勉强维持着现代旅馆的模样。沿人行道装了很多扇玻璃门，接待大厅铺着嵌花地板。里面有电梯，不过时常出故障。接待处仍放着独立前的航班广告，还有一个"客满"的牌子，从来没有撤走过，但事实上这家旅馆已经有些年没有客满过了。

我原以为大厅里会有很多人，熙熙攘攘，吵吵闹闹。可进去一看，发觉比平时还冷清，甚至可以说是悄无声息。不过旅馆还是有客人的：在贴花地板上放着二三十只箱子，都贴着一样的蓝色标签，上面写着"黑兹尔旅行社"。电梯今天坏了，只有一个服务员在值班。那是个矮小的老人，穿着殖民时代仆役的服装：卡其布短裤，短袖衬衫，外面罩着宽大而粗糙的围裙。老人沿着电梯旁的水磨石楼梯独自一人把箱子一个个往上搬。他的顶头上司是个腆着啤酒肚的非洲人。那人好像是河下游的人，平时总是站在接待处后面，什么也不干，只是拿根牙签剔牙，对谁都很粗鲁。不过今天他却站在箱子旁边，做出忙碌而又严肃的样子。

新来的客人有几个坐在院子里的露天酒吧里。院子里有几株绿色棕榈树和藤蔓植物，栽在水泥盆子里。水磨石地板从四面向中间倾斜，正中是栅栏状的地漏，那里总是发出一股下水道的气味，一下雨更是难闻。现在气味还不算太糟：空气干燥而闷热，阳光投射到一面墙上，形成三角形的一块亮斑——白人们就坐在这样的环境里，吃着旅馆的三明治，喝着淡啤。

这群人穿着平民服装，不过他们走到哪里都会显眼。平常酒吧的顾客中总有一些看上去没什么力气的人，而且年龄参差不齐。而这些白人个个体魄强健，里面也有几个灰白头发的，不过看起来不超过四十岁，说他们是运动员也有人信。这些人分成截然不同的两拨，其中一拨看上去粗野一些，有些吵闹，有几个穿着鲜艳的衣服。还有两三个年轻人假装喝醉了，正在插科打诨，逗大家发笑。另外一拨人严肃一些，脸上修得很光净，看上去受过更好的教育，比较注意自己的形象。乍一看，两拨人好像是碰巧在酒吧遇上了，彼此毫不相干，但仔细一看，你会发现他们都蹬着一模一样的沉重的黄褐色马靴。

凡·德尔·魏登旅馆的服务员平时总是没精打采的。年长一些的坐在板凳上什么也不干，只等着人家来给小费。他们大多长着一张瘪瘪的苦瓜脸，穿着短裤，围着宽大的围裙，就像跟班的穿的制服。有时候没事做，他们就把手缩到围裙下，看起来就像是在理发的人。年轻一些的是独立后长大的年轻人，穿着自己的衣服，在柜台后面叽叽喳喳地聊天，好像自己是客人一样。不过现在这些服务员都很警觉，都在忙乎。

我要了一杯咖啡，很快就上来了，速度之快简直是破天荒！给我上咖啡的是个身材矮小的老人。我不止一次想过，在殖民时期，这家旅馆挑服务员是不是看谁更瘦小，更好摆弄。怪不得此地过去出了那么多奴隶：选来做奴隶的人体格都很差，除了生育下一代的能力，其他各方面都只能算半个人。

咖啡上得很快，还有装在不锈钢壶里的牛奶，是奶粉冲的，量很少，而且好像不新鲜。我把牛奶壶举了起来，还没张口老服务员就看见了，吓得面如土色。见他吓成这样，我只好把壶放下来，无奈地啜饮着苦涩的清咖啡。

酒吧里的人来者不善。他们——或者他们的同伴——可能已经展开行动了。他们知道自己不是寻常角色，知道我是来看他们长什么样子的，也知道服务员害怕他们。今天早晨，旅馆的服务员还在说森林里的人如何如何刀枪不入。别看这些服务员身材矮小，一旦小镇上掀起叛乱，他们指不定会用那瘦小的手干出什么事来！这还没多久，他们就沦落到这么可怜的地步了。我们该为此感到庆幸，但同时又有些同情他们。这就是这个地方给你的印象：你永远不会知道应该怎样去思考，怎样去感受。要么感到恐惧，要么感到羞耻，别无其他。

我回到商店。日子还得继续下去，这样还能打发时光。凤凰树长出了新叶，毛茸茸的，嫩绿嫩绿的。日头在移动，人影树影斜斜地横过红色的街道。换成别的日子，一到这时候我就会想着回家喝茶，或者到希腊俱乐部打壁球，然后找家简陋的酒吧去喝冷饮，坐在金属桌子边上，看着黄昏的光线慢慢暗下去。

快四点的时候，商店正要打烊，梅迪突然跑来了："白人今天早晨来了。有的去了军营，有的去了水电。"他说的水电是指水力发电厂，离小镇有几英里路，在我们的上游。"他们到军营后，头一件事就是把岩义上校给毙了。是总统下令让枪毙的。他可是说到做到，这个新总统！岩义上校正跑出来迎接他们呢，他们没等他开口，就一枪给毙了，当着男女老少的面给毙了！还有依颜达中士，他还在我们这儿买过一卷苹果花纹的窗帘布呢，也让他们给毙了，还有其他几个当兵的。"

这个依颜达我还记得。总是穿着一身浆得笔挺的制服，脸四四方方的，小眼睛，总是笑眯眯的，眼神挺狡诈。我还记得他当时用手掌摩挲着印着大红苹果花纹的布，记得他掏出一卷票子付账的样子，别看他神气活现地掏钱，其实那东西不值几块钱。窗帘布！听说他被处决，当地人肯定很开心。这并不是因为依颜达是坏人，怪就怪他来自猎捕奴隶的部落，就好像军队里其他人一样，比如他的上校。

总统把恐惧带到了镇上，带到了这个地区。他明着是吓唬军队，暗里是吓唬本地老百姓，在杀鸡给猴看呢。处决军人的消息会不胫而走，老百姓会更加困惑，更加紧张。他们会跟我一样，第一次觉得独立后首都还是有管事的人，感觉到人人有份的独立已经到头了。

我能从梅迪身上看到变化。他不断带回糟糕的消息。但他比早上要平静一些，也让费迪南平静了些。下午晚些时候，我们开始听到枪声。

要在早晨，大家肯定都慌作一团。可现在我们竟然有一种如释重负的感觉——枪声是从很远的地方传过来的，远不及我们已经习以为常的雷声响亮。不过，这陌生的声音让镇上的狗惊惶不安，它们此起彼伏地叫起来，有时把枪声都盖住了。出门来到楼梯平台上，只看到黄昏的阳光、树和炊烟。

　　日落后四周一片漆黑。停电了。可能是机器坏了，可能是线路被人故意掐了，也可能是发电站被叛军占领了。但现在没有电也不是坏事，说明至少今天晚上不会发生暴乱。这里的人不喜欢天黑，有的人甚至要在屋子里点着灯才能入睡。不过我、梅迪和费迪南都不相信发电站被叛军占领了。我们信任总统派来的白人。早晨我们还看不清局势，现在一切都清楚了。

　　我坐在客厅里，就着油灯看旧杂志。梅迪和费迪南在他们的房间里说话。他们的声音和白天或者有电时不一样。两人的嗓音都压得低低的，带着沉思的意味，沉稳老成，像是两个老人在谈话。我来到走道上，发现他们的门是开着的，梅迪穿着背心和衬裤坐在床上，费迪南也穿着背心和衬裤，躺在地铺上，一只脚翘得高高的，抵在墙上。在油灯摇曳的灯光下，他们看起来像是躺在某间窝棚里面。两个人悠闲地聊着，慢声细语，不时停顿或沉默，同他们的姿势十分相配。这些天来，他们头一次这么放松。他们觉得危险离自己很远，所以竟聊起危险、战争和军队这些事了。

　　梅迪说他早上看到白人了。

　　费迪南回答说："南部有许多白人，那里的打仗才叫打仗呢。"

　　"今天早晨你真该见识一下。他们直接冲到营房，拿枪指着所有人。我从来没见过当兵的这样。"

　　费迪南说："我第一次见到当兵的那会儿还很小。那时欧洲人刚走，我住在妈妈的村里，还没有去我父亲那里。这些当兵的跑到村里来，也没个领头的，什么坏事都敢干。"

"他们有枪吗？"

"那还用说？当然有了。他们四处搜白人，搜到了就杀。他们说我们把白人给藏起来了，但我看他们纯粹是找麻烦。后来我妈妈走过去和他们说了几句话，他们就走了。只带走了几个妇女。"

"你妈妈和他们说什么了？"

"我也不知道，不过我看她把这些人吓住了。我妈妈会魔法。"

梅迪说："我们海岸那边有个人，和你说的有些像。那人好像是从这一带过去的，他让人对阿拉伯人动手，见阿拉伯人就杀，从集市上杀起。我当时就在现场。你真该见识一下，费迪南。那些胳膊和大腿扔得满街都是。"

"他干吗要杀阿拉伯人？"

"他说他是在执行非洲之神的命令。"

这话梅迪倒没和我说过。或许他觉得这并不重要，或许他是给吓坏了，不过他并没有忘记。

他们沉默了一会儿。我想费迪南可能在思考他刚听到的话。他们再次开口时把话题扯开了。

枪声继续传来。不过还是在远处。是总统派来的白人在开枪，好像是在承诺秩序和稳定。很奇怪，枪声竟让人感到安慰，让人有一种深夜听雨的感觉。一切外部未知世界的威胁都被遏制住了。焦虑散尽，坐在客厅里，看着油灯的灯影摇曳，电灯光永远造不出那种阴影来。费迪南和梅迪用闲适而又老成的声音聊着天，把自己的小屋变成了温暖的小窝。这样的情景，确实让人感到慰藉。感觉像被送到了隐蔽的森林村庄，送到沉沉夜色下的小屋，隐蔽而又安全——外界的一切像被一条施了魔法的线挡在外边。和印度老夫妇在一起吃午饭的时候我就想过，现在我又开始想，要是这一切是真的该多好啊。真希望一觉醒来，世界缩回到了我们熟悉而放心的小天地！

第二天一早，战斗机开过来了。听到声音，刚想出去看，它已经冲到头顶上方了，飞得很低，发出震耳欲聋的轰鸣，让你感觉无法把持自己的身体，所有的感官似乎都关闭了。有架喷气式战斗机飞得低低的，你能看清楚机身下面是一个银色的三角形，这是杀人的东西。过了一会儿，它飞走了，很快就远得几乎看不见。阳光越来越烈，把远去的飞机照得雪亮。后来战斗机又回来了几次，其中一架就像一只凶狠的大鸟，盘旋在天空中，不肯轻易离开。接着，它又飞到丛林上方，最后终于爬升到高处，远远地投下炸弹，炸弹当即在丛林里炸开，声音一如我们熟悉的雷声。

一周内，战斗机来了好几次，是同一架。每次都低低地飞到小镇上方，然后飞到丛林上方，随机扔下一些炸弹。不过战争第一天就打完了，而军队一个月后才从丛林回来，整整过了两个月，凡·德尔·魏登旅馆的新客人才陆续离开。

一开始，也就是白人到来之前，我还认为自己是中立的。我不希望任何一方赢，军队或者叛军。实际的结果却是两败俱伤。

来自那个著名的武士部落的士兵有很多被杀。后来，更多士兵丢掉枪支，丢掉浆得笔挺的军装，抛弃了他们花了不少钱装修的营房。总统在遥远的首都重组了军队。镇上的军人来自不同的部落或地区，成分比以前复杂多了。武士部落的人手无寸铁地被丢到镇上。营房那一带的景象让人毛骨悚然，有女人在通往森林的路上哭，一会儿捧起自己的大肚子，一会儿又放手让它重重地垂下来。一个鼎鼎大名的部落，就这样落入过去的猎物之手：好像是大自然在冥冥之中把森林里的古老法则颠倒了。

那些面黄肌瘦的叛乱者不久又在镇上出现了，看起来比原来更饥饿，更落魄，黑乎乎的破衣服松松垮垮地挂在身上。就在几个星期前，这伙人还觉得自己有神力相助，以为敌人的枪管会弯掉，打出来的子弹都会掉到水里。他们一个个面容憔悴，脸上带着怨恨，有一阵有他们独来独往，好象有些癫狂。他们曾想毁灭这个小镇，但又需要它。正如马赫什所说，人们把他们从自杀边缘拽了回来。他们意识到有人在远方掌控着这里的一切，于是恢复了以往的顺服。

从抵达镇上的头一天到现在，我第一次发现凡·德尔·魏登旅馆出现了一些生机。汽船不仅给总统的白人士兵送来物资补给，也带来了很多女人。这些女人是河下游的，一个个体态丰满，浓妆艳抹。我们这里划独木舟的、扛货的女人往她们身边一站，简直就是皮包骨的小孩。

后来我们终于获准开车到大坝和水电站去。那里临近两军交战的地方。水电站的设备毫无损坏，不过一家开张不久的夜总会已经不在了。夜总会老板原来是南部葡萄牙占领区的人，为了躲避征兵，逃到我们这里来，开了这家夜总会。这儿环境非常优美，夜总会坐落在悬崖上，前面的大河一览无余。这里是我们刚刚开始习惯的好去处：周围的树上总是挂着五颜六色的小灯泡，我们悠闲地坐在这里，一边喝着低度葡萄牙白葡萄酒，一边欣赏着大峡谷和打着灯光的大坝，简直是种奢侈的享受，让我们感觉自己很有品位。不过打仗的时候，叛军占领了夜总会，将它洗劫一空。夜总会的主要建筑十分朴素，没什么特别的：水泥墙围在四周，舞池是露天的，边上有个酒吧间。那四堵墙仍在，但很多地方有火燎的痕迹，可见他们曾想连这水泥墙一起烧了。所有装置都被毁坏了。叛军的怒火好像是冲着一切不属于非洲森林的东西，如金属、机械、电线等等。

其他地方也能看到这种愤怒的印记。前一次战争结束后，联合国某机构曾把水电站和大坝上面的堤道修好，离大坝有段距离的地方竖立了一座金字塔形石碑，碑上有块铭牌，记载着联合国修坝一事。铭牌好像被用沉重的金属物件砸得走了形，上面的字母也被人一个个锉掉了。堤道一端本来有些铸铁的路灯柱子，都是从欧洲运来的，竖在这里作为装饰。代表新势力的地方装一些老式路灯，主意不错。可惜这些柱子也被砸得面目全非。灯柱都是十九世纪的巴黎工匠制造的，上面还刻着他们的姓名，这些姓名也无一幸免——凡是有字的地方都被人锉掉了。

让人忘不掉的是这种愤怒——那些头脑简单的人见着金属的东西就想用自己的手毁掉！刚刚停火没几周，随着村里的人又跑回到镇上，饥肠辘辘，四处觅食，这些事已经显得非常遥远，难以想象了！

恢复和平后没几天，惠斯曼斯神父再次出游，结果被人杀害。他的死本来不会有人知道，凶手随便把他埋到丛林里的某个地方就行了，谁也不会找到。不过杀害他的人故意要把事情抖出来。他们把遗体放入独木舟，独木舟沿着大河漂游，最后被水葫芦缠住，停在了河岸边。尸体上面满是残害的痕迹，头颅被人砍断，还钉上了钉子。大家一切从简，很快把遗体掩埋了。

太可怕了。他这一死，让人觉得他的生命被白白浪费了。那么渊博的学识就这样随他入土了。对我来说，可贵的不只是他的知识，还有他的人生态度，他对非洲的热爱，他对森林信仰的感情。他一死，我觉得整个世界也死了一小块。

我敬佩神父的纯洁，但现在我不禁怀疑这纯洁到头来究竟有没有价值。面对如此可怖的死亡，我们怎能不去怀疑一切呢？不过我们终归是人，不管周围有多少死亡，我们总还是有血有肉有思想的人，不能带着怀疑的心态长久生活下去。所以，这一阵怀疑的情绪过去之后，我开始感觉到神父的一辈子过得比我们大部分人都好——在内心深处，他是个热爱生活的人，这一点我从不怀疑。神父对自己的文明的看法让他过着一种独特的全心投入的生活，激发他去寻找，去探索。我们看到的只有丛林，而他却发现了人性的丰富饱满。不过，他对自己的文明的看法和他的虚荣相似。他过分沉迷于研究大河边各民族的融合，为此付出了代价。

神父是怎么死的，没有什么像样的说法。但他的尸体放在独木舟里，在河道上漂流，肯定被很多人看到了。公立中学里人们议论纷纷。虽然镇上大多数人对神父知之甚少，但大家都知道他热爱非洲。学校的男孩们有的感到难堪和羞耻，有的却火药味十足。费迪南属于后者。他已经从前一阵的惊吓中恢复过来，也不再想着回母亲的村庄了。他对神父之死的态度我一点儿也不奇怪。

费迪南说："博物馆是欧洲人的玩意儿。那和非洲之神犯冲。我们各家的屋子里都有这些面具，我们都知道那是做什么用的。我们不必到惠斯曼斯的博物馆去。"

"非洲之神"——这话是梅迪说的，而梅迪是从海岸那边反抗阿拉伯人的暴动的领袖那里听来的。我第一次听到这个说法，是那个从水电站传来枪声的夜晚，那晚我们感到自己平安了。不过这个说法暴露出费迪南内心的一些东西。住在我家的那些天，费迪南经历了一场危机。自此之后，他进入了一个新的角色。这个角色很适合他，而且更合理。他不再想扮成某个特殊种类的非洲人。他就是个非洲人，愿意认同自己性格的各个方面。

这种新角色并没有让他感到轻松些。他不再像以前一样有礼貌，他变得嚣张而怪异，背后是隐秘的紧张。他尽量不到我家里或者店里来。这都在我的预料之中：在经历了叛乱的巨大惊吓之后，他想向我表明，没有我他也照样活得好好的。但后来有一天，他托梅迪捎来一封信，打动了我。信写在从练习本里撕下来的一张印有线条的纸上，没装在信封里，而是折了几折，折得小小的，紧紧的，展开一看，上面只有一句话，字写得很大："萨林姆！那个时候，是你把我带回家，把我当成自家人一样。F."

这就是他的感谢信。把他带回家和自己一起住，这种善意对一个非洲人来说非比寻常，值得感谢。但他又不想显得自己好像是在巴结或者示弱，所以故意弄得这么粗糙——没有信封，带线条的信纸是从练习本上撕下来的，字写得大而潦草，信里不明确表示感谢，以"萨林姆"而不是"亲爱的萨林姆"称呼我，以"F"而不是"费迪南"落款。

我觉得这封信既好笑又动人。不过整件事有点讽刺。费迪南难得表现出的这种柔情，却是我的一个小小举动所引发的。对我来说，这只不过是出自特定背景的一个普普通通的姿态。我来自海岸，我的家庭和我家的仆人生活得很近，可以说太近了，而这些仆人过去是奴隶，他们的祖先就是从我们现在所处的非洲土地上被掳走的。如果费迪南知晓这个背景，不知道他会多愤怒！不过，从这封信和他这个不卑不亢的新角色来看，作为一个男人，他已经成熟了很多。当初他的母亲扎贝思把他带到我店里来，请我照应他，想必心里盼的就是这种结果吧。

说起惠斯曼斯神父藏品的不只费迪南一人，其他人也开始议论了。神父在世的时候四处收集非洲的东西，大家都把他当成非洲的朋友。现在情况变了。大家觉得他收集这些东西是对非洲宗教的不敬，所以学校里谁也不敢接管这些藏品。也可能是因为别人都不具备神父那种学识和眼力吧。

学校有时会带访问者参观这些藏品。木刻还好，但由于枪支储藏室通风不佳，面具开始腐坏，味道比以前还要难闻。它们依旧躺在木条架子上，因为在腐坏，好像失去了神父教我去看的那种宗教魔力。没有了神父，这些面具只是一些奢侈的物件。

在接下来一段较长的和平时期，镇上陆续来了很多客人，他们来自许多国家，有老师，有学生，有打着各种名号来帮忙的人，还有一些好像是刚发现非洲的人。这些人看到什么都表现得很惊喜，唯独对我们这些镇上的外国人不屑一顾。神父的收藏开始被人偷抢。镇上来了一个年轻的美国人，这人好像比非洲人还要非洲人，比谁都要爱穿非洲衣服，比谁都喜欢跳非洲舞蹈。有一天，此人乘坐汽船突然离开。我们后来才发觉枪支储藏室的大部分藏品都被偷走了，和此人的行李一起被运到美国。他常说要开一个原始艺术的展览室，不用说，神父的藏品将成为展览室的核心展品。这些藏品！森林最丰饶的产品！

第二部
新领地

6

如果你看到一队蚂蚁在行军，你会发现有一些蚂蚁掉队或者迷路。蚂蚁大军没有时间等它们，只会继续前进。有时候，掉队的蚂蚁会死掉，即便如此，也不会对行进的队伍产生什么影响。死蚂蚁的遗体会带来些许不安，但这不安最终会被克服，到时死去的蚂蚁也就显得无足轻重了。其余蚂蚁照样忙忙碌碌，循规蹈矩，在离开巢穴赶往别处，或是从别处赶回巢穴时，遇到迎面赶来的同类，照样会一丝不苟、客客气气地打招呼。

惠斯曼斯神父死后的情形也是一样。要是在过去，他的死会激起众怒，大家会千方百计把凶手找出来。但现在，我们这些留在这里的人——仍旧是外人，不算定居者，也不算游客，待在这里只是因为没有更好的地方可去——低下头继续干自己的事。

惠斯曼斯神父之死只给我们带来了一个警示，那就是我们应该好好照应自己，不应忘记我们所处的环境。奇怪的是，尽管我们埋头干自己的事，结果却通过自己的所作所为，逐步在实现神父对小镇的预言。他说小镇的退步是暂时的，在每一次退步之后，欧洲文明都会卷土重来，在河湾扎下更深的根。小镇会从头再来，而且一次比一次进步。恢复和平之后，小镇不是单纯在重建，而是切切实实在发展。叛乱和神父之死很快被人淡忘。

我们没有惠斯曼斯神父那样长远的视野。我们有些人对非洲人和他们的前途有明确的认识，不过我们都没有神父那种对未来的信念。要不是相信非洲这一带会发生变化，我们是不会来做生意的。因为没有任何意义。抛开表象不论，我们对自己的态度和神父对自己的态度实质上是一致的。他觉得自己是宏大历史进程的一个环节，他若在天有灵，想必也不会觉得自己的死有多么重要，不会觉得他的死应该造成什么不安。我们也是这种感觉，只是角度有所不同。

我们都是简单的人，有自己的文明，却除了这里没有其他家园。情况允许的时候，我们也会像蚂蚁一样，做些不得不做的复杂烦琐的事。我们偶尔会得到一些回报聊以自慰，不过，无论时运好坏，我们都清楚自己是可以牺牲的，我们的辛劳随时可能付诸东流，我们自己可能被击得粉碎，别人会来替代我们。别人会在更好的时候来，这正是让我们痛苦的地方。而我们只能像蚂蚁一样，继续维持我们的生活。

处在这种境况中的我们一会儿从绝望的谷底跃上乐观的巅峰，一会儿又从巅峰跌入谷底。眼下我们处在繁荣期。我们能感觉到首都统治者的智慧，还有能力；市面上大量铜钞在流通。秩序和金钱这两样东西就足以让我们建立信心。只要有一点儿信心，我们就可以维持很久。信心也让我们释放出自己的能量。我们没有足够的才智，也没有大把资金，我们有的只是能量。

各种各样的项目在启动。各个政府部门也恢复了生气，小镇终于成为一个可以正常运转的地方了。我们本来就有汽船提供航运服务，机场现在也被修葺一新，并得到拓宽。首都来的飞机开始在此起降，士兵也被空运到镇上来。旧城区住满了人，新城区也在陆续建造，但这一切都不能应付不断从村里迁来的人。镇中心的街道和广场上一直有人搭棚或扎营居住，现在又多了公共汽车，以及更多出租车。我们甚至有了一套新的电话系统，虽然太复杂，大大超出了我们的需要，但这正是首都的大人物希望为我们提供的。

城区的垃圾堆越来越多，从中可以看出人口的增长速度。他们不像我们那样，在油桶里把垃圾焚烧掉，而是直接扔到破烂的街道上——都是细细的、灰烬一样的非洲垃圾。这些垃圾堆一下雨就平了，但日积月累，越来越多，越来越结实，一个个像小山一般，堆得和城区那些盒子状的水泥房屋一样高。

没人愿意搬动那些垃圾。出租车里满是消毒剂的味道，非常刺鼻。卫生部门的官员对出租车抓得非常紧，就是为了消毒的问题。在殖民时代，依照法律，卫生部门每年要给公共交通工具消毒一次。消毒员可以收取费用，纳入自己的腰包。这个传统大家还没有忘记，所以很多人想从事消毒这一行。现在的出租车和卡车可不是每年消毒一次了，无论什么时候，只要被拦住了就要消毒，每一次都要收费。消毒者坐在官方的吉普车里，在垃圾堆之间和出租车、卡车捉起了迷藏。镇上那些布满红色尘土的马路很久没人修整维护了，现在车水马龙，路面很快变得凹凸不平。消毒的人在后面追，反消毒的人在前面逃，但有趣的是，逃的追的都不快，都是在坑坑洼洼的路面上颠来颠去，仿佛深海行舟。

包括卫生官员在内，这些通过市政服务迅速聚敛财富的人一个个精力充沛，或者有了机会就会变得精力充沛——海关官员、警察，甚至还有军人。政府机构不管实质上多么空虚，人员却比以前充实多了。有事总可以找到人，只要你的方法对路，总可以把事情办妥。

正如惠斯曼斯神父说的那样，河湾的小镇又一次恢复了印度洋地区的人和欧洲人到来前的面貌，重新成为这个幅员辽阔的地区的交易中心。商人们不远万里来到这里。他们的旅程比扎贝思的还要艰险，有时需要一周时间才能到达。汽船到了镇上就不再前进，在急流上游只有独木舟（有的装上了舷外发动机）和汽艇出没。我们的小镇成了货物集散地，我收购了好些代理处，纳扎努丁以前经营的那几个也重新开张了。通过这些代理处，我开始批发一些以前零卖的东西。

代理处大有赚头。产品越是简单，生意就越简单，越兴旺。这种业务不同于零售。以电池为例，货还没有到的时候，我就大量地买进卖出，甚至不用亲手接触，也不用亲眼看见。好像买进卖出的都是一些话语，或纸上的想法，这简直是在做游戏——到后来某一天，电池真的到货了，你也只须去海关的仓库走一趟，亲眼看到它们真的存在，真的是某个地方的工人生产出来的。如此有用、如此必要的东西——其实用普通牛皮纸包一包就可以了，但生产它们的工人却不辞劳苦，为它们贴上漂亮的标签，印上动人的宣传语。贸易，商品！多么神奇啊！我们制造不了，但可以买进卖出。我们甚至不知道它们的原理是什么。只要有钱，就可以把这些神奇的东西吸引到丛林深处来，让我们如此随意地买进卖出！

首都来的销售员大多是欧洲人，他们现在不坐汽船了，喜欢坐飞机来回。如果坐汽船，过来要花七天时间，回去要花五天。到了镇上，他们就住进凡·德尔·魏登旅馆。他们为小镇的生活增添了一点儿新的色彩。在希腊俱乐部，在酒吧，他们终于带来了欧洲和大城市的气氛。在这种气氛之下，我能够想象纳扎努丁在故事里描述的那种生活。

马赫什的商店和凡·德尔·魏登旅馆对门，中间只隔一条马路，旅馆里人来人往，全落在马赫什眼中。激动之下，他和旅馆里的人做起了生意。马赫什这人有些奇怪，脑子里总想着做一笔惊天动地的大生意，但遇到不值一提的小买卖，他也肯花力气，甚至耗上好几周的时间。

有一次，他买了一台用来雕刻字母和数字的机器，同时还买了一大堆硬塑料牌子以备刻字之用。他想刻一些标志牌在镇上卖。他在家练起了这门手艺，舒芭说那机器吵得不得了。马赫什无论在家还是在店里，逢人就拿出他练习用的标志牌，仿佛牌子上漂亮的字母是他本人而不是机器刻出来的。刻字机既现代又准确，更主要的是刻出来的东西确实有"工业生产"的味道，这让马赫什激动不已。他以为其他人也会像他一样激动。

刻字机是马赫什从住在凡·德尔·魏登旅馆的一个商人那里买来的。他做生意的方法一贯随意，到了考虑刻字订单的时候，他只想着穿过马路去凡·德尔·魏登旅馆——卖机器给他的商人就是从马路对面走到他店里的。他寄希望于凡·德尔·魏登旅馆，他希望把所有房间号码都重做一遍，把洗手间等处的所有"男"、"女"标志牌换掉，还想给楼下每个房间门上都贴上解说牌。真要做成了凡·德尔·魏登旅馆的生意，足以让他忙上几周，这样完全可以收回买机器的成本。但是旅馆的主人（一对意大利中年夫妇，平时总躲着，凡事由他们的非洲总管出面）对马赫什的想法根本不买账。我们也没几个人想在三角形牌子上刻自己的名字，摆在自己的桌子上。马赫什的想法最终成了泡影。刻字机也渐渐被遗忘了。

马赫什每次提出新点子，总是神神秘秘。有一次，他想从日本进口一种机器，用来刻吃冰激凌用的木铲和木勺，一开始他没有把他的想法和我直说，只是把商人送他的样品给了我一个，是用纸包着的小木勺。我看了看那小小的船形勺子。有什么可说的？他叫我用鼻子闻闻这勺子，然后叫我用舌头舔舔。我按他的话做了，见他看着我的样子，我觉得可能会有什么让我吃惊的东西。不过并没有什么好吃惊的，他只是要告诉我冰激凌勺子和铲子不应该有气味，也不应该有味道——这倒是我从来没有考虑过的。

他想知道本地有没有那种日本良木。要是在进口机器的同时也从日本进口木头，免不了会有很多麻烦，且会把勺子、铲子的价格抬得比冰激凌还要高。所以那几周我们心里想的嘴里说的都是木头。马赫什的想法勾起了我的兴趣，我为之着迷，开始换了一种眼光来打量各种树木。

我们找机会在一起闻木头，舔木头，我们尝过很多种木头，包括开运输公司的道莱特从东部给我们捎来的品种。但到后来，我突然想到，本地人的口味比较独特，在制造木勺子的机器到来之前，我们是不是要先了解一下他喜不喜欢冰激凌？有可能他们不喜欢呢？否则为什么别的人没有想到冰激凌的主意？镇上毕竟还有意大利人。还有，怎么制造冰激凌呢？到哪里去找牛奶和鸡蛋？

马赫什问我："做冰激凌还要用鸡蛋吗？"

我说："我不知道。我在问你啊。"

令马赫什心醉神迷的不是冰激凌，而是造冰激凌勺的那种简单的机器，更准确地说，最吸引他的是成为镇上唯一拥有这种机器的人。当初舒芭遇到他的时候，他是个修摩托车的，舒芭对他的钟情使他超越不了当初那个他。所以他一直对小型机器或者电动工具这些东西情有独钟，觉得这些东西是神奇的谋生手段。

在海岸的时候，我认识我们那个群体中一些像马赫什这样的人。我想只要某些机器还没有在本地生产出来，就会有这种人存在。他们善于动手，有自己独特的禀赋。他们对进口的机器总是很着迷。这是他们才智的一部分。但进口到这些机器后，他们的所作所为就有些变味了，让人感觉他们不仅拥有机器本身，甚至还拥有机器的专利。他们希望自己是世界上唯一拥有这些神奇工具的人。马赫什总是在寻找可以独家代理的小型进口机器，巴不得通过这些小东西走上权势和财富的捷径。从这方面说，马赫什并不比把现代商品贩卖到村里的商贩强多少。

我有时在想，镇上发生了这么多事，马赫什一直都在，真不知道他是怎么熬过来的。无疑，这说明他心态平和，聪明或者说精明。但我觉得，另外一个原因是他这人很随意，没有疑惑或深沉的焦虑。此外，别看他总是在说要搬到一个更好的国家去（这里人人都这样说），其实他并没有远大的志向。他在这地方很合适，换个地方很难混得好。

舒芭就是他的生命。她总是告诉他，或者通过自己的钟情向他表明他的出色。我敢说他对自己的看法和舒芭对他的看法一样。除此之外，他都不是太在乎，凡事随波逐流。他现在的态度随得无以复加，往常还稍稍藏着掖着，现在竟放胆做一些让人心惊肉跳的所谓"生意"。不管什么业务，他一概来者不拒。现在在他的业务多半来自军队。

新的军队我不太喜欢。武士部落的那些人虽然野蛮一些，但我还是更喜欢他们。我能理解他们的部落自豪感，并对此持宽容态度，我也喜欢他们的直率。新军队的军官们属于另一类人。他们没有武士的规矩，根本没有规矩可言。他们在许多方面和费迪南很像，年岁也和他差不多：一样咄咄逼人，但没有费迪南那种潜藏在内心的温和。

他们穿军装的样子和费迪南穿运动校服的样子很相似：他们也把自己看成非洲的新人，同时也是新非洲的人。他们大肆显摆国旗和总统肖像（这两样东西现在总是形影不离）。一开始我还以为这代表了一种新型的、建设性的自豪感，后来才发现没有这么复杂。国旗和总统肖像只是他们的神物，是壮声势用的。这班年轻人看不到自己的国家需要建设什么。对他们来说，该有的都有，伸手索取便是。他们相信凭自己的身份，索取是名正言顺的事。军官们级别越高，就越腐败——如果"腐败"一词用在他们身上还有意义的话。

这些人带着枪，开着吉普，四处偷象牙，偷黄金。象牙、黄金——再加上奴隶就齐了，和过去的非洲没什么两样。要是有奴隶市场，我敢说他们一定会涉足。偷到了黄金等物，特别是象牙，他们总是找当地的商人脱手。整个非洲大陆的各国政府和官员明着宣布象牙交易非法，自己却暗中在做这种买卖，造成走私猖獗的局面。我很谨慎，不想蹚这池浑水。我担心的是当地政府。他们连自己的法律都能破坏，就别说毁个人了。他们今天可能还是你的业务伙伴，明天就有可能成为你的监狱看守，甚至更糟糕。

但马赫什不在乎这些。我看他就像个孩子，送上门的糖他都吃，也不管糖里有没有毒。当然，他已不是孩子，他清楚这些糖果是有毒的。

　　他说："哦，他们是会为难你。真遇上了，给他们塞些钱就行了，仅此而已。你只要塞给他们一些钱。在算成本的时候，你得把这些考虑进去。我想这些事你不太理解吧，萨林姆，确实不好理解。并非这里的人不讲对错，而是没有公理。"

　　有两次他打电话过来，说的都是不着边际的话。说来也怪，我居然听出他是在求助，只好跑到他家去拿东西。

　　第一次是某个下午，他打来电话东拉西扯地说着我托他买网球和鞋子的事情，接完电话，我开车到他家门口，在外面按喇叭。他没有下来，而是把客厅的窗户打开，对着大街上喊："我派人把网球鞋给你送去。稍候片刻，萨林姆！"然后他仍站在窗前，转过身用土话对屋里的人叫道："Phonse! Aoutchikong pour Mis' Salim!" Aoutchikong 是从法语词 caoutchouc 演化而来，意思是橡胶，在当地土语中指帆布鞋。在众目睽睽之下，男仆伊尔德丰斯拿着什么东西下来了，外面用报纸草草包着。我接过来，将它扔到车后座，一刻不停地开走了。后来我发现，报纸包着的是一卷外国钞票。天一黑，我就把它埋到外边楼梯下的洞里。不过，为马赫什做这种事只会让他变本加厉。第二次我给他埋的是象牙。埋象牙！我们生活在什么年代？人们要象牙干吗？顶多是刻一些烟斗、小雕像之类的垃圾（而且如今的做工让人无法恭维）。

　　不过，马赫什还是从这类交易中赚到钱了，他很感激我的帮忙，投桃报李，我的黄金储备有所增加。他说这里没有公理。我难以适应，而他却驾轻就熟。他总是那么冷静而随意，从来不会性急。这一点着实让我佩服。不过，这种随意也会使他陷入荒唐的境地。

　　有一天，马赫什摆出谈论生意时专用的那副神神秘秘、过分无辜的神情，对我说："萨林姆，你总在看国外的报纸。你有没有注意到铜市的行情？行情到底怎么样？"确实，铜的行情很好，这我们都知道，我们这里之所以这么繁荣，归根到底是铜在支撑着。马赫什接着又说："这是美国人打的那场战争闹的。听说他们在这两年消耗的铜比过去两个世纪全世界消耗的还要多。"这都是市面繁荣时说的话，是凡·德尔·魏登旅馆的商人们谈论的话题。马赫什就住在马路对面，这些话免不了传到他耳朵里。要没有这些话，他对外界发生的事情不会像现在这么清楚。

他从铜转向其他金属。我们无知无畏地谈了一会儿锡和铅的未来行情。然后马赫什话锋一转："铀你觉得怎么样？现在什么价格？"

我回答说："我想铀是不会公开报价的吧。"

他用那种无辜的眼神看了我一眼："不过价格一定很高吧？这里有个家伙想把一块铀脱手。"

"他们现在论块卖铀了？是什么样子的？"

"我没有见过，不过这家伙说想卖到一百万美元。"

我们就像这样。前不久我们还四处觅食，吃上面蒙了一层灰的罐头，用火盆或者在地上挖洞生火做饭，但现在说起"一百万"这样的字眼来眼睛都不眨一下，就好像我们一向谈的都是这种大生意。

马赫什说："我告诉这位将军，铀只能卖给外面的大国家，他说好，让我去卖。你知道老曼西尼吧？他在这里好几个国家做过领事。我总是在想，这应该是一桩好买卖。所以我去找曼西尼。我把情况和他直说了，曼西尼不但毫无兴趣，反而勃然大怒。他跑到门口，把门关上，靠在上面，然后叫我滚蛋。他的脸都气红了，通红通红的。这里每个人都害怕首都的大人物。萨林姆，你说我该怎么和将军交代呢？他也很害怕。他说那块铀他是从一个高度机密的地方偷出来的。我可不想得罪将军。我不希望给他留下我没有尽力的印象。你觉得我怎么和他说才好？说正经的，说正经的。"

"你说他害怕了？"

"非常害怕。"

"那你就说他被人监视了,这样他就不会再来找你。"

我拿出我的科学杂志和儿童版百科全书(我开始喜欢上这些东西了),查阅有关铀的内容。这种东西我们都听说过,但不是很了解,就像石油。过去通过看书或谈话,我以为石油是随着地下水流动的。后来我从百科全书中发现,储藏石油的容器其实是石头,甚至是大理石,石油藏在它们里面的小穴中。我想将军的思路和我当初相似,他听说铀很值钱,便以为它是一种非常珍贵的金属,一种金块一样的东西。领事曼西尼肯定也是这么想的。我看了书才知道,数以吨计的粗矿石经过加工、精炼,才会形成比重很大的小块。

将军提出卖"一块"铀,可能是受骗上当了。但不知何故,他后来再也没有找过马赫什。可能马赫什对他说他被监视了吧。不久,他就被调去别的地方,离开了我们小镇。这是新总统的用人方法:他给手下的人足够的权势,但是不会让他们在任何一个地方落脚生根,成为一方霸主。他真给我们省了不少麻烦。

马赫什同往常一样镇定自如。受惊吓的只有曼西尼,那个领事。

在那些日子里,我们都像这样。我们觉得四周都是宝贝,就等着我们去捡了。给我们这种感觉的是丛林。在空虚而闲散的那段时间,大家对丛林漠不关心。叛乱时期,丛林让我们感到压抑。现在,丛林让我们兴奋——未经开发的土地,未经发掘的宝藏。我们忘了那些先行者,他们也曾有过和我们一样的感觉。

这繁荣也有我一份。这期间我也在小打小闹地折腾。不过我总是感觉烦躁不安。大家对和平适应得太快了,这有点像健康——身体健康的时候,你不会有多在意,你不会惦记着生病时对健康的渴盼。在一派和平繁荣的气氛之下,我第一次感觉到小镇的平凡。

我的公寓、商店、商店外面的集市、希腊俱乐部、酒吧、生机盎然的大河、独木舟、水葫芦——这一切我是如此熟悉。特别是在酷热的下午，那强烈的阳光，黑黑的影子，以及那种静止的感觉——似乎人类的希望在此终结了。

我不希望像马赫什及其他人那样在河湾了此一生。在内心深处，我总是认为自己和他们不一样。我仍然觉得自己只是过客。不过我的归宿在哪里呢？我说不上来。我从来没有积极地思考过这个问题。我等着某种启示的降临，等着这启示指引我找到归宿，去过我仍在期待的"生活"。

父亲不时从海岸写信过来，信中说他希望我安定下来——也就是和纳扎努丁的女儿结婚。这件事似乎已经成了家人的承诺。而我却比以前更想退缩。不过我有时也在想：在这个地方之外，还有种完整的生活在等着我，有种种关系将我同某块土地联系起来，让我知道自己有所归属。偶尔这么想想，也不失安慰。但在内心，我知道事实并非如此。我知道，对我们来说，世界已经不再那么安全了。

我担心的事最终还是发生了。纳扎努丁在乌干达开轧棉厂，那儿出事了。到目前为止，乌干达一直是个安全的地方，治理得井井有条，接纳周边各国涌来的难民，纳扎努丁以前就跟我们说过这国家，力图激起我们的兴趣。而现在，乌干达的国王被赶下王位，被迫逃亡。据道莱特带回的说法，有支军队失去控制了。我记得纳扎努丁和我说过，尽管运气一直不错，他结局不会好。我想他的运气应该到头了。但我错了。纳扎努丁还是那么好运。乌干达的动乱并没有持续多久，倒霉的只有那位国王。那里的局势不久就恢复正常了。但是，我开始对纳扎努丁和他的家庭感到害怕，我不再认为娶他的女儿是天经地义的家庭义务。这种义务只会让我感到压抑，我索性把它抛到脑后，决定不到万不得已就不作考虑。

繁荣归繁荣，我却心怀焦虑，几乎和开始时一样不满和不安。这不只是外在压力或是自己的孤独和性情使然。我的不满和不安也同这个地方本身有关，同和平环境下这里所发生的改变有关。改变怪不得任何人，它是自然而然发生的。叛乱期间，我对森林和大河之美有着敏锐的感觉，我还向自己许诺，一旦和平了，就一定要接触这种美，了解它，拥有它。我的诺言都没有兑现。真的和平了，我却不再环顾四周。现在，我感觉这个地方的神秘和魔力不复存在了。

在那些恐惧的日子里，我觉得我们通过非洲人触到了大河上、森林里的神灵，一切都充满了紧张意味。现在，这些神灵似乎都离开了，就如同惠斯曼斯神父死后神灵离开了面具一样。那些日子里，我们对非洲人感到紧张，哪个非洲人都不敢小瞧。我们是入侵者，是凡夫俗子，而他们是有神灵保佑的人。现在神灵离开了，他们也成了凡夫俗子，邋遢而又贫穷。我们不费吹灰之力就成了真正的主人，我们有他们所欠缺的才干和技能。而且我们非常简单。在这片重新变得平凡的大地上，我们为自己安排了平凡的生活——酒吧、妓院、夜总会。唉，都无法让人满足。不过除此之外，我们又能做什么呢？我们只是尽我们所能。我们只是遵循着马赫什的箴言：我们要继续下去。

马赫什自己却不只是继续。他做成了一桩成功的生意。他一直在看购物目录，填写优惠券，写信索取详细信息，后来他终于找到了梦寐以求的业务，找到了可以全套进口的东西，这东西让他踏上了生意和财富的捷径。他把汉堡王连锁店带到了镇上。

这是我未曾料想到的。马赫什以前一直经营着一家奇怪的小店，卖各种铁器、电器、照相机、双筒望远镜和各式各样的小工具。我甚至说不准小镇人会不会吃汉堡王。但他却毫不怀疑。

他说："他们做过市场调研，决定在非洲大举发展。他们在西海岸一个法国统治的地区设立了地区分公司。那家伙几天前过来了，做了各种测量和估算。他们不只给你送酱汁来，你知道，萨林姆，他们把整个商店都照搬过来！"

他门确实这样做了。几个月后，汽船运来的箱子里装着开店所需的一切：炉子、奶昔机、咖啡机、杯子、盘子、桌子、椅子、定做的柜台、高脚凳、定做的墙镶板——上面有汉堡王的标志。除了这些正经的装置外，还有玩具：汉堡王调味瓶、汉堡王调味番茄酱罐、汉堡王菜单、汉堡王菜单夹，还有各种可爱的广告："汉堡王，大汉堡、一级棒！"广告上还有各种汉堡的图片。

看了汉堡的图片，我感觉那面包就像嘴唇，白而光滑，而汉堡的碎肉夹心就好像舌头。我和马赫什说了这个比喻，他一点儿都不喜欢。我决定再也不说对汉堡不敬的话。以前马赫什很喜欢拿这个项目开玩笑，等开店的东西到齐了，他突然变得严肃得死，仿佛自己也成了汉堡。

马赫什的汉堡店结构很简单，是镇上标准的方盒形房子，水泥结构。马赫什请来本地的意大利建筑商，很快就把原来的货架清理掉，重新布上线，铺上水管，装了一个小吃吧台。吧台非常漂亮，好像是从美国原装进口过来的。汉堡王店的原汁原味确实奏效了。待在汉堡王里面感觉很不错：闻不到街上四处散发的下水道味道，看不到灰尘和垃圾；一进来，看到的东西样样都很现代，比如那些广告招贴等等。马赫什果真做到了。

汉堡王的漂亮装修也影响了舒芭。她变得活跃起来，发挥出她们家族的生意才能。经过她的精心部署，连锁店很快顺利运转起来了。她安排从本地新开的超市购买肉（超市的肉和鸡蛋一样，都是从南非运来的），从一个意大利人那里购买白面包。她还对店里的伙计进行培训，给他们排班。

男仆伊尔德丰斯被从家里调到店里，戴上大厨的帽子，身穿黄色的汉堡王夹克，在柜台工作。马赫什还在伊尔德丰斯的制服上贴上标示牌，上面有他的名字和头衔："经理"。是用英文写的，这样更增添了派头。

马赫什喜欢搞这些小玩意儿，虽然行事随意，但他本能地知道怎样在镇上做生意。他说他给伊尔德丰斯"经理"头衔，目的是为了消除非洲人对这个崭新、豪华的地方的愤恨，同时也为了吸引非洲顾客。他还坚持让伊尔德丰斯每天全权负责几个小时。

不过伊尔德丰斯这人有些奇怪。他喜欢自己的汉堡王制服，也喜爱他的工作。要是马赫什和舒芭在场，没有人比他更勤快、友好、客气。马赫什夫妇都信任伊尔德丰斯，信任他的工作，并为这种信任而自豪，当着伊尔德丰斯的面吹嘘这种信任。可一旦夫妇俩不在场，伊尔德丰斯就像变了一个人。他表现出很茫然的样子。不是粗鲁，只是茫然。我发现其他地方的非洲雇员也有这种人前人后两张脸的情况。它让你觉得，这些人不管是在多么窗明几净的地方工作，他们的所作所为好像都是给老板看的，他们对工作本身并没有什么兴趣。你会觉得这些人有种奇特的本领：一旦周围没人了，不需要再装给什么人看了，他们的心思就离开了环境、工作和制服。

汉堡王大获成功。对面的凡·德尔·魏登旅馆只求从床位和房间赚钱。其服务和厨房实在太差，逼得顾客出来找东西吃，汉堡王占尽地利，吸引了大量从凡·德尔·魏登旅馆逃出来的食客。汉堡王还吸引了不少非洲军官和军人，他们喜欢这里的装潢和现代化氛围。马赫什原来只开着一家小五金店，现在却成了小镇的焦点。

这一切发生得很快，前后不到一年。现在的事情发生得都很快。好像每个人都想把蹉跎掉的岁月弥补回来，他们都感到时间紧迫，感到这地方随时有可能重新垮掉。

有一天，马赫什告诉我说："诺伊曼出两百万要买我的店。你知道诺伊曼这人啦。他要是出价两百万，就说明我这地方值四百万。"

诺伊曼是本地的一位希腊大亨。本地一家新开的家具店——生意非常红火——就是他的。他给马赫什出的两百万是本地的法郎，和美元的比率是三十六比一。

马赫什还说："我想你的店也值不少钱了。你知道，当初纳扎努丁是想卖给我的，他出价十五万。你想它现在值多少？"

现在到处都能听到这种关于财产的谈话。每个人都在核计这段经济繁荣期自己赚了多少，自己现在的身家是多少。大家都学会了怎么平心静气地谈论那些大数目。

在殖民时代快结束之际，也曾有过一段繁荣期，急流边现已成为废墟的郊区就是那次繁荣遗留下来的。纳扎努丁说起过。他说有天下午他到急流边去看，觉得那里与其说是地产宝地，不如说是丛林，所以他决定把手上的地皮脱手。当时来说，他这样做很幸运。而现在，那片曾经是一片死寂的郊区又有人进驻了。此地的开发，或曰重建，是这场繁荣最重要的特色，它导致近来镇上房地产价格急剧升温。

人们在砍伐急流边的丛林。推土机开来了，把原来看上去将永恒不变的废墟夷为平地。新的林荫大道正在规划。这都是大人物安排的。政府接管了这片地方，宣布这里为国有土地，大人物想把这里建设成一座小城。一切都在飞快地发生。钱源源不断往这里流动，使得我们小镇的物价普遍上涨。推土机发出深沉的、震耳欲聋的轰鸣声，和急流声混在一起，此起彼伏。汽船运来一船船的欧洲建筑师和技工，飞机也在运。凡·德尔·魏登旅馆现在几乎天天爆满。

总统所做的一切都有他的理由。他统治的这片土地上随时会产生敌对行为，所以他要新辟一块地方，他要让自己和自己的旗帜来统领一切。作为非洲人，他在原来的欧式郊区的废墟上建立了一座新城。他想建得比原来更加壮观。在小镇上，真正有所"设计"的现代建筑就是凡·德尔·魏登旅馆。对我们来说，领地的建筑更让人吃惊——巨大的水泥天窗，冲天的水泥大楼，五彩斑斓的玻璃。小一点儿的建筑，如居民楼、平房，则和我们熟悉的房子差不多。即便如此，也比我们这里的房子要大，墙外还有很多凸出来的空调机，如同滑下来的积木，看起来非常豪华。

有些房子即便装修完了，大家还是不清楚它们的用途。有人说这里要建一个新型模范农场和农业学院，有人说要建成会议中心，为整个大陆服务，也有人说要建成度假村，给忠于总统的公民使用。总统本人并没有什么说法。我们带着惊讶的心情看着这些大楼一幢幢拔地而起。后来我们才明白，总统心目中的宏图已经庞大到他自己都舍不得说出来的地步。他要打造一个现代化的非洲。他要创造一个让世界瞩目的奇迹。他避开真正的非洲，由丛林和村庄构成的非洲，困难重重的非洲，想要创造出不比其他任何国家逊色的东西来！

这个国家领地——还有其他地方的类似领地——的照片开始出现在那些有关非洲的杂志上。这些杂志在欧洲出版，出资者却是像我们这样的非洲政府。这些照片传达出的信息是明确的——在新总统的统治下，奇迹出现了：非洲人也成了现代人，也可以造出水泥和玻璃组成的大厦，坐到罩着合成天鹅绒椅套的椅子里。惠斯曼斯神父预言过：非洲式的非洲将会退缩，欧洲的移植将取得成功。这预言以一种古怪的方式应验了。

这里鼓励游客来参观，游客有城里来的，有破败的小镇上来的，也有附近村庄来的。一到星期天，公共汽车和军车就载着大家到这里来，士兵们充当导游，带着大家沿着有箭头标示方向的单行道参观，让这些不久前还想把小镇毁掉的人亲眼看到总统为非洲创造的这一切。等你习惯了这些建筑物的形状，你会发现其设计是何等粗劣，其家具是何等花哨！——但诺伊曼开的家具店却发了。在镇子外面，独木舟依旧，溪流依旧，村庄依旧。镇上酒吧里满是来自国外的建筑师和技工，喝着酒，随意开着这个国家的玩笑。一切都让人感到痛苦，感到悲哀。

总统本想给大家展现一个新的非洲。我也开始用新的眼光审视非洲，我看到了失败和屈辱，而在以前，我只是把这些当成一般的现实。对于大人物、穿着破烂衣裳在领地闲逛的村民，还有带着大家看那些拙劣风景的士兵，我心里都充满了温情。不过，一旦有士兵愚弄我，有海关官员为难我，我的心态就陡然一变，回到原来的感觉，恢复到酒吧里的外国人那种有些玩世不恭的心态。旧的非洲很简单，似乎能够包容一切。而现在这地方让人紧张。这里有愚蠢、嚣张、骄傲，也有伤痛，穿行于这一切之中，怎不叫人紧张！

领地到底是派什么用场的？这些建筑物让人自豪，其目的或许就是让人自豪，它们满足了总统本人的某种个人需要。难道就是为了这些？这地方可是投入了数以百万的金钱啊！农场没有出现，没有中国人来耕种非洲现代模范农场的土地，某个外国政府捐赠的六辆拖拉机在空地上一字排开，生了锈，周围长满了野草。据说要做会议中心的那幢建筑附近的游泳池开裂了，里面仍旧空着，顶上覆盖着一张网格稀疏的绳网。领地建设得很快，雨淋日晒之下，毁坏得也快。第一个雨季之后，宽阔的道路两旁新栽的小树有很多死掉了，根部泡在水里，渐渐烂掉。

但对首都的总统来说，领地仍旧是个生机勃发的地方。竖起了雕塑，装了路灯。星期天人们还是络绎不绝地前来参观，照片依旧登载在政府赞助的非洲专门杂志上。后来，人们终于为这些建筑物找到了用武之地。

领地成了大学城和研究中心。会议中心改成了理工学院，招收本地区学生。其他建筑改成了学生和教职工宿舍。从首都陆续来了一些讲师和教授，不久其他国家的教员也来了。这里的生活同镇上的生活没有什么交集，因此我们这些人对其知之甚少。理工学院就坐落在原来的欧式郊区的遗址上——刚来的时候，我还觉得这里是某个已经逝去的文明的遗迹。费迪南从公立中学毕业之后，获得一项政府奖学金，去了这个学校上学。

领地离小镇有几英里路，有公共汽车通往那里，不过班次不是很有规律。我和费迪南本来见面就不多,他去那里上学后,我们见面的次数就更少了。梅迪失去了一个朋友。费迪南处境的变化终于使得两人的差异明朗化了,痛苦的一方我想是梅迪。

我自己的感情要更复杂些。我觉得这个国家会再度陷入混乱。这里没有人是安全的,没有人值得羡慕。但我禁不住在想,费迪南真是太幸运了,他拥有的这一切来得实在轻松。你把这孩子从丛林里带出来,教会他读书写字。你把丛林推平,建成理工学院,然后送他到这里读书。就这么轻松,你只要出生迟一些,就能发现一切都给你安排好了。而在别的国家和民族,人们可能要花很长时间才能实现这一切:写字、印刷、大学、书本和知识。我们其他人只能一步一步来。我想到了我的家庭,想到纳扎努丁和我自己——祖祖辈辈在我们大脑和内心积淀了多少东西,使得我们寸步难行。费迪南从一穷二白开始,但只迈出一步就获得了自由发展的机会,冲到我们前面。

这个俗艳的领地其实只是一场骗局。无论是下令建设的总统,还是从建设中大发横财的外国人,都对他们正在建设的一切没有信心。以前是否有过更强的信心呢? Miscerique probat populos et foedera jungi. 惠斯曼斯神父解释过这句校训体现出来的狂妄。他自己对这句话的真实性确信无疑。不过较早时期的城市建设者中,有多少人会同意神父的看法呢?过去的骗局在某种程度上塑造了这个国家的人,这个新骗局想必也会塑造现在的人们。费迪南把理工学院很当一回事:通过在这里的学习,他将来会当上实习官员,继而掌握大权。对他来说,领地是好地方,也应该是好地方。和在公立中学的时候一样,他依然那么自负。

妒忌费迪南或许荒唐,毕竟他的家还在丛林里。不过我还是有些妒忌,这并不是因为他冲到我前头去了,能掌握更多知识,进入我从未涉足的领域。我妒忌的是他的自高自大,他的自负。我们住在同一块土地上,我们看到的东西没什么两样。但是对他来说,世界是新的,而且会日新月异。可在我眼中，这个世界单调乏味，没什么希望。

我开始讨厌这地方的外在感觉。我的公寓没什么改变。一切都是原来的样子，我什么都没有改变过，因为我总在想，这地方随时有可能化作乌有。卧室还是原来的卧室，刷成白色的窗户，大大的床，泡沫床垫，做工粗糙的衣橱，里面放着臭烘烘的衣服和袜子。厨房里面照旧有一股煤油和食用油的气味，到处是灰尘，蟑螂闹翻天。还有白色的客厅兼画室。这一切原封不动，过去从未真正属于我，而现在只会让我意识到时光的流逝。

我讨厌进口的装饰树木，这些我童年就认识的树木，摆在这里显得如此造作。我讨厌一下雨街道上的红色尘土就化为泥泞。我讨厌这里的天空——阴云密布时只会更热，万里无云时骄阳似火。即便下雨，天也凉不下来，只会让到处都变得潮乎乎的。我讨厌黄褐色的河流——上面依旧漂着一簇簇水葫芦，淡紫色的花朵，坚韧的绿色枝茎，在河流上一直漂，不分昼夜地漂。

费迪南只是搬到了几英里之外，我不久前还是他的师长，而现在，我感到忌妒，感到落寞。

梅迪也变得魂不守舍。自由有自由的代价，以前他是奴隶，拥有奴隶的安全。而在这里，他却要把自己和其他人比较。到目前为止，在比较当中他都能得到满足。而现在，他从这种比较中品尝到了一丝苦涩。他似乎在躲避他的朋友。

梅迪的朋友很多，各种各样的人都到店里或家里来找他。有时候他们会派别人来找。有一个跑腿的小姑娘后来我都认识了。她很瘦，就像个小男孩，让人想起划独木舟的那类小姑娘，在她的同胞眼中，她只会被当成苦力，看成干杂活的。辛劳的工作和粗劣的食物磨掉了她的女性特征，使她看起来不男不女，她的头差不多秃了。

她常到店里来找梅迪，每次都在外边逗留很久。有时候梅迪也和她说话，有时候对她态度粗暴。有时候甚至装作弯腰捡石头的样子，好像是要把她赶走。而弯腰捡石头是本地人用来吓唬野狗的。奴隶出身的人最擅长辨认其他奴隶，也知道如何应付他们。这女孩看来低贱得到头了，不管放到哪一个非洲家庭里，她的地位都近似于奴隶。

梅迪成功地把她从店里赶走了。但是一天下午商店打烊后，我回到家中，却看到那小姑娘又站在外面的路上，就在我们后院门口灰蒙蒙的野草丛中。她穿着一件灰扑扑的棉罩衫，好像没洗过，宽大的袖子，宽大的领口，松松垮垮地挂在她瘦小的肩膀上，里面好像什么也没穿。她的头发非常稀疏，就像剃了光头。她的脸非常瘦削，好像皱着眉，但也不是真的皱眉，只是表示她没有看我。

我回去泡了一杯茶，换了衣服，下了楼，发觉她还在那儿。我正准备去希腊俱乐部打壁球。每天下午打壁球已经成了我的规矩。不管刮风下雨，也不管心情好坏，我都不放弃每天的锻炼。打完球，我开车去大坝，进了悬崖边重新开张的葡萄牙夜总会，在那里吃了点煎鱼——那味道我实在不敢恭维，我想葡萄牙那边做得肯定比这儿好。我去的时候还早，乐队还没有开始演奏，镇上的大部分客人也还没有来，但大坝上的灯光已经亮起来了，他们还为我打开了树上的彩灯。

回到家门口，我发现那女孩还在路边等着。这次她和我说话了："梅迪在吗？"

她只会说一点点当地土语，不过别人说的时候她能明白。我问她要干什么，她说："Popo 病了。告诉梅迪。"

"Popo"的意思是"小孩"。她的意思是梅迪在镇上什么地方和人生了个孩子，孩子病了。梅迪在外面过着一种不同的生活，不同于和我在公寓的生活，不同于早晨给我送咖啡的生活，不同于在店里帮忙的生活。

我感到很震惊。我感觉自己被骗了。如果在海边的家里，他也会有自己的生活，但没有事情能瞒住我。要是他和外面的女人好上了，或是生了孩子，我应该知道。在非洲的这块地方，我失去了梅迪。这里部分地算是他的故乡，他已经融入了这里的生活。我感觉很凄凉。我一直恨这个地方，恨我的公寓。现在，我发觉我在这间公寓里好歹把自己的生活安顿得不错，但我已经失去它了。

　　就像外面的女孩，以及其他很多人一样，我也在等梅迪。很晚的时候，梅迪才跑回来，他一进来我就开口了。

　　"海迪，你怎么不告诉我？你为什么这样对我？"然后我用他在家时的名字叫他："阿里，阿里娃！我们生活在一起。我把你收容在这里，把你当成自己的家人。而你现在做出这种事来！"

　　海迪恢复了过去当仆人时的样子，毕恭毕敬，尽量显得情绪随着我起落，心里和我一样难受。

　　"我会离开她的，恩主，她简直是动物。"

　　"你怎能就这样抛下她不管呢？事情是你做出来的，难道还能回头？你看你孩子都生了。阿里啊，你看你都干了什么？生个非洲小孩出来，在别人的院子里到处跑，小孩的'小东西'摆来摆去，你难道不觉得恶心吗？一个长得像你的野孩子，你难道不害臊吗？"

　　"萨林姆，确实恶心。"他走过来，把手搭在我的肩膀上："我感到很害臊。她只是个非洲女人。我会离开她的。"

　　"你怎么能离开她？这是你的生活！你当初难道没有想到现在的结局？我们送你上学，我们请毛拉①教你，可你现在却干出了这种事！"

　　我是在演戏。不过有时候我们把我们真正的感受演了出来，这种时候，我们无法应付有些情绪，表演出来反而会轻松一些。梅迪也是在演

---

①穆斯林对老师、学者的敬称。

戏。他装出忠心耿耿的样子，和我谈起了过去，谈起了其他地方，谈起了那天晚上我几乎无法承受的种种事情。我装模作样地说："你为什么不告诉我呢，梅迪？"为了我，他也在装："我怎么能告诉你呢，萨林姆？我早知道你会有现在这种反应。"

他怎么知道？

我说："你知道，梅迪，你第一天去上学还是我陪你去的。你哭个不停。我们一离开屋子你就开始放声大哭。"

他喜欢听我提起这件事，因为它说明我还记得他老早之前的样子。他几乎笑了："我哭得很厉害？我很吵？"

"阿里，你把屋顶都给掀翻了。你戴着白帽子，沿着郭库尔家边上的小巷边走边哭号。我都不知道你跑到哪里去了，只听见你在大声地哭。我简直受不了。我想肯定是他们欺负你了，所以我苦苦央求家里人不要让你去上学。没想到把你从学校带回来也一样难。这些事情你都忘了，不过我也看不出你有什么必要记住。从你刚到这里来，我就开始注意你了。你好像翅膀硬了，自由了，想干什么就可以干什么了。"

"哎，萨林姆！这话你说得就不对了。我一直是尊重你的呀！"

事实正是这样。他到这里来算是放虎归山。他在这里找到了新的生活，不管他心里有多愿意，回到原来的生活都是不可能的。他已经摆脱了自己的过去。他的手搭在我的肩膀上——但这有什么意义呢？

我在想："没有一成不变的东西。一切都在变。我不会继承任何房子，我建的房子也不会传到子孙手里。那种生活方式已经结束了。我已经年近三十，我离家寻找的东西至今还没有找到。我一直都只是在等。我将一辈子等下去。我刚来的时候，这房子还是那位比利时女士的。它并不是我的家，它像是暂时的营地。后来它成了属于我的营地。现在又变了。"

我半夜醒来，面对着空荡荡的卧室，外面是不友好的世界。我感觉到儿时处在陌生的环境中时那种头痛。透过刷白的窗户，我看到了外边的树——不是它们的影子，而是它们的轮廓。我想家了，接连几个月我一直想家。不过现在有家也难回了。家只存在于我的头脑中。我已经失去它了。在我们工作的这个小镇上，我已经和衣衫褴褛、神情落魄的非洲人没什么两样了。

7

我逐渐认识了痛苦的方式，以及随之而来的沧桑感，所以我并不奇怪，在梅迪和我认识到我们必须分道扬镳的时候，我们居然如此亲密。其实，那天晚上的亲密感是一种幻觉，只不过是因为我们对过去感到怅惘，对世界不再静止不变感到伤心。

我们俩在一起的生活并未改变。他还是住在我公寓中他的房间里，早上还是送咖啡给我喝。但我知道梅迪在外面有完全不同的生活。他变了。做仆人的时候，他性格开朗，成天乐呵呵的，因为他知道别人会照应他，凡事都有人给他拿主意。这样的情形一去不复返了。失去了这种开朗，也就失去了与之相伴的东西——他再也不能漠然对待过去发生的事，再也无法忘却，无法精神抖擞地迎接新的一天。他在内心深处似乎感到一种酸楚。责任对他来说是新事物，有了责任，他肯定感到了孤独，尽管他有很多朋友，并且有了新的家庭生活。

我摆脱了旧的生活方式，也感到了孤独和忧郁。这些感情深藏在宗教的根基之中。宗教把忧郁转化为促人向上的敬畏和希望。不过我已经抛弃了宗教生活和宗教的安慰，不可能重回老路，事情就是这样。对世界的忧郁是一种我不得不独自面对的感觉。有时候，这感觉非常强烈。有时候，它又荡然无存。

我刚从对梅迪和过去的悲伤中恢复过来，又遇到了一个从过去来的人。这人有天早晨到店里来了，是梅迪带进来的。梅迪一进门就兴奋地喊："萨林姆！萨林姆！"

原来是因达尔，就是在海岸的时候挑起我内心恐慌的那个因达尔。那天我们在他家那幢大宅子里的球场上打完壁球，在聊天中他让我直面自己对未来的担忧，在我离开之前给我描述了一幅灾难般的景象。是他让我想到了逃离。结果他自己去英国上大学，而我逃到了这里。

梅迪刚把他带进屋，我就意识到自己又落伍了。和往常一样，商品摆得满地都是，货架上满是廉价的布匹、油布、电池和练习本这类东西。

他说："几年前我在伦敦听说你到这里来了。我一直想知道你在干什么。"他的表情冷冷的，夹杂着恼怒和嘲讽，好像是说他现在也不用开口问了，看到我这样子他并不吃惊。

事情来得非常突然。刚才梅迪从门外跑进来时叫道："萨林姆！萨林姆，你猜是谁来了？"我立刻想到他说的应该是过去我们俩都认识的什么人。我以为是纳扎努丁，或者是我的家人，某个姐夫或侄子。我当时就在想："我应付不了啦！如今的日子不比以前，我担负不了这责任。我可不想开医院！"

我原本以为有什么人打着家里、家乡或者宗教的旗号来投奔，我都准备好用什么脸色和态度来应付了。没想到梅迪把因达尔带来了，这让我有些沮丧。梅迪却喜出望外，真正的喜出望外，不是装出来的。他很高兴有机会重现过去，显示自己曾经和显赫的家族有过来往。而我却满腹牢骚，随时准备把自己的忧郁像冷水一样泼向来客，不管他是不是憔悴不堪："这里没你的地方。这里不收容无家可归的人。你另谋高就吧！"还没有摆出这副嘴脸，现实就把我推到了相反的境地。我必须假装自己在这里混得还不错，甚至相当好。我要让对方感觉到我这小店虽然看起来乏善可陈，但实际上背后在做大买卖，一赚就是几百万！我要让对方感觉一切都在我的计划之中，我预料到这地方要繁荣，所以才跑到这位于河湾的小镇上。

在因达尔面前，我没法表现出别的样子。他总是让我感到自己是如此落伍。他的家庭在海岸虽是新贵，但比我们这些旧派家庭都要强。他们家出身贫贱，他的祖父一开始不过是铁路上的契约劳工，后来成了放高利贷的。就是这贫贱的出身也被人们套上了光环，成为他们家族传奇的一部分。他们敢于投资，善于理财。他们的生活远比我们有品位。此外他们还那么热爱各种比赛和体育活动。我们总是认为他们是"现代"人，觉得他们的风格气质和我们完全不同。这样的差异久而久之你也就习惯了，甚至会觉得很自然。

那天下午我们打完壁球之后，因达尔告诉我他要去英国上大学。对于他的去向，我既不感到愤恨，也不觉得妒忌。去国外，上大学，这完全是他的风格，一点儿也不出乎我的意料。我之所以有些不快，是因为我感觉自己落伍了，对未来一筹莫展。我的不快还有一层原因，那就是他让我感到了不安。他当时说："你知道，我们在这儿都被耗空了。"这话字字属实，我也知道它是实话。但我不喜欢他把这一切挑明——他那种口气让人感觉他自己已经解脱出来，做好安排了。

从那时到现在，八年过去了。他预言的事情果真发生了。他们家蒙受了巨大损失，大宅子没了，一家人各奔东西（他们把那海岸小镇的名字加入家族姓氏之中），和我的家人一样。现在他走进我的小店，我发现我们之间的差距一如往昔。

他的衣服、裤子、条纹棉衬衫、发型、鞋子（牛血的颜色，鞋底薄而结实，鞋尖处显得有些紧），无不透出英国的气息。而我呢？我傻坐在商店里，外面是覆盖着红色尘土的马路，还有集市广场。我等了太久，忍受了太多，我变了。但在他看来，我却一点儿没变。

我一直坐着。站起来时，我感到隐隐的恐惧。我突然觉得他重新出现只是为了给我带坏消息来，我不知如何开口，只好问了句："是什么风把你吹到这穷乡僻壤的？"

他回道："穷乡僻壤？我可不这样看。你是在风口浪尖啊。"

"风口浪尖？"

"我是说这里可是轰轰烈烈啊。否则我也不会来。"

我松了一口气。我还以为他又要发号施令让我出发，而且不告诉我去哪里。

梅迪一直笑眯眯地盯着因达尔，脑袋晃来晃去，不住地说："因达尔啊！因达尔！"是梅迪想到了我们还应尽地主之谊："因达尔，要不要喝点咖啡？"好像我们都还在海岸，在我们家的商店里。那时他只要沿着小巷走到诺尔的铺子，把咖啡端回来就行。那时的咖啡甜甜的、黏黏的，装在小小的铜杯子里，用厚重的铜盘子送上来。这里可没有那样的咖啡。这里只有雀巢咖啡，象牙海岸产的，用大瓷杯装着。它和以前的咖啡不可同日而语——不可能边喝着这咖啡边聊天。那时的咖啡总是又热又甜，每饮一口我们都要赞叹一番。

因达尔说："好啊，阿里。"

我告诉因达尔："他在这里的名字是'梅迪'，意思是'混血'。"

"阿里，你就让他们这么叫你？"

"非洲人嘛，因达尔。黑鬼。你知道他们的狗嘴里吐不出象牙来。"

我说："你别信他的。他很喜欢这名字的。这名字让他在女人中间大受欢迎。阿里现在可是有家有室的大人了。今非昔比啦。"

梅迪正要到储藏室去烧开水泡雀巢咖啡，听到我这样说他，马上就插嘴了："萨林姆，萨林姆，别太损我了。"

因达尔说："他早就不是以前那个阿里了。你有没有听说过纳扎努丁的消息？我几周前还在乌干达见过他。"

"那里现在情况怎么样？"

"慢慢安定下来了。能安定多久则另当别论。那些该死的报纸没有一个站出来为国王说话。你知道不知道这情况？只要涉及非洲，人们要么不想去了解，要么受自己的原则左右。至于这里的人是死是活，他妈的谁都不会关心。"

"但你肯定跑过不少地方吧？"

"这就是我的工作。你这里怎么样？"

"叛乱之后，形势很不错。现在这里是繁荣期。房地产的形势极佳。有些地方的土地都卖到每平方英尺二百法郎了。"

因达尔看上去无动于衷——也难怪，商店这个寒碜样子是很难让人动心的。我也觉得我说得有些过头，结果适得其反，完全没有给因达尔留下我预想的印象。我的本意是想证明因达尔对我的想法是错误的，但实际上我的表现却恰恰验证了他的想法。我在模仿我从镇上商人那里听来的说话方式，连说的内容也和他们一样。

我换了种说法："这种生意是很特殊的。在一个成熟的市场，事情可能要好办一些。但在这里你不能随着自己的性子来。你必须准确地了解市场的需求。当然，还有一些代理处。代理处才是真正来钱的地方。"

因达尔答道："是啊，是啊，代理处。萨林姆，这对你来说就像过去一样啊。"

我没理会这句话。但我决定低调一些。我说："但我不知道这一切会延续多久。"

"只要你们的总统愿意，就能延续下去。谁也不知道他的兴趣会持续多长时间。他是个怪人。一会儿好像什么也不管，一会儿又像个外科医生似的，把自己不喜欢的东西都割掉。"

"他就是这样解决原来的军队的。那真是可怕，因达尔。他送信来叫岩义上校在军营待命，准备欢迎雇佣军的司令。所以这位岩义上校就穿上军装．站在台阶上迎候。等他们来了，他就朝大门口走去。他还在走着，就被来人一枪给结果了。所有随从军人也全被干掉了。"

"不过这样也好，你逃过了一劫。对了，我有东西带给你。我来之前去看你父母了。"

"你回家了？"我问了一句，但其实我害怕从他口中听到家里的消息。

他回答说："对啊，出事后我回去过好几次。情况并不是太糟。你还记得我们家的房子吗？他们把它漆成了党的颜色，它现在好像成了党的办公大楼了。你妈妈让我带了一瓶椰子酱，不是给你一个人的，是给你和阿里的。她特地叮嘱的。"梅迪正端着一壶热水、几个杯子、雀巢咖啡罐和浓缩奶粉走过来，因达尔转向他说道："阿里，夫人让我给你带椰子酱了。"

阿里回答道："酱！椰子酱！因达尔啊，你不知道这里吃的东西有多糟！"

我们三人围在桌边，冲了咖啡，加上浓缩牛奶，一起搅拌着。

因达尔说："我不想回去。至少第一次回去的时候我十分不情愿。不过飞机是个好东西。身体瞬间就到了别处，心可能还在原来的地方。来得快，走得也快。你不会太难过。飞机的好处还不止这些。你可以多次回去同一个地方。回去多了，就会发生些奇怪的事情。你不再为过去感到伤心。你会把过去看成仅仅存在于你大脑中的东西，不存在于现实生活当中。你践踏着过去，你把过去踩烂。一开始，你感觉像是在践踏花园，到后来，你会觉得不过是走在大路上。我们学会了这样去生活。过去在这儿——"他指了指心脏的位置。"不在那儿。"他又指了指满是灰尘的马路。

我感觉这番话他以前说过，或者在他的脑子里转过很多遍。我在想："他保持住自己的风度可不容易。说不定他吃的苦比我们更多。"

我们三个就这样平静地坐在一起，喝着雀巢咖啡。我觉得此刻的时光非常美妙。

不过，到目前为止，我们的谈话还是他说得多，我们主要是听着。他对我已经了如指掌，而我对他近来的生活却毫不知情。刚来镇上的时候，我发觉对这里大多数人来说，谈话就意味着回答关于他们自己的问题。他们很少问你你的情况。他们与世隔绝太久了。我不希望因达尔也这么看我。而且我也确实想了解他的情况。于是我开始笨拙地问他一些问题。

他说他到镇上已经几天了，还要在这里待几个月。我问他是不是乘汽船来的。他回答说："你疯了。接连七天和大河两岸的非洲人关在一起？我是坐飞机来的。"

梅迪说："我也决不坐汽船。他们说坐汽船感觉糟透了。在驳船上更糟，又是厕所，又是做饭，又是吃饭的。他们告诉我说那上面简直糟得不能再糟。"

我问因达尔住哪里——我突然想到我应该做出乐于尽地主之谊的姿态。他是不是住在凡·德尔·魏登旅馆？

他一直在等着我问这个问题。他用一种轻柔而谦逊的语调回答说："我住在领地。我在那里有幢房子。我是受政府邀请来的。"

梅迪比我表现得更潇洒一些。他拍着桌子兴奋地叫了一声："因达尔！"

我问："是大人物请你来的？"

他开始轻描淡写："也不完全是。我有自己的组织。我隶属于理工学院，要在学院工作一学期。你知道这学院吗？"

"知道，我还有熟人在那里，是个学生。"

因达尔露出一丝不耐烦，好像我把他的话打断了。好像我是从外面闯进来的，根本不应该认识那里的学生。其实我一直住在这地方，他才是初来乍到者。

我接着又说："他母亲是个商贩，是我的顾客。"

他的反应好了一些："你有空的话，过去看看，认识一些别的人。你可能不喜欢正在发生的情况，但你不能视而不见。你不要再犯老毛病了。"

我想说："我一直住在这儿。过去六年我经历了多少事！"但我并没有说出来。我迎合着他的虚荣。他对我有自己的一套看法，而且他确实是在这破商店找到我的，看到我还在经营世代相传的生意。他对自己是谁，对自己所做的事也都有他的看法，他刻意和我们这些人拉开距离。

我对他的虚荣并不感到厌恶。相反，我挺喜欢的，这感觉就像多年前在海岸那边听纳扎努丁讲故事，讲他在殖民地小镇上如何走运，如何享受生活等等。我没有像梅迪那样拍案叫好，但面前的因达尔让我感到敬佩。我撇开他让我感到的不满，忘了自己的落伍，干脆直截了当地羡慕他的成功，羡慕他的伦敦式衣服，还有这些衣服表现出的优越感，他的旅行，他在领地的房子，他在理工学院的地位。这让我感到放松。

见我表示出对他的羡慕，没有显得是在和他攀比或对抗，他也松了一口气。我们一边喝着雀巢咖啡一边聊着，梅迪动辄大呼小叫，用下人的方式表现出他的羡慕。而作为主人，我也满怀羡慕。总之，因达尔放松下来。他态度温和，很有礼貌，对我们也很关心。就这样，我们聊了大半个上午，我觉得我现在总算找到了一个和自己同类的朋友。我正迫切需要这样的朋友。

我不但没有扮演好主人和向导的角色，反而被他带着跑。这也不是多荒谬的事。快到中午的时候，我开车带他去镇上转，发现我所熟悉的重要地方只消几个钟头就能跑遍。

我们去了河边，码头附近有一条破烂不堪的散步小道。还有码头。

还有修船厂——波纹铁皮搭的棚子，四面敞开，里面堆满生锈的旧机械。沿河而下，我们来到了大教堂的废墟，那里早已芳草萋萋，看起来很古老，仿佛是欧洲的东西——不过只能站在路边看。灌木长得太茂盛，且此地向来以毒蛇多而著称。接着我们到了破破烂烂的广场，广场上的雕塑被破坏得只剩下底座。殖民时代的政府办公楼所在的街道两边栽着棕榈树。然后我们把车开到公立中学，参观了枪支储藏室腐朽发霉的面具，因达尔觉得挺没劲。后来我们又去了凡·德尔·魏登旅馆和马赫什开的汉堡王，因达尔是到欧洲见过大世面的人，对他来说，这些东西实在不值一看。

我们还去了非洲人聚居的城区和流民搭建的棚屋区（有的地方我还是头一次进去），看了那一个个垃圾山，那凹凸不平、尘土飞扬的马路，还有躺在路边灰尘里的旧轮胎。在我的眼中，垃圾山和旧轮胎是非洲城区和这破烂小镇的特色。这里的小孩四肢细长，能从轮胎上翻着漂亮的筋斗下去，或者在上面跑、跳，弹得老高老高。但我们开车经过时已近中午，没有看到翻筋斗的小孩。我意识到我让因达尔看的都是垃圾，确确实实是垃圾。（上面什么都没有的纪念碑，只有底座的雕塑！）我决定就此打住。还有急流和小渔村没有看，不过它们都划归领地了，因达尔已经看过。

然后我们开车去领地——小镇与领地交界的地方原来是一片空地，现在从村子里来的人在此搭满了各种棚屋。和因达尔在一起，我觉得自己仿佛是头一次看到这些棚屋：棚屋之间的红色土地上四处流淌着黑乎乎的或者灰绿色的污水，空地上种满了玉米和木薯。我接着往前开的时候，因达尔突然问："你说你在这里待了多久？"

"六年。"

"你什么都带我看了？"

我还有什么没有带他去看？没有带他到一些商店、别墅、公寓里面，没有带他去看希腊俱乐部，还有酒吧。不过我可不想带他去酒吧。当我用他的眼光来看的时候，我惊奇地发觉我确实没让他看到什么东西。尽管小镇有诸多不足，我过去一直把它看成真正的城镇。而现在，我发现它只是一堆挤在一起的破烂的棚屋。我想我一直对这里有抵触情绪，我只是视而不见，和周围我认识的其他人一样——而在内心深处，我还一直以为自己和他们不一样。

因达尔曾经暗示我过的日子同我们那个群体过去在海岸过的日子几乎一样，对周围正在发生的事情不闻不问，我当时听了很不喜欢。不过，他的暗示也没错得多离谱。他在说领地。对我们镇上人来说，领地只意味着合同和生意。更重要的是，我们觉得领地是总统大人的把戏，我们不想牵涉进去。

我们注意到了小镇外面那些新来的外国人。他们和我们认识的工程师、商人和技工都不一样，他们让我们有些紧张。领地的人仿佛是游客，但又不肯花钱——领地那里要什么有什么。他们对我们也没多大兴趣。而我们总觉得这些人是特权阶层，和此地格格不入，因而对他们有些看不顺眼，觉得他们不像我们这么实实在在。

我们觉得我们一直在埋头做自己的事，明哲保身。就这样，在不知不觉中，我们变得和总统辖下的非洲人没什么两样。我们只感觉到总统权势的沉重。领地是总统让造出来的，他为着自己的缘故，找来一些外国人住在那里。我们觉得了解这些就够了，用不着提出质疑，或者仔细研究。

费迪南有时也回镇上，和来镇上采购的母亲见个面，回去是我开车，一路送他到领地的学生宿舍。那时候到领地来，我看到的全都是我知道的。自从因达尔做我的导游之后，情况完全不同了。

如因达尔所言，他在领地有一幢房子，他确实是政府请来的客人。他的房子里铺了地毯，装修得像个样板房——十二把手工雕刻的餐椅，客厅的软椅上罩着双色带流苏的合成天鹅绒。还有灯、桌子、空调，琳琅满目。装空调是有必要的，领地的房子都无遮无拦地矗立在平地上，像一个个大水泥盒子，没有隆起的屋顶。要是天气晴朗，就会有一两面墙一直暴露在烈日下。房子里还配了个男仆，穿着领地奴仆的制服——白色短裤，白色衬衫，白色夹克（而不是殖民时期那种罩衫）。这是为因达尔这类人安排的，是领地的风格，亦即总统的风格。男仆穿什么衣服是新总统规定好的。

在领地这个奇怪的世界里，因达尔似乎颇受尊重。这尊重有一部分得归功于他所属的"组织"。他说不清楚是一个什么样的组织送他到非洲来的。也可能是我太幼稚，理解不了。领地上还有其他一些人也属于这类神秘的组织。他们把因达尔看成自己的同类，而不是我的同乡，或者海岸来的难民。我觉得这颇不寻常。

过去一段时间，我们在镇上见过不少这样的新派外国人。我们见过他们穿非洲衣服，注意到他们潇洒快乐，不像我们这样小心谨慎。他们见到什么都那么开心。以前我们总觉得他们是寄生虫，有些危险，觉得他们肯定是在秘密地为总统服务，我们对他们必须有所提防。

领地完全是他们的度假胜地，现在我混迹其中，轻而易举地进入他们的生活，进入带走廊的平房、空调和舒适的假日组成的世界，从他们高雅的谈话中不时听到著名城市的名字。在这样的环境中，我的态度来了一百八十度大转弯。我开始意识到，和他们相比，我们在镇上的生活是多么闭塞，多么贫乏，多么沉闷！我开始认识到领地上的社会生活的趣味，认识到这里新型的人际交往方式。这里的人思想更开明，对敌人和危险不是那么担忧，更愿意对事物产生兴趣，更容易被取悦，总是在寻找他人身上的人性价值。在领地上，他们有自己谈论人或事的方式，他们同外界保持着联系。和他们相处会有一种冒险的感觉。

我想起我和梅迪的生活；想起舒芭、马赫什过于自我的生活；想起意大利人、希腊人——尤其是希腊人——固守一隅，为自己的家庭提心吊胆，对非洲和非洲人紧张兮兮。这样的生活很难有什么新鲜的内容。所以跑上几英里路到领地来，每次都是对自己的调整，使自己表现出一种新的态度，每次都像发现了一个全新的国家。我开始对马赫什和舒芭夫妇有了新的评价，这让我感到惭愧：他们夫妇俩这么多年来没少帮我，和他们在一起我感到非常安全。不过我实在压抑不住自己的思想。我开始向领地的生活倾斜，在因达尔的陪伴下，我开始用新的眼光打量这片领地。

我知道，在领地，我属于另一个世界。遇到和因达尔在一起的人，我发觉我没有多少话和他们说。有时候我想我可能让因达尔失望了，不过他似乎根本没朝这方面去想。他对别人介绍我的时候，总是把我说成他们家在海岸的朋友，他的家乡人。他想让我从他交往的人身上看到他的成功，同时似乎也想让我分享他的成功。他用这种方法来报答我的羡慕之情。我还发现，他身上多了几分在海岸的时候所没有的雅致。他的举止似乎都经过深思熟虑，不管多么小的场合，他的言行举止都一丝不苟。这些举止有些刻意雕琢，也有家族遗传的成分，好像原来都掩盖着，有了安全，有了仰慕，才会尽情挥洒出来。在领地这片充满矫饰的地方，他简直如鱼得水。

在领地上，他受人尊重，有社交之乐，这是我们这些住在镇上的人不能给他的。我们很难欣赏他在领地上喜欢做的事。多年的忧患造就了我们的世故，我们是怎样看人的呢？对凡·德尔·魏登旅馆的商人，我们判断的标准是他们所代表的公司，是他们能否向我们提供特许权。要是和他们熟悉了，能得到他们提供的服务，不像普通顾客那样付全价买他们的东西，无须排队等候，我们就沾沾自喜了，感觉像是征服了世界。我们把这些商人和贸易代表看成有权势之人，要吹捧着才行。对中间商，我们是根据他们的手腕来判断的，看他们能签到什么样的合同，拿到什么样的代理权。

我们对非洲人的态度也一样。我们看重他们——比如军人、海关官员、警察——能给我们提供的服务。这也是他们自我评判的方式。在马赫什的汉堡王餐厅，一眼就能看出哪些人有来头。经济繁荣，这些人也受益不浅，一扫往日的寒酸窘迫，身上到处是金饰——金边眼镜、金戒指、金笔、金铅笔套、金表，还有沉甸甸的金手链。我们私下嘲笑这些非洲人，嘲笑他们对黄金的欲望，嘲笑这欲望的粗俗和可悲。黄金怎能改变一个人，一个非洲人？但我们自己也向往黄金；我们还得定期向这些披金戴银的人进贡。

我们对人的看法很简单。非洲是我们生存的地方。但在领地，情况却完全不同。那里的人可以嘲笑贸易和黄金。领地的氛围有种魔力，在那里的大道和新房子间，一个新非洲正在孕育之中。在领地的非洲人——在理工学院就读的那些学生——很浪漫。他们不一定参加所有的晚会和聚会，但整个领地都是为他们建的。在镇上，"非洲人"这个词可以用于辱骂别人，而在领地，"非洲人"有褒奖的意思。在那里，"非洲人"是各方努力培养的新人，接管未来的人——费迪南几年前在公立中学时自许的重要人物。

在镇上，在公立中学上学的时候，费迪南和他的朋友们——确实是他的朋友——举止还和村民相似。放了学，离开了学校，也没和我这样的人在一起，他们就会融入镇上的非洲生活。费迪南和梅迪，或者任何其他非洲小伙子，都能成为朋友，因为他们的共同之处很多。而在领地，不可能把费迪南和穿着白制服的仆人混为一谈。

费迪南和他的朋友们很清楚自己的使命，以及别人对他们的期望。他们都是拿政府奖学金来上学的，用不了多久，他们就会去首都做见习行政官员，为总统服务。领地是总统创造出来的，他还为这里请来了外国专家，这些人对新非洲有非常远大的设想。连我也开始隐约感觉到这些设想的浪漫色彩。

镇上的外国人和非洲人互相影响，每个人都沉浸在荣耀感和新鲜感之中。到处都有总统的照片在俯视着我们。在镇上，各个商店和政府大楼里都挂着总统像，他是统治者，他的出现是少不了的。在领地，总统的荣耀更是无处不在，播撒到每个新非洲人身上。

这些年轻人很聪明。我记得他们以前都是些小骗子，固执而愚蠢，只有些村民式的狡诈。我原以为，对他们来说，学习只意味着填鸭式的死记硬背。像镇上其他人一样，我以为非洲人上的学位课程都被改简单了。这是有可能的。他们确实学习某些课程，诸如国际关系、政治学、人类学等等。但这些年轻人思想很敏锐，说的话也很漂亮，而且说的是法语，不是非洲土语！他们进步很快。就在几年前，费迪南还无法理解非洲这个概念，现在可不是这样了。关于非洲事务的杂志（包括那些在欧洲出版的由政府资助的半真半假的杂志），还有报纸（都需通过审查），都在传播新思想、新知识、新态度。

有天晚上，因达尔把我带到理工学院的一间教室去听他上的讨论课。这课不属于固定课程，是额外加的，教室门上写的是英语口语练习课。不过学生们对因达尔的期望一定超出了英语口语练习的范畴。人来得很多，大部分座位上都有人坐。费迪南也在场，和几个好友坐在一起。

教室的内墙漆成了浅褐色，上面空荡荡的，只挂了一幅总统的肖像——没有穿军装，而是戴了一顶豹皮酋长帽，上身穿短袖夹克，围着带圆点的领巾。因达尔就站在肖像下方，轻松地说起他游历非洲各地的经历，下面的年轻人都听得入了神。他们非常天真，也非常渴望了解新事物。他们都听说过这片大陆上的战争和政变，但对他们来说，非洲仍然是新大陆，他们没有拿因达尔当外人，仿佛因达尔和他们有相同的感受，甚至就是他们中间的一员。语言练习到最后，大家开始讨论非洲。我感觉到理工学院里经常讨论的和课堂上经常讲的话题逐个浮出水面。

学生们有些问题提得很尖锐，而因达尔总有不凡表现，总是那么胸有成竹，不慌不忙。他就像个哲学家。他回答着他们的问题，同时不忘提醒年轻的学生们注意自己所用的字词。

他们谈了一些乌干达政变的情形，还谈到那里的部落和宗教差异。然后，他们把话题扩大到整个非洲的宗教问题。

费迪南的周围出现了一些骚动。费迪南不知道我也在，站起来问："非洲人已因基督教而异化了，不知尊敬的客人是否认同这一点？"

因达尔依照前面的做法把问题复述了一遍："我想你是在问一种并非源于本土的宗教能否有益于非洲？伊斯兰教是不是非洲宗教？你是否认为非洲人因此而异化了？"

费迪南没有回答。和以前一样，他的思想遇到有些坎，就越不过去了。

因达尔说："这么说吧，我认为你可以把伊斯兰教当成非洲宗教。它在非洲大陆已经存在了相当长的时间。对埃及基督徒你也可以这样看。我不是很清楚——或许你觉得非洲人受这些宗教的影响而异化，进而失去了非洲的根基。你是不是这样认为的？或者你认为这些接受外来宗教的非洲人是特殊的非洲人？"

费迪南回答："尊贵的客人应该很清楚我所说的基督教。他想把问题搞混。他知道非洲宗教地位卑下，这是一个关于非洲宗教是否重要的直接的问题，他心知肚明。客人对非洲抱有同情，见多识广，能给我们提供建议。所以我们才问这些问题。"

在座的有几个人拍案叫好。

因达尔说："要回答这个问题，请允许我先问你们一个问题。你们都是学生，不是村民，不要假装自己是村民。不久，你们将走上各自的岗位，为你们的总统和他的政府服务。你们是现代人。你们难道需要非洲宗教吗？还是你们在感情用事？你们害怕失去非洲宗教？或者就因为该宗教是你们自己的，就死死守住不放？"

费迪南的眼里冒出怒火。他拍了一下桌子站了起来："你在问一个复杂的问题。"

显然，在非洲学生当中，"复杂"这个词意味着不赞同。

因运尔答道："你难道忘了？问题不是我提的，是你提的，我只是在获取信息。"

他的话让气氛缓和下来，教室里不再有拍桌子的声音。费迪南的态度也变得友善了。这节课的后半部分，他一直保持着这种态度。下课后，穿夹克制服的服务员用镀铬的小推车送上咖啡和甜饼干——这也是总统让领地保持的特色之一。费迪南来找因达尔。

我对费迪南说："你给我的朋友添了不少麻烦啊。"

费迪南答道："要是知道他是你的朋友，我就不会这么为难他了。"

因达尔问："你自己对非洲宗教是一种什么样的感情？"

费迪南回答："我不知道，所以才问你。这对我来说不是一个简单的问题。"

后来，我和因达尔一起离开理工学院大楼，往他家走去。因达尔说："他令人印象深刻。他就是你说的商贩的儿子？怪不得。他比其他人多了这层特殊的背景。"

理工学院大楼外面的空地上铺了柏油，中间竖着国旗旗杆，现在已经打上了灯光。大道两侧，修长的灯柱举着发亮的灯架。两边的草丛中也亮起了灯光，使得大道看上去就像机场跑道。有些灯泡被人打破了，周围的青草把灯座遮住了。

我说道："他母亲还是个魔法师。"

因达尔说："你在这里应该万分小心。今天晚上他们有些难缠，但是真正的难题他们还没有问。你想知道是什么吗？那就是：'非洲人是不是农民？'这个问题挺没意思的，但是大家在这个问题上能吵得不可开交。随你怎么回答都不好收场。你现在知道为什么需要我们这样的组织了吧？我们必须启发他们思考，让他们去考虑真正的问题，而不是拘泥于政治和原则。否则在接下来的几十年里，这些年轻人还会把我们的世界搅得一团混乱。"

我想我们已经开始深入地讨论非洲了。我和他都经历了很多。我们甚至学会了以严肃的态度看待非洲魔法。在海岸那边可不是这样。那天晚上，当我们谈起那堂讨论课时，我突然想到，因达尔和我是不是在自欺欺人，我们是不是假装看不到我们讨论的非洲和我们熟悉的非洲迥然不同？费迪南不想和精灵们失去联系，他不想孤立无助。这掩藏在他那个问题背后。我们都理解他的焦虑，但在课堂上，大家好像都不直接面对这个问题，可能是因为害羞，也可能是因为恐惧。讨论中说来说去都是另一套词汇，比如宗教和历史。在领地上就是这样。这里的非洲是个特殊的地方。

我也在想因达尔。他是怎么形成新的态度的？从海岸的时候开始，我就觉得他恨非洲。他失去了很多，我想他心里至今还不能原谅那些害他们家的人。但在领地，他发展得不错，可以说如鱼得水。

我没有这么"复杂"。我属于小镇。离开领地，开车回小镇，看到的是一大片一大片的破棚烂屋，一堆堆垃圾，小酒铺外衣衫褴褛的人群，小镇中心的人行道上生火做饭的滞留村民，还有周围的河流和村庄（现在它们不只是自然风景）。开着车回到镇上，就是回到我所熟悉的非洲，是从高尚的领地跌入沉重的现实。因达尔难道真的对属于话语的非洲有信心？领地究竟有没有人对那样的非洲有信心？真实难道不是我们每天朝夕相对的一切：凡·德尔·魏登旅馆和酒吧里商人的闲聊，政府大楼和商店里的总统肖像，由我那老乡的宫殿改造而成的军营？

因达尔说："人们真的相信什么吗？这真的重要吗？"

每次到海关发货，若是货比较棘手，我总要遵循一个固定的套路来办事：先把报关单填好，折起来，在中间塞上五百法郎的钞票，然后交给负责的官员。官员把屋子里的下属打发走（下属当然也知道为什么叫自己走）。然后用自己的肉眼检查这些钞票。接着他把钞票收起来，故意非常认真地审查报关单据，很快就告诉我："很好，萨林姆先生。一切正常。"他和我都不提钞票的事。我们只说报关单上的细节。报关单填得正确，他审批得也正确，于是就成了我们合法履行手续的证据。对于这档交易的实质，我们俩都只字不提，也不会留下任何白纸黑字的记录。

我和因达尔谈过他所属的组织的目的，谈过领地。他说他对那些外来的理论感到担忧。它们的新颖对非洲是种威胁，最先进来的新思想总会先入为主，像胶带一样牢牢粘在年轻的头脑中。在这些关于非洲的谈话中，我总觉得我们中间隔着某种不真诚的东西，也可能只是忽略了。总之有些空白地带横亘在我和他之间，我们不得不小心谨慎地避开。我们忽略的是自己的过去，亦即我们那个群体被摧毁的生活。因达尔第一次到商店来和我们喝咖啡的时候，我们谈论过这个话题。他说他学会了践踏过去。一开始仿佛是在践踏花园，后来就像走在路上。

我自己也困惑了。领地是一场骗局。但在同时，它也是真实的，因为这里到处都是严肃认真的人，包括一些妇女。在人之外，有没有绝对的真实？真实是不是人们自己编造出来的？人们所做的一切，制造的一切都成为真实。我依旧来往于小镇和领地之间。回到熟悉的小镇我总是感到安慰，因为远离了领地的非洲——属于话语和思想的非洲（那里往往没有非洲人）。不过领地自有荣光，自有社交之乐和生活之趣，吸引我一次又一次过去。

8

因达尔说："我们晚饭后去参加一个晚会。是耶莘特举办的。你认识她吗？她丈夫叫雷蒙德，别看他为人低调，这里的一切可都是他在幕后操纵的。是总统——或者你说的那位大人物派他来盯着这里的。他是大人物的白人亲信，各个地方都有这种人。雷蒙德是历史学家，听说总统看过他写的所有作品。这只是传闻。但雷蒙德对这个国家的了解谁也比不上。"

我从来没有听说过雷蒙德。总统我也只是在照片上见过—— 一开始穿着军装，后来穿着时髦的短袖夹克，围着领巾，再后来他戴上了豹皮做的酋长帽，拿一根雕着图案的手杖，后者是他的大酋长身份的象征。我从来没想到他会看书。因达尔的话把总统拉得离我近了一些。与此同时，我感觉到我这样的人离权势多么遥远。从那个距离反观自己，我发觉我们是多么渺小和脆弱。打扮成我这样的人能逛到领地来，见到和大人物接触的人，这简直不像是真的。奇怪的是，现在这个国家，它的森林、河流和偏远地方的人们不再让我感到压抑——从当权者的新角度来看这一切，我感觉自己凌驾于它们之上。

根据因达尔的话，我猜想雷蒙德和耶苇特夫妇应该是中年人。但是，一位身穿白夹克的男仆给我们开了门，出来迎接我们的女士——身穿宽松的黑裤子，不知道是什么材料做的，有些发亮——还很年轻，看上去只有二十八九岁，和我年纪相仿，这不禁让我有些吃惊。再一看就更吃惊了，她居然没穿鞋，脚露在外面，白皙而美丽。我先看到她的脚，然后才开始打量她的脸和短衫。那短衫是黑色的丝绸料子做的，低领，领子周围绣着花——昂贵的东西，在我们的小镇上是买不到的。

　　因达尔说："这位可爱的女士就是我们的女主人，她叫耶苇特。"

　　因达尔身子稍稍前倾，做出要拥抱的姿势，像是哑剧中的动作。耶苇特调皮地弓起背部，接受他的拥抱。因达尔和她轻轻地碰了一下脸，没触到她的胸部，只是指尖碰到了她的背部，她的丝绸上衣。

　　耶苇特住的也是领地的房子，和因达尔的差不多。但是所有带套子的家具都被从客厅里搬走，换上靠垫、长枕和非洲坐垫。地板上只放了两三盏台灯，屋子里有些地方光线很暗。

　　耶苇特提起家具："总统把欧洲人的需求想得太高。我把所有天鹅绒的东西都塞进一间卧室了。"

　　我脑子里还在想着因达尔说过的话，因此没在意耶苇特话里的讽刺，我觉得她是在炫耀自己的特权，和总统关系亲密的人所拥有的特权。

　　有一些客人已经先到了。因达尔跟着耶苇特走进屋子里面，我则跟着因达尔。

　　因达尔问："雷蒙德还好吗？"

　　耶苇特说："他在工作，过一会儿再进来。"

　　我们三个坐到书架边上。因达尔懒洋洋地靠在一个长枕上，显得十分自在。我则把注意力集中到音乐上。和因达尔一起在领地的时候，我多半就像这样，只打算听和看。这里的一切对我来说都是新鲜的。我从来没有参加过这样的领地聚会。这房子里的气氛我也从来没有体验过。

有两三对客人在跳舞。我能看到女人们的腿。我特别注意到一个穿绿色裙子的女孩的腿。这女孩坐在直背的餐椅上（也是那种一套十二把的椅子）。我打量着她的膝盖、大腿、踝部，还有她的鞋子。她的腿形并不是多完美，却让我入迷。我成年以后的生活中，一直是到镇上的酒吧寻求放松。我只认识拿钱才和我玩的女人。情欲生活的另一面，不要钱的拥抱我没有体验过，甚至觉得陌生，觉得不属于自己。我只到妓院满足自己的欲望，而这种满足哪里说得上是满足！我觉得寻花问柳让我离真正的感情生活越来越遥远，我担心这会让我无法拥有真正的感情生活。

而在这个房间里，男男女女跳舞是为了彼此的乐趣，为了从对方的陪伴中得到快乐。这种场合我从来没有经历过。穿绿衣服的女孩露出的粗粗的大腿上流露出令人战栗的期盼。她的裙子是新的，褶边松松的，没有熨出折痕来，清楚地显示出布料原本的样子。后来，我看着她跳舞，看着她的大腿和鞋子移动，心里涌出一种温馨的感觉，好像发现了自己身上已经丧失的某一部分。我一直没有看那女孩的脸，在半明半暗的屋子里，很容易不去注意她的脸。我想沉浸在温馨之中。我不想让任何别的东西破坏我的情绪。

气氛愈加温馨起来。舞曲结束了，屋子里的光线恰到好处——灯光在天花板上照出一个个晕圈，跳舞的人都停了下来。接下来的乐曲直入我的肺腑：一位美国姑娘在唱《芭芭拉·艾伦》，忧伤的吉他，忧伤的歌词，忧伤的旋律。

多么奇异的歌喉！我觉得它不需要乐曲，可以说也不需要歌词。那声音本身就在创造旋律，本身就能形成一个完整的感情世界。像我这样背景的人在音乐中寻找的正是这东西——感情。正是这东西让我们激动地喊着："好！好！妙极了！"正是这东西引诱我们把钞票和金子扔到歌手脚下。听着这声音，我感觉内心最深处被唤醒了，这里知晓何为失去、思乡和悲痛，并且渴望得到爱。这声音能让每一位听众的心绽放。

我问因达尔："这歌是谁唱的？"

因达尔回答说："是琼·贝兹。她在美国非常出名。"

"而且身家百万。"耶苇特补了一句。

我听出了她话里的讽刺。这让她的寥寥数语显得另有所指。确实，她也没有把这位身家百万的歌手请过来，而只是在放她的唱片。耶苇特冲我笑了笑，也许是在笑自己说的话，也许是在笑作为因达尔的朋友的我，也许是她觉得这样微笑着对自己最合适。

她的左腿弓起，右膝弯着，右腿平放在她坐着的垫子上，右脚跟几乎抵着左踝。在黑色裤子的衬托下，她的一双脚显得如此美丽，如此白皙。她的挑逗性姿态，她的微笑，都融入了歌曲的氛围之中，让人无法直视。

因达尔说："萨林姆是从海岸那边一个古老的家庭出来的，他们的历史很有意思。"

耶苇特的手搭在右边的大腿上，十分白皙。

因达尔又说："我给你看样东西。"

他把身体侧了侧，伸手从我的腿上方去够书架，抽出一本书，翻开给我看。我把书放到地上，就着台灯的光看他给我指出的地方。我看到一串名字，其中就有耶苇特和雷蒙德。作者是在感谢最近在首都受到他们二位的"盛情接待"。

耶苇特仍旧微笑着，但没有表现出难堪或谦逊，也没有嘲讽的意思。书上出现她的名字对她很重要。

我把书还给因达尔，目光从耶苇特和他身上移开，回过神听那歌声。不是所有的歌曲都像《芭芭拉·艾伦》那样，有的是现代风格，唱的是战争、不公、压迫和核毁灭。但中间总穿插着那古老而优美的旋律。这正是我期待的旋律。最后，歌手把两种歌曲糅合在一起，既唱到了少女和情人，发生在过去的令人悲伤的死亡，也唱到了现在在重重压迫下濒临死亡的人们。

这是假象——对此我毫不置疑。只有指望公正而且多半时间受到公正待遇的人，才能够心平气和地听这种关于不公的甜美歌谣。你不会唱这种关于世界末日的歌曲，除非你也和屋子里其他人一样——这屋子如此美丽，装饰着各种简单的物件：地上摆着非洲的垫子，墙上挂着非洲的壁挂，还有各种各样的长矛和面具——感觉到世界仍将延续，你会太太平平地生活在其中。在这样的房间里，做出这种假设是多么容易啊。

外面的世界截然不同，马赫什也会对上述假设嗤之以鼻。他说过："并非这里的人不讲对错，而是没有公理。"但现在马赫什让我感觉很遥远。他的生活多么乏味，我的也一样。最好还是分享这种虚假的陪伴，感觉在这间屋子里我们优雅而勇敢地面对不公和迫近的死亡，用爱来抚慰我们的心灵。歌曲尚未结束，我觉得我已经找到了梦寐以求的生活。我从未甘于平庸。我感觉我交了好运，撞上了可以和纳扎努丁多年前在这里发现的那种生活相媲美的生活。

雷蒙德进来的时候已经比较晚了。在因达尔的坚持下，我甚至和耶苇特跳了一曲，我能感受到她丝绸上衣下的皮肤。见到雷蒙德的那一刻我正浮想联翩，从一个可能跳到另一个可能。刚见到他的时候，我的第一印象是他和耶苇特年龄相差很大，我看这差距不下三十岁。雷蒙德看起来快六十了。

我感到那种种可能渐渐消失，如同梦境。我注意到，耶苇特见到丈夫后，立刻露出关切的神情，更确切地说，是眼神，因为她依旧在微笑，她的脸在玩把戏。我还注意到雷蒙德言谈举止稳妥自信，想到他的工作和地位，留意到他不凡的外表。这是思想的不凡，是思想工作造就的不凡。他看上去好像刚刚摘掉眼镜，眼神有些疲倦，但仍然很有魅力。他穿着长袖狩猎夹克，我觉得他这种穿着风格——长袖而不是短袖——是耶苇特建议的。

露出关切的表情之后，耶苇特再次放松下来，脸上仍然保持着笑容。因达尔站起身，去拿靠在对面墙上的餐椅。雷蒙德示意我们坐在原处。他自己没有坐到耶苇特身边，而是坐到因达尔拿来的椅子上。

耶苇特坐在原来的地方没有动："雷蒙德，要不要来点儿饮料？"

雷蒙德回答："不用了，伊苇①，我待会儿就回房间。"

雷蒙德一来，旁边的人都注意到了。有一个小伙子和一个姑娘开始在我们周围转悠。还来了几个其他人。大家彼此打着招呼。

因达尔说："希望我们没有打搅您。"

雷蒙德说："这环境挺让人愉快的。如果我看上去有些心神不宁，那是因为我刚才在房间里的时候感到很灰心。我开始在想，真相到底会不会被人知道？我一直在想这个问题。这样的想法并不新鲜，不过有时候很让人痛苦。我觉得人所做的一切最终都是徒劳。"

因达尔说："别瞎说了，雷蒙德。像您这样的人得到认可是需要时间的，但最终人们会认可您的。您研究的领域不热门。"

耶苇特插话说："麻烦你替我跟他好好说说，开导开导他。"

站在边上的一个人说："新的发现让我们不断修正对过去的看法，不过真相会一直在那儿，是可以掌握的。这项工作总得有人去做，就这样。"

雷蒙德说："时间最终会把真相暴露出来。这我也知道，它是传统的也是宗教的想法。不过有时候我禁不住怀疑，我们是不是真的知道罗马帝国的历史？我们是不是真的知道征服高卢那段时期都发生了什么？我坐在房间里，想到没有被人记录的事情，心里感到很悲伤。你们认为我们能够了解过去一百年甚至五十年里非洲真正发生了什么吗？所有那些战争、反叛、领袖和失败？"

---

① 耶苇特的昵称。

屋里鸦雀无声。我们看着提出这个话题的雷蒙德。屋子里的气氛好像只是琼·贝兹歌曲气氛的延续。音乐停了，我们思考了一会儿这片大陆的可悲。

因达尔问："您有没有读过穆勒写的文章？"

雷蒙德问："你是说关于巴蓬德起义的文章？他给我送来了一份清样。听说这文章挺火的。"

带着姑娘的小伙子说："听说德克萨斯要请他去教一个学期书。"

因达尔说："我觉得这文章是一堆垃圾。明明是一堆陈词滥调，却搬出来当成新智慧。阿赞达起义是部落起义，而巴蓬德起义完全是经济压迫造成的，和橡胶生意有关。它们要同布德加和巴布瓦起义放在一起看。而且你得降低宗教问题的分量。正是宗教问题让巴蓬德的骚乱火起来的。人们要是想借非洲题材发学术财，就会干这些事。"

雷蒙德说："他来见过我。我回答了他所有问题，还让他看了我所有文章。"

那小伙子又插话说："我觉得穆勒有点神童的味道。"

雷蒙德说："我挺喜欢他。"

耶苇特说："他来吃过午饭。雷蒙德刚离开饭桌，他就把巴蓬德抛到一边，问我：'你想不想和我出去？'就这样子。好家伙，雷蒙德刚一转身他就这样。"

雷蒙德笑了笑。

因达尔说："我告诉过萨林姆，说总统只看您写的作品。"

雷蒙德回答："我想他现在没多少时间看书了。"

小伙子又说话了，他的女友紧挨着他："您跟他是怎么认识的？"

雷蒙德说："这事说简单也简单，说复杂也复杂。恐怕现在没时间谈。"他看了看耶苇特。

耶苇特说："我看大家现在都不赶时间。"

雷蒙德于是说道:"那是很久以前,还是殖民时代。当时我在首都一所大学里教书,同时在写一本历史书。当然,那时候出版是不可能的。尽管一九二二年颁布了一项广受欢迎的反审查法令,但审查制度还是没有断根,只是大家装作看不见。此外,在当时,非洲也不是大众关心的话题。不过我从来不掩饰自己的感受和立场,我想外面肯定有关于我的传言。有一天我在学校里,有人来通报说有位非洲老妇要见我。是一个非洲仆人给我报的信,他没有把来客太当一回事。

　　"我让他把人请进来。原来是一个中年女人,没那么老。她在首都一家大宾馆当女佣,是为自己的儿子来找我的。她来自一个比较小的部落,部落里的人人微言轻,我想他们没办法帮她。女人的孩子离开了学校,起初参加了一个政治俱乐部,打过各种零工。但后来他把这些事都丢到一边。无所事事,天天待在家里,不出门见任何人,还头痛,不过他并没有生病。我本以为她是来求我给她的孩子找份工作。其实不然,她只是想让我去看看那孩子,和他谈一谈。

　　"那女人给我的印象很深。那种大宾馆女佣的自尊非常引人注目。换了别的女人,肯定会觉得孩子中邪了,会采取相应的驱邪措施。她虽然没多少文化,却认定儿子的毛病是教育造成的。所以她来找我帮忙。我是大学的老师嘛。

　　"我让她把儿子带过来。那孩子不怎么赞成母亲和我谈论他的问题,但最终还是来了。他很紧张,像只小猫似的。这孩子不寻常(甚至可以说了不起)的地方在于他有一种深切的绝望。这不只是贫穷和缺乏机遇的问题,他的绝望要比这些更深沉。确实,你要是按照他的方式来看世界,你也会头痛。在这个世界上,像她母亲这样的贫苦非洲妇女忍受了太多屈辱,他无法面对这样的世界。没有什么能改变这一切。没有什么能让这个世界好起来。

　　"我告诉他说:'你说的这些我都听进去了。我知道你这种绝望的情绪迟早会消失，你迟早会想要采取行动。到那时候，你不要把自己扯进现在这种政治。这些俱乐部和协会只会空谈和辩论，是非洲人在给欧洲人作秀，希望他们看到自己好像也很进步。这些地方会吞噬你的激情，毁掉你的才华。我现在跟你说的这些听起来可能有些奇怪，不过这就是我要说的。你必须参加国防军。在军队里你不会爬得很高，但你至少能学会一门实实在在的本领。你会学会如何使用武器，如何开车运输，你也可以研究人。一旦你搞清楚怎样把国防军拢在一起，你就会知道怎样把整个国家拢在一起。你或许会说：我可以做个律师，让别人叫我阁下，不是更好。我会回答：不，当个下士，见到中士喊长官对你更好。这种建议不是随便给任何人的，我只给你一个人。'"

所有人都听得聚精会神。他停下的时候，我们也没有说话，都沉默着，继续看着他。他坐在餐椅上，身上穿着狩猎夹克，显得卓尔不群，头发梳向后面，眼睛有些疲惫，有那么一点儿花花公子的派头。

最后还是雷蒙德打破了沉默，他像是在评论自己讲的故事，用一种轻松的口吻说："他真是了不起。他为大家做了不少事，但我想大家没有给他充分的认可。我们认为那些事情是他应该做的。他把军队管束住了，给这片各民族混居的土地带来了和平。现在大家又可以在国境之内到处旅行了——这种事过去殖民国家以为只有他们自己能办到。更了不起的是，他并不是用胁迫的手段做到的，而是得到了人民的同意。你们在街上看不到警察，看不到枪支，也看不到军队。"

因达尔就坐在笑眯眯的耶苇特身边，似乎想要把腿换个姿势，准备开口发言。但是雷蒙德摆了摆手，因达尔于是没有动。

雷蒙德接着说："还有自由。不管是何种思想，也不管它来自何种体制，在这里都能兼容并蓄。我认为，"他看了看因达尔，仿佛是在为不让他说话做出弥补，"这里没有人告诉你该说什么，不该说什么。"

因达尔说："我们在这里可以天马行空，无拘无束。"

"我想他不会想到搞什么审查。他觉得所有思想都可以为他的事业所用。可以说，他对思想是绝对渴求的。他以自己的方式运用这些思想。"

耶苇特说："但愿他把男仆的制服给换掉。换成殖民时代的样子，短裤子，长罩衫，要不就是长裤子，夹克衫。就是别搞成现在这样，短裤子，夹克衫，就像狂欢节穿的服装。"

大家哄堂大笑，连雷蒙德也笑了，大家似乎都为打破了严肃的气氛而感到高兴。耶苇特的大胆就像是对雷蒙德所说的自由的证明。

雷蒙德说："耶苇特老是说男仆的制服。但不要忘了他的军队背景，也别忘了他母亲的宾馆女佣背景。她母亲一向穿着殖民时代的女佣制服工作。所以领地的男仆必须穿制服。不过不是殖民时代的制服，这很重要。如今所有穿制服的人都应该理解这一点。穿制服的人都应感到自己和总统之间有份私人契约。别指望这些男仆脱掉那身制服，你不会成功的。耶苇特尝试过。他们喜欢穿那身制服，不管在我们看来有多荒唐。这就是这个非洲人了不起的地方——他知道人民需要什么，什么时候需要，这是他的能耐。

"现在，到处都张贴着总统身穿非洲服装的肖像。这些肖像大批量出现的时候，老实说，我也看不习惯。有一天我在首都和他谈起这个问题。他给了我一个极富洞察力的回答，我一下子就被说服了。他说：'雷蒙德，换作五年前，我也会同意你的话。五年前，我们非洲人会用他们那种残酷的幽默来嘲笑你，在当时，国民的团结程度不堪一击，这种嘲笑能够把这个国家毁掉。但时代变了，人民过上了太平日子。他们想看点儿别的东西，不再想看军人的照片。他们现在看到的是一个非洲人的照片。那可不是我的照片，雷蒙德，那是所有非洲人的照片。'"

这一席话和我的感觉非常贴近，所以我说："一点儿不错！我们镇上的人都不喜欢挂旧照片。而看新照片的感觉就有些不一样，特别是在领地这里。"

雷蒙德让我把话说完。但随后就抬起右手，示意我让他说下去。然后他接着说了起来。

"我想我要核实一下这个问题。事实上，就在上周我这么做了。我在主楼外边遇到我们的一个学生。为了勾他说话，我故意说总统的照片挂得太多了。那小伙子断然予以否定。于是我问他看到总统的照片有何感受。这个年轻人的回答你们听了可能会感到吃惊。他像个预备军官一样，站得笔挺。'那是总统的照片。在领地这里，作为学院的学生，我也把它看作自己的照片。'听听这些话吧！这就是伟大领导者的素质——他们能预知人民的需求。非洲需要由非洲人来统治——殖民国家从未真正了解这一点。不管我们对非洲有多少研究，不管我们的同情有多深刻，我们终归都是外人。"

那个小伙子此刻正和女友一起坐在垫子上，他问："您知道总统手杖上雕刻的蛇象征什么吗？听说手杖上雕刻的那个人腹部有神物，是真的？"

雷蒙德说："这我不知道。那只是根手杖而已。是酋长的手杖。就和权杖、主教法冠一样，我想我们不应该到处寻找非洲的神话，这是个误区的。"

他的批评语气造成了一些不安，但雷蒙德仿佛没有注意到。

"最近，我看了总统的所有演讲稿。要是把这些演讲稿编辑出版，该是一本多么有趣的作品啊！其中当然少不了应景之作。不过可以做一个选本。摘选核心思想。"

因达尔问："您现在是不是在做这项工作？他找您做这项工作吗？"

雷蒙德抬起一只手，耸了耸肩，意思是因达尔问的情况是可能的，不过现在要保密，他不好明说。

"这些演讲如果按照时间顺序看，最有意思的是其发展脉络。要是你们看看这些演讲，就能明白我说的对思想的渴求是怎么一回事。一开始，演讲中表现出来的思想还很简单。无非是团结、过去的殖民统治、对和平的需要等等。后来就变得很复杂，也很精彩，说到了非洲、政府和现代社会。如果编得好，这些演讲稿能成为一本手册，激励整个大陆进行一场真正的革命。在这些演讲的字里行间，处处散布着那种年轻人的绝望的感觉，多年前那种绝望曾给我留下深刻的印象。你总会有那种感觉：那些伤害绝无可能消除。如果你们有心，就能从这些演讲中看出一个年轻人对自己的母亲—— 一个宾馆女佣——遭受的屈辱感到深切的悲痛。他从来没有忘本。你们或许都不知道，就在今年早些时候，他带着所有政府官员去朝拜这个非洲女人的村庄。以前有没有这样的事？有哪位统治者把非洲丛林变得这么神圣？这种孝顺让人感动得掉泪。你能想象一位非洲宾馆的女佣在殖民时代所遭受的屈辱吗？不管多少孝行都不能弥补这些屈辱，但我们能给的也只有孝行。"

"我们也可以遗忘，"因达尔说，"我们可以践踏过去。"

雷蒙德说："非洲大部分领袖都是这样做的。他们想在非洲丛林里建起摩天大楼。而我们的这位却要建造圣殿。"

喇叭里一直在放没有歌词的音乐。现在《芭芭拉·艾伦》又开始了，歌词有些让人分神。雷蒙德站了起来。坐在垫子上的年轻人想走过去把音量调低。雷蒙德示意他不必麻烦，但音量还是被调低了。

雷蒙德说："我很想陪一陪各位，遗憾的是我要去工作了。否则可能会漏掉什么。我发觉写散文风格的记叙文最难的是承接。可能是一句话，也可能是一个字，起到承上启下的作用。刚才和大家坐在这里，我突然想到怎么解决一个很棘手的问题。我必须把它记下来。否则我会忘掉。"

他正要离开，突然又站住说："写这种没人写过的东西，其难度我想并没有被充分理解。偶尔就特定问题写一写学术文章并不难，比如巴蓬德起义之类的题目，因为有固定的套路。而宏大的叙事就不同了。所以我在想现代历史写作巨匠特奥多尔·蒙森。我们如今讨论的关于罗马共和国的一切都只是蒙森工作的延续。各种问题、事件，以及叙事本身，特别是共和国后期的动乱阶段——这位德国天才全都洞若观火。当然，特奥多尔·蒙森有幸知道自己所写的是个重大题材。我们这些在自己的领域里搞研究的人却不能像他这么肯定。我们不知道后人会不会觉得我们记载的事件有任何价值。我们不知道非洲大陆将来要走向何方。我们只能像这样继续下去。"

他的话戛然而止，他转身离开了房间。我们一个个哑口无言，看着他刚离开的地方，许久才慢慢把注意力转到耶苇特身上。她现在是雷蒙德在这间屋子里的代表。她仍然微笑着，表示已然接收到我们的致意。

过了一会儿，因达尔问我："你知道雷蒙德的作品吗？"

当然他是在明知故问。不过为了让他有机会说，我回答："不，我不知道他的作品。"

因达尔说："这正是这个地方的悲剧。非洲的伟人却湮没无闻。"

这听起来像是正式的致谢辞。因达尔字斟句酌。他把我们一并说成非洲人，因为我们不是非洲人，他的话在我们——至少是我——心里挑起了一种异样的感觉。此时琼·贝兹的歌声重又被调响了，很快把我的感觉推向更高层。在雷蒙德给我们留下的紧张气氛中，这优美的歌声让大家想起我们共同的勇敢和忧伤。

离开时，耶苇特拥抱了因达尔，也拥抱了我——作为朋友。对我而言，这是那天晚上的高潮。能和她的身体（此时已经十分柔软）贴得这样近，感觉到她的丝绸上衣，以及衣服里面的身体，我感到非常甜蜜。

外面月亮出来了——早些时候还没有。月亮显得小而高。空中乌云密布，月光时隐时现。夜色宁静。我们能听到急流的声音，那儿离我们有一英里路。月下赏急流！我对因达尔说："我们去河边吧。"因达尔欣然同意。

在领地开阔平坦的土地上，新的建筑物显得很渺小，而大地却无比广阔。领地只是森林中微不足道的一片空地，衬托出丛林和大河之广袤——好像整个世界就只剩下这丛林和大河。月光扭曲了距离感。乌云飘过时，就像是压在我们头上。

我问因达尔："你对雷蒙德的话是怎么看的？"

"雷蒙德挺会讲故事。不过他说的不少情况是真的。他说的关于总统和那些思想的话肯定是真的。总统把这些思想都用了起来，以某种方式杂糅在一起。总统是伟大的非洲酋长，同时也是群众的一员。他一方面搞现代化，另一方面也是一个非洲人，一个要找回自己非洲灵魂的非洲人。他有保守的一面，也有革命的一面，他无所不包。他既回归传统，又勇于前进，要在二〇〇〇年之前把这个国家变成世界强国。我不知道他这样做是出于偶然，还是有高人指点。不过他这种杂七杂八一锅煮的方法还真奏效，因为他一直在变，不像有的家伙那样一条道走到黑。他是军人，却决定成为老式的酋长，宾馆女佣生的酋长。这些背景成就了他的一切，也被他发挥到极致。这个国家的每个人都知道他有个做宾馆女佣的母亲。"

我说："朝拜母亲的村庄这事把我打动了。我原来在报纸上看到过，不过报纸上说这只是一次不公开的朝拜，所以我也就没有多想。"

"他在丛林里建起圣殿，纪念他的母亲，与此同时却在建设现代化的非洲。雷蒙德说他不会去建摩天大楼。也是，他确实没有建。但他耗费巨资建立了这个领地。"

"过去纳扎努丁在这里买过地皮。"

"他给卖了，没卖到几个钱。你是不是想说这个？这种事非洲常有。"

"不，纳扎努丁卖得不错。他在独立前最繁荣的时候把手上的地皮卖掉了。他在一个星期天的上午来到这里，他说：'这只是丛林嘛。'于是就把地给卖了。"

"这种事以后还会发生。"

急流的声音更响了。我们已经把领地的建筑物甩到身后，开始往渔民的小屋走去。月光下，小屋一片死寂。渔村的狗瘦瘦的，毛色暗淡，身下有黑黑的影子，懒洋洋地从我们身前走开。在激滟的波光衬托下，渔民的竹篙和渔网黑黝黝的。我们来到过去的观景处。这里现已修复，新筑了墙。四周只听得到河水冲过岩石的声音。一簇簇水葫芦从岩石上飞奔而过。月光下，水葫芦的花是白色的，根茎纠缠在一起，只能看到黑黑的轮廓。月光被挡住的时候，什么也看不到。整个世界只剩下翻滚的河水发出的古老声音。

我说："我从来没有告诉过你我为什么到这里来。我并不只是要离开海岸，到这里来开店。纳扎努丁跟我们讲他在这里曾经有过的好日子，这才是我来这里的原因。我以为我将会有自己的生活，我以为我到时候也会找到纳扎努丁发现的东西。接着我就困在这里了。要不是你来了，我还不知道我会怎样。要不是你来了，我永远不会知道这里正在发生的一切，就在我们鼻子底下。"

"这里的事和我们过去了解的不一样。对我们来说，这里非常诱人。非洲中间的欧洲，后殖民时期的非洲。但这里既不是欧洲也不是非洲。我可以告诉你，从里面看，情况会完全不同。"

"你是说人们没有信心？不相信自己所说所做的一切？"

"没人会这么简单。我们说信也信，说不信也不信。我们信，那是因为信了事情就会简单化，合理化。我们不信，是因为这些东西——"因达尔指了指渔村、丛林和月光下的河流。

过了一会儿，他说："雷蒙德的状况有些乱。他必须继续装作自己是总统的导师和顾问，他不想知道自己其实已经快到奉命行事的地步了。事实上，为了回避接受命令，他干脆提前考虑命令。如果必须承认这个现实，他准会发疯。啊，他现在找到大差事了。不过他在走下坡路。总统已经把他调出首都。这位大人物现在要按自己的方式做事，不再需要雷蒙德。这情况人人都知道，雷蒙德还以为大家都蒙在鼓里。到了这把年纪还要面对这些事，真是可怕。"

　　因达尔的话并没有让我想到雷蒙德。我想的是耶苇特，听说了她丈夫的境遇，我觉得她离我突然近了许多。我脑子里浮现出晚上看到的她的样子，就像过电影一样，把我看到的一切重新组合，重新阐释。我把她的形象定格在那个让我心醉神迷的姿势：白皙的脚靠在一起，一条腿弓起，一条腿弯曲着平放在垫子上。我在脑海里重新勾画她的脸，她的微笑。然后我把整个画面放入琼·贝兹的歌曲营造的氛围，以及这歌曲在我心里勾起的种种情绪。然后添上周围的情景：月光、急流和这条非洲大河上漂浮的白色水葫芦。

9

那天晚上，我们在河边谈论过雷蒙德之后，因达尔开始谈他自己。那个夜晚让我兴奋，却让因达尔感到疲乏和郁闷。我们一离开耶茅特的家，他就烦躁起来。

那天晚上早些时候，我们一同前往那幢房子参加晚会，路上因达尔把雷蒙德说成明星，权势中人，大人物的白人亲信。但后来，到了急流边，他却用完全不同的口吻谈论雷蒙德。作为向导，因达尔急于让我真正了解领地生活的实质，以及他在领地的地位。现在我领略了他所处的世界的魅力，他却对自己所展示的东西失去了信心。也许他觉得，既已找到其他人信他所传播的信条，他自己就可以放弃一些信仰。

月光让我心情轻松，却加深了他的郁闷。他正是在这种郁闷的情绪下开始说话的。不过，这天晚上的情绪并没有和他相伴太久。到了第二天他就恢复了常态，和平素没什么两样。不过后来他一旦郁闷了，就更愿意承认。那天晚上他只说了个大概，后来只要时机合适，或者郁闷情绪复萌，他就会拾起那个话题，补充更多细节。

"萨林姆，我们必须学会践踏过去。我们刚一见面我就告诉你了。

过去不应该让我们落泪，它并非只对你我是真实的。在世界上或许还有人珍惜过去，希望把他们手里的家具和瓷器代代相传下去。比如那些已经没有生气的国家，或者那些富足太平、偏安一隅的国家。或许在瑞典或者加拿大可以这样。还有法国某些农业地区，那儿的城堡里面住满了傻瓜。还有某些破败的印度王城，还有那些一潭死水的南美殖民城镇。其他地方的人都充满生机，整个世界也是充满生机，过去只能带来伤痛。

"忘却过去并不容易。并不是你想忘就可以立即忘掉的。你只能武装好自己，否则就会中伤痛的埋伏，遭到毁灭。所以我一直想着花园被踩成平地这个意象——雕虫小技，不过挺管用。在英国的第三年，我开始对过去产生这样的认识。说来也怪，我也是在一条大河边产生这样的认识的。你说我把你带入了你梦寐以求的生活，无独有偶，我当时在英国的那条河边也是这样想的。关于我自己，我当时下了个决心，后来回到非洲就是这个决心间接导致的。当初我离开非洲，是铁了心不打算再回来的。

"我离开的时候很不开心。你应该还能想得起来。我也想让你感到不开心——其实我甚至想伤害你，不过那都是因为我自己太郁闷了。想到两代人的积累会荒废掉，我非常痛苦。想到会失去祖父建起来的大宅院，想到祖父和父亲在白手起家的过程中所遭受的种种风险，那些勇敢，那些不眠之夜，我就觉得痛苦。换个国家，这么勤劳，这么有本事，我们早就成了百万富翁，成了权贵，至少后面几代人能过上安稳日子。而在我们那里，一切都可能在转瞬间灰飞烟灭。我恨的不仅仅是非洲人，我也恨我们那个群体和我们的文明，这文明给了我们旺盛的精力，但在其他方面让我们任人宰割。对此，你满腔的怒火要怎么去发泄？

"到英国后，我想把这一切抛到脑后。当时就只有这个想法，并没有更长远的计划。'大学'这个词语让我心旷神怡，我当时天真地想：念完大学，就会有美好的生活等着我。当时那个年纪，三年都像是太久了——你会觉得什么都可能发生。不过当时我并没有意识到，我们的文明在很大程度上已经成了我们的牢笼！我也没有意识到，非洲和简单的海岸生活所构成的成长环境在多大程度上塑造了我们，我们已经失去了理解外面世界的能力。构成外面世界的思想、科学、哲学、法律，我们简直无从了解，哪怕是一点点。我们只有被动接受。除了羡慕，我们再无办法。我们感觉到伟大的世界就在那儿，我们中的幸运者可以去探索一番，不过也只能游移在它的边缘。我们从来没有想过自己能为它做点儿什么贡献。所以我们错过了一切。

"当我们到达某个地方，比如伦敦机场，我们心里只想着不要显得呆头呆脑。机场的美丽和复杂是我们做梦也想不到的，但我们只想着让人家看到我们能应付，没有蒙掉。我们甚至会装作觉得眼前的一切不如自己所料。这都是我们愚蠢和无能的本性造成的。到了英国的大学，我的表现就和刚到机场一样，几年来一直装作没受到震撼的样子，一直表现得有点儿失望，结果什么也不懂，什么都全盘接受，什么也得不到。这几年，我没有看到什么，也没有学到什么。大学念完了，我对建筑物还只能根据大小加以区分，还是分辨不出季节的变化。不过我脑子好使，总能凭着临时突击应付考试。

"在过去，经过三年这样的学习，混到一张文凭，我就可以回到家里，把文凭装裱悬挂起来，利用从他人书本里学来的知识和技能的皮毛，开始挣钱。当然，我不能这样做。我必须留在我上学的地方，找一份工作。你知道，我没有做过一份工作；家里人从来没有把我朝这个方向推过。

"有一段时期，同龄的学生开始谈论工作和面试的话题。老成的学生甚至开始讨论各家公司出的面试费用。传达室里，这些学生的信箱里塞满了学校委派委员会发来的褐色长信封。差一点儿的学生前途五花八门，以后做什么事都有可能，他们的信箱也塞满了各种各样的信件，多得像秋天的落叶。对这些大胆的学生，我的态度是稍稍有些嘲讽。我最终也要找工作，但我从来没有想过自己必须经过褐色信封这一关。我也不知道为什么，但我就是不去想。到了最后关头，我感到既慌乱又羞耻，意识到自己不过这一关不行。我和委派委员会安排了一次见面。到了那天早上，我穿上黑西服出发了。

"一到那里，我就发现我这趟完全白跑了。委员会的作用是为英国学生安排英国的工作，不是为我设立的。一看到外面办公室里那女孩脸上的表情，我立刻就明白了。不过这女孩态度很和善，里面那个穿黑西服的男人态度也挺和善。他对我的非洲背景挺感兴趣，我们谈了一会儿非洲，然后他说：'我们这个伟大的组织能为你做些什么呢？'我本来想说：'可不可以给我也寄那种褐色信封来？'但我说出来的却是：'我希望你能告诉我。'他似乎觉得这挺滑稽。他拿出一张什么表格，把我的详细情况登记下来。然后，他尽量找话和我说。穿黑西服的年长者对穿黑西服的年轻人，男人对男人。

"但他和我没什么好说的。我就更没有什么话题了。我几乎没见过什么世面，不知道外面的世界是怎么运作的，也不知道自己能在其中做些什么。过了三年波澜不惊的大学生活，我还是那么无知，连我自己都感到吃惊。坐在那间安安静静的小办公室里，四周堆满了悄无声息的档案，我开始觉得外面的世界很可怕。跟我谈话的黑西服不耐烦了：'我的老天爷，伙计！你总得给我点儿提示吧？你对将来做什么工作总得有点想法吧？'

"当然，他没有错。不过那句'我的老天爷，伙计！'听起来有点儿做作，可能是他过去从比他地位高的人那里听来的，现在用到我这个比他低的人头上。我生气了。我当时想恶狠狠地瞪他一眼，然后说：'我就要你的工作，因为你这么喜欢它。'但我没有说出口，我只是恶狠狠地瞪了他一眼。我们的谈话不欢而散。

"出来后，我心情平静了一些。我去了上午经常去的咖啡馆。作为安慰，我给自己点了一块巧克力蛋糕。然后我惊讶地发现，我并不是在自我安慰，我是在庆祝。上午跑到咖啡馆来，喝着咖啡，吃着蛋糕，而折磨我的人却在办公室摆弄他的褐色信封，这让我心情很舒畅。这只是逃避，长久不了。不过，在我的记忆中，这半个小时我的心情完全是轻松舒畅的。

"此后，我根本不对委派委员会抱什么希望。不过那人却很公平。官僚归官僚，最后我也收到了几个褐色信封，不过有点儿不合时宜，不是在秋天的求职高峰期寄来，把我的信箱塞满。而是像一年的最后一片落叶，凋落在一月的风中。这些工作机会来自一家石油公司和其他两三家同亚洲和非洲有联系的大公司。每看到一则工作描述，我都觉得我的灵魂在收紧。我发觉我开始骗自己，我在演戏给自己看，我告诉自己说，这上面说的工作我都能做。我想大多数人的生活就是这样结束的，采取某种态度以适应别人为他们安排的工作和生活，最后逐渐变得僵化。

"这些工作我一个都没得到。面试的时候，我发现我无意中又把考官们逗乐了。有一次我说：'我对你们的业务一无所知，不过我会用心去学的。'不知为什么，这话惹得满堂大笑。这次面试有三位考官，三位都笑了，为首的是个长者，笑出了眼泪。后来他们就把我打发走了。每次不成功，我都有种如释重负的感觉；但同时我对未来也更加焦虑。

"我大概一个月和一位女讲师吃一次饭。她约莫三十岁，长得不难看，对我也很好。她的心态非常平和，这很不寻常。因为这个原因，我很喜欢她。就是她让我做了一件我接下来要和你说的荒唐事。

"这位女士认为，我们这些人之所以感到迷茫，是因为我们属于两个世界。当然，她说得很对。不过当时我可不这么认为。我觉得我把一切都看得很清楚。这位女士的想法我想是出自一位从孟买或者附近什么地方来的年轻人，此人总想显得风趣。但这位女士也认为我的教育和背景使我不同寻常，说我不同寻常，这点让我无法抗拒。

"一个不寻常的人，一个属于两个世界的人，需要一份不寻常的工作。她建议我从事外交。我也就这么决定了。外交官总得为某个国家服务，所以我选择了印度。这很荒唐，我做这事的时候就觉得荒唐，但我还是写了一封信给印度特派使团。他们回了信，约我面试。

"我乘火车赶到伦敦。我对伦敦不是很熟悉，凡是熟悉的地方都不喜欢，那天早晨尤其不喜欢。普里德街上有色情书店，不过徒有虚名，根本没有真正的色情读物；埃奇韦尔路两边的商店和饭店好像总是在换主人；还有牛津街、摄政街的商店和摩肩接踵的人群。开阔的特拉法尔加广场终于让我的精神为之一振，但它也提醒我旅程快到头了。我开始对我这次来要办的事情感到十分难堪。

"我乘坐汽车沿着海滨大道前进，在埃尔德维奇街拐弯处下了车。路人给我指出了印度大厦，我穿过马路往大厦走去。大厦外面都是印度图案，很显眼，我是不会错过的。此刻我的难堪愈加强烈。我穿着黑西服，打着学校的领带，走进了大厦，却发现它是伦敦建筑，英国建筑，徒有印度的外表——和我祖父所说的印度大相径庭。

"我生平第一次对殖民充满了怒火。这怒火并不只是针对伦敦或者英国，我也气那些听任别人把自己打扮出异国情调的人们。进门后，我的怒火还没有平息。大厦里面也有不少东方图案。穿制服的门卫们都是英国人，中年模样，显然是原来的管理者雇用的——如果可以这样说的话——现在在新的管理者手下耗时间。我从来没有像此刻这样贴近我们的祖先的国度，却又和它如此疏远。我觉得在这幢大楼里，我对自我的认识丧失了很重要的一部分。我对自己在世上的位置有了一个新的、无比残酷的认识。我痛恨这种认识。

"给我写信的是一位低级官员。前台接待通知了一位年老的英国门卫，那人并不是非常客气，领着我，一路走一路喘着粗气，把我带到一间满是办公桌的房子。约见我的人就坐在其中一张桌子旁边。桌面上空荡荡的，这人自己也显得百无聊赖。他眼睛小小的，带着笑，举止有些傲慢，他不知道我来干什么。

"他虽然穿着夹克，打着领带，但和我的想象相差甚远。对这种人我是不必穿着黑西服来见的。我认为他应该属于别的办公室，别的大楼，别的城市。从他的名字看，他应该是商贩种姓出身，我能想象出他作为一个小商贩的样子：在集市的狭窄走道边的一间布店里，懒洋洋地躺在靠垫上，缠着腰布，光着脚，用手搓着脚上的死皮。我能想象他叫卖的样子：'衬衫料子？要衬衫料子吗？'然后，扬手把一卷布匹扔到摊在地上的垫单上，在此过程中，背几乎没离开靠垫。

"不过他从桌子那头扔给我的不是衬衫料子，而是我给他看的信。信是他自己写的，他记不得了，所以要我拿给他看。看了信，他才搞清楚我是来找工作的，这把他给逗乐了，一双小眼睛闪闪发亮。我顿时觉得我穿的一身衣服很蹩脚。他告诉我说：'你最好去找维尔马。'又是那英国门卫带着我，他仍然喘着粗气，仿佛每一次呼吸都有可能把自己呛住。他把我带到另一间办公室门口，就离开了。

"维尔马先生戴着一副牛角眼镜，坐在不是那么拥挤的办公室里，桌子上堆了很多文件和文件夹。墙上挂着英国殖民时期的印度建筑和风景的照片。维尔马先生比第一个人要认真一些。他的职位也比那人高。他可能是用维尔马这个名字掩饰他真正的种姓背景。看到我递给他的信，他感到困惑不解。不过看我穿着黑西服，打着大学的领带，他也不敢太怠慢，所以勉强摆出面试的架势。中间他的电话一直在响，面试进行不下去。有一次他接完电话，甚至把我丢在那里，自己走出屋子。过了好一阵子他才回来，手上拿着一些文件，见我还没走，他似乎感到很意外。到这时他才真正注意到我，他叫我到另外一层楼的某个办公室去，还告诉我怎么走。

"我到了他说的办公室，发现那只是一个小小的、光线昏暗的接待室。

里面有个小个子，坐在一台打字机前，是老式的那种，机身很宽。他有些诚惶诚恐地看了看我——我穿着一身黑西服，打着领带，一副'两个世界的人'的模样，看来还是起了作用。看完我给他的信，他才平静下来，让我等一等。没有多余的椅子，我只好站着。

"桌子上的蜂鸣器响了，这位打字秘书跳了起来。这一跳之后，他似乎是踮起了脚尖。他飞快地抬起肩膀，然后又垂下去，佝偻着背，身材显得益发矮小。他用踮着脚大步慢跑的奇怪姿势走到将我们和另一面的人隔开的大木门边。他敲了敲门，然后推开，佝偻着背，带着阿谀讨好的样子进去了。

"我当外交官的愿望至此已寿终正寝。我开始打量装在镜框里的甘地和尼赫鲁的照片，我在想：在这么龌龊的环境中，不知那些人是怎么让人把他们当人看的。在伦敦中心的这幢大楼里，用一种新的眼光，可以说是从内部看这些伟人，感觉很奇怪。在此之前，我一直是从外部看他们，对他们的了解仅限于报刊的介绍。我一直敬佩他们。他们属于我，他们使我高贵，让我在这世界上有了一席之地。我现在感觉恰恰相反。看着这些大人物的照片，我感觉自己如处井底。我觉得在这幢大楼里，只有这些大人物是完整的人，其他人都不是。每个人都把自己的人性或者人性的一部分交给那些领袖了。每个人都自愿地蜷缩起来，衬托出领袖的伟大。想到这些，我感到既吃惊又痛苦。这些想法太过离经叛道，它们摧毁了我对世界的运行方式仅存的信心。我开始感到自己既凄凉又孤独。

"那位秘书回来时，我注意到他还是踮着脚走，佝偻着背，身体向前弓。此时我发现，他从椅子上跳起来耸着肩慢跑过去时畏畏缩缩的样子不是装出来的，而是天生的——他是驼背。这让我吃惊不小。我开始困惑地回忆起一开始对他的印象。他招手让我到里间办公室时，我还处在这种困惑之中。里面的办公室里坐着一个穿黑西服的黑皮肤胖子，看来是黑种印度人。我进去的时候，他坐在一张黑色桌子后面，正在用小刀拆信封。

"他的脸肥得发肿，两颊发亮，嘴好像噘着。我坐在桌子前面的椅子上，离他的桌子有些距离。他没有抬头看我，也没有说话。我也没说话。我看着他拆他的信封。这位虔诚的印度南方人似乎一辈子也没有锻炼过一个小时。他身上散发出高种姓和庙宇的气息，我敢肯定他在那身西服下面肯定佩戴着各种护身符。

"最后他终于开口了，但还是没有抬头：'什么事？'

"我回答：'我写信过来，说我想从事外交工作。我这里有阿贾瓦尔的回信，所以我来见他。'

"他继续拆他的信，一边纠正我：'是阿贾瓦尔先生。'

"我很高兴他找到了我们可以抬杠的事情。

"'阿贾瓦尔好像不大清楚情况，他把我打发给维尔马。'

"他差点要看我一眼，但最终还是没看，又纠正道：'维尔马先生。'

"'维尔马好像也不是很清楚。他和一个叫迪韦地的人聊了好长时间。'

"'迪韦地先生。'

"算了。我想我玩不过他。我有气无力地说：'然后他派我来见您。'

"'但是你在信里说你是从非洲来的。你这样怎么搞外交啊？我们怎能聘请朝三暮四的人？'

"我心想：'你这奴才，竟敢用历史和忠心来教训我！就因为你们这些人，我们吃足了苦头。你又效忠过谁，还不是你自己，你的家庭和种姓？'

"他又说：'你们这些人在非洲没少过好日子。现在情况不太如意，就想开溜了。但你们必须和当地人同呼吸共命运。'

"这就是他说的话。我不说你也知道，他是在炫耀自己的美德和好运。

他觉得自己种姓纯洁，婚姻遵循长辈安排，吃的东西不犯戒条，还有贱民的服侍。而其他所有人都是污秽的，都陷在污秽中，所以必须付出代价。这就像外间挂着的甘地和尼赫鲁的照片传达的信息。

"他还说：'如果你想成为印度公民，必须参加规定的各种考试。我们在这里的大学安排了这些考试。维尔马先生应该跟你说过。'

"他按了一下桌子上的一个蜂鸣器，驼背秘书带来一位高高瘦瘦的年轻人。年轻人的眼睛里露出急切的亮光，一副十足的阿谀相。他带来一本带拉链的画册。天气挺暖和，但他脖子上还围着一条长长的绿色羊毛围巾。他没有理会我，而是打开他的画册，开始往外拿画。他把画一张张放在胸前，每次都张着嘴冲那黑皮肤印度人笑一下，然后低下头看自己的画，加上那副阿谀的样子，他看起来像是在做忏悔，把自己的罪一宗又一宗掏出来忏悔。黑皮肤的人没有看那画家，只看那画。画上都是庙宇、微笑的采茶女等等——好像是用作展示新印度的展览照片。

"我被打发了出去。驼背秘书紧张地拨弄着那台又大又旧的打字机，但他没在打字，瘦得皮包骨的手看起来像螃蟹，张开在打字机的按键上。见我出去，他用那种诚惶诚恐的目光最后看了我一眼，但这一次我从他的眼神里看到一个问题：'你现在理解我了吧？'

"我沿着楼梯往下走，周围都是殖民时期的印度图案。我看到了维尔马先生，他再次离开办公桌，手里拿了更多文件。不过他已经不记得我了。当然，楼下办公室里那位懒洋洋的商贩种姓的人还记得我。他面带嘲讽地冲我笑了笑。我从旋转门出去，走进伦敦的风中。

"我短短的外交学习就这么结束了，总共只有一个小时多一点儿。我出来的时候已经过了十二点，去享用咖啡和蛋糕显然为时已晚，路过的一家快餐店门口挂出了早餐供应结束的标志牌。我埋头走路。我心里生出一股无名火。我走过埃尔德维奇街的拐弯处，一直走到路的尽头，然后穿过海滨大道，一直走到河边。

"就这么走着，我的脑海里突然闪现出一个念头：'我该回家了。'我在脑海中看到的不是我们的小镇，也不是我们那里的非洲海岸。我看到了乡间小道，看到了两边种植的遮阴的大树。我看到了田野、牲畜，还有树木掩映下的村庄。我不知道这种印象是从哪本书或者哪幅画里得来的，也不知道我为什么会觉得这种地方安全。不过我当时脑海里浮现的就是这样的画面，我一遍一遍地玩味。那些清晨，那些露水，那些鲜花，那些正午的树荫，那些夜晚的篝火。我觉得我熟悉这种生活，觉得它正在什么地方等着我。当然，这都是幻想。

　　"后来我清醒过来，意识到自己真正所在的环境。在河边的堤岸上，我眼神迷茫地走着。堤墙上有绿色的金属路灯杆。我审视着上面刻的海豚，一个海豚接着一个海豚，一个灯杆接着一个灯杆地看。我走出很远，后来我的注意力突然离开了海豚，转向人行道上长凳的金属支架。我惊奇地发现，这些支架被铸成骆驼的形状。骆驼背上还驮着袋子！多么奇怪的城市——那幢大楼里弥漫着印度式浪漫，这里则是沙漠式浪漫！我顿了一下，在心里退后一步，突然发现沿途经过的风景竟是如此美丽！美丽的河流和天空，色彩柔美的云朵，跃动的波光，形状各异的美丽建筑！这一切被精心地搭配在一起。

　　"在非洲，在海岸，我只注意到大自然的一种颜色——大海的颜色。其余的一切都是丛林。要么是绿色的，生机勃勃；要么是枯黄色，死气沉沉。在英国，我走了这么多路，眼睛看到的只有商店。我什么也没有观察到。英国的城镇，甚至伦敦，在我眼中都只是一条条街道和街道的名字。而街道上也只是一家接一家的商店。现在我的看法变了。我终于明白，对伦敦，我们不能像说山峰那样，认为它只是一种自然存在。伦敦是人建造出来的，人们对它的细枝末节都给予了关注，比如这些骆驼。

　　"同时，我也开始认识到，我那作为一个漂泊者的痛苦是虚假的，我关于故乡和安全的梦想只是离群索居的幻梦而已，不合时宜，愚蠢，不堪一击。我只属于我自己。我不应该因任何人牺牲我的人性。对我这样的人来说，只有一种合适的文明，只有一个地方，那就是伦敦，或者其他类似的地方。其他生活模式都是虚幻的。家——要家做什么？逃避吗？向我们的大人物们点头哈腰吗？鉴于我们的处境，鉴于我们曾被诱为奴隶的背景，那种生活模式于我们是最大的陷阱。我们一无所有。我们用部族的伟人，用甘地和尼赫鲁安慰自己，我们阉割了自己：'来，把我的人性拿走，为我投资吧。把我的人性拿去，成为伟人吧，为了我！'不！我想做一个自主的人。

"有些时候，一些文明中的伟大领袖能激发出追随他的人民的人性。奴隶的情况不一样。不要怪领袖，怪只怪形势太糟糕。如有可能，你最好彻底从中退出。我想我可以做到。你或许会说——我知道，萨林姆，你正是这样想的——我已经放弃了我们那个群体，把它出卖了。我的回答是：'卖给谁？拿什么来卖？你能给我什么？你自己又能贡献什么？你能把我的人性交还给我吗？'总之，那天上午我下定了决心。我站在伦敦的河边，在海豚和骆驼之间——它们是某些已故的艺术家为这个城市增添的美——下了这个决心。

"这是五年前的事了。我经常寻思，如果当初没有做出这个决定，后面会是怎样呢？我想我会沉沦。我想我会找个洞钻进去躲起来，或者得过且过。毕竟，我们都按照我们看到的可能性来塑造自己。我或许会躲到洞里，郁郁寡欢，做着自己正在做的事，做得很好，不过总在寻找安慰。而且我永远不会发现世界的丰富多彩。你也不会看到我出现在非洲，做我现在做的事。我不会想做这样的事，也不会有人让我做。我会说：'我都完了，为什么要让自己被人家利用？美国人想赢得全世界，那是他们的战斗，关我什么事？'这么说会显得很愚蠢。笼统地说美国人是件蠢事。作为旁观者，我们可能会把美国当作一个部族，但它不是。美国是一群个人，他们为了成功而艰苦奋斗，他们也和你我一样，在拼命挣脱沉沦的命运。

"大学毕业后，我的日子很不好过。我仍然得找份工作。唯一熟悉的我又不想去做。我不想从一个监狱出来，又进入另一个监狱。像我这样的人必须自己创造工作出来。我们的工作是不会随着褐色信封寄过来的。工作就在那儿，在等着我们。不过要是不去发现，它对你或者对任何人来说就等于不存在。因为那工作是为你而存在的，也只为你而存在，所以你会发现它。

"我在学校里搞过表演——开始是一部表现一对男女在公园里散步的小电影，我在里面扮演一个龙套角色。后来偶然在伦敦遇到了这个剧组的一些人，开始接一些角色。都是不起眼的角色。伦敦的小剧团到处都是，他们自己编剧，自己找各个企业或者协会赞助。这些人有不少是靠救济金生活的。有时候，我扮演一些英国角色，但是通常他们会专门为我写角色。作为演员，我扮演着生活中我不愿意扮演的角色。有一次我演一个印度医生，探望一位奄奄一息的劳动阶级母亲；还有一次，我扮演受到强奸指控的另一位印度医生；我还扮演过没有人愿意与之共事的汽车售票员。如此种种。我还扮演过罗密欧。他们甚至还想把《威尼斯商人》改编成《马林迪①银行家》，让我扮演夏洛克的角色，但因太复杂，后来不了了之。

"这是一种波希米亚式的生活，一开始还挺有吸引力，但到后来让人感到郁闷。剧团总有人出去找到正式工作，所以你就知道他们一直有比较牢靠的关系。这总是让我感到泄气。那两年，有很多次我感到迷茫，不得不努力克制自己，才没有失去我在河边获得的心境。剧团的人都很好，最后真正离开的反而是我。我根本不想离开。我不想让这些人失望。他们尽可能为我创造空间，远远超出了一个外人的本分。这要归结为文

---

① 东非著名港口。

明的差异。

"有一个星期天，我受邀到一个朋友的朋友的宅子吃午饭。那幢宅子和那顿午饭都和波希米亚毫无关联。我发现他们是为了另一位客人而邀请我的。他是一个对非洲很感兴趣的美国人。他谈论非洲的口气有点儿不寻常。他把非洲说成一个得病的孩子，而他是孩子的父亲。后来我和这人关系很密切，不过在那天的饭桌上，他让我很生气，我对他态度也很粗鲁。这是因为我没有见过这种人。他把所有钱都用于帮助非洲，他很想做正确的事。我想，我是怀疑这些钱可能都会打水漂，所以才不开心。不过，关于非洲的复兴，他的思路极具大国特征。

"我告诉他，光是宣传叶甫图申科①的诗歌，或是告诉人们柏林墙的邪恶，并不能拯救非洲，也不能赢得非洲。听了这话，他并没有显得很吃惊，而是想听我接着往下讲。我意识到他们邀请我来吃饭的目的就是想让我说这些我一直在说的话。此时我开始明白，我曾经以为使我在这世界上软弱无能的那些东西也能使我变得有价值。美国人对我感兴趣，正是因为我的本色特征，因为我没有偏见。

"事情就这样开始了。我开始了解到，有很多西方组织想利用西方世界盈余的财富来保护非洲这片天地。我提出了一些想法，在吃饭的时候我表现得咄咄逼人，后来冷静、现实了一些。我那些想法其实都很简单。不过也只有像我这样来自非洲的人能够想出来。遗憾的是，面对非洲刚取得的这种自由，它们根本没有用武之地。

"我的想法是这样的。各种力量都在密谋把黑非洲推向各种形式的暴政。因此，非洲到处都是难民，还有第一代知识分子。西方政府不想管这摊事，而古老的非洲人根本搞不懂——他们还在打古老的战争。如果说非洲有什么未来的话，这未来就在那些难民身上。我的想法是把他

---

① 叶甫根尼·叶甫图申科（1933— ），苏联著名诗人，经常在作品中批评苏联当局的政策。

们从他们无法施展身手的地方解救出来，放到非洲大陆上他们可以施展身手的地方，哪怕只是暂时这样。这种转移会为这些非洲人注入希望，也能让非洲重新认识自己，这样就能拉开真正的非洲革命的序幕。

"这想法很受欢迎。我们每周都接到各个大学的邀请。这些大学想维持思想的活跃，但又不想卷入本土政治的泥淖。当然，我们也吸引了一些不速之客，有白人也有黑人，我们还和专业的反美人士正面交锋。不过这想法确实很不错，我觉得我不用为之辩护。它会不会奏效是另一码事，比如现在的情况。或许我们还没有花费足够的时间吧。领地这里的男孩们你都见过了，你会发现他们很聪明。但他们一心只想着找工作，为了工作可以不惜一切代价，这很危险，会把一切都毁掉。有时候我感觉非洲只会照自己的路子发展——饥民终归是饥民。一想到这些，我的情绪就非常低落。

"为这种组织工作就像是生活在概念里——这不用你来说。不过所有人都生活在概念里。好在这个概念是我自己的。生活在这样的概念里，我能体现我自身的价值。我不能有任何伪装。我在发掘我自己。我不让其他人摆布我。如果最后事情失败，如果明天上面的人突然觉得我们在做无用功，我知道我有其他方法发掘自己。

"我是幸运的。我有自己的一番天地。你知道，萨林姆，在这个世界上，只有乞丐可以挑剔。其他人的角色都是指派的。我能自主选择。世界是丰富多彩的。这完全取决于你的选择。你可以多愁善感，整天想着自己的失败。你也可以当个印度外交官，永远处于失败之中。这就像金融。在肯尼亚和苏丹，自命为银行家是很愚蠢的事。而我家里人在海岸或多或少就落入了这种境地。银行的年报中对这些地方是怎么说的？这些地方的许多人被'排除在金融体系之外'？在这些地方你做不了罗斯柴尔德。罗斯柴尔德这些人之所以成功，是因为他们在适当的时机选择了欧洲。另一些同这些人一样聪明的犹太人选择了奥斯曼帝国，到土耳其、埃及① 等等地方去开展金融服务，但结果都不理想。没有人知道他们的名字。我们几个世纪以来都是这样过来的。我们死抱着失败的观念不放，忘记了我们其实和其他人一样。我们选择了错误的一边。我厌倦了失败，也不想得过且过。我很清楚在这个世界上我是谁，我在哪里。但现在，我只想要赢，赢，一直赢。"

①曾为奥斯曼帝国的领地。

10

　　从去雷蒙德和耶苇特家的那个晚上起，因达尔开始讲述他的故事，后来陆陆续续补充了一些新的内容。他开始讲故事的那天晚上，我第一次见到耶苇特。以后每次见到耶苇特，都发觉因达尔也和她在一起。这两个人的性格都让我犯难：我一个也吃不准。

　　在我的脑海里，耶苇特有固定的形象，这形象从未改变。不过后来在不同时段、不同光线、不同天气、和我们第一次见面大不相同的场合看到她，她的形象每次都有所不同，都让我惊讶。我不敢看她的脸——我开始迷上她了。

　　我眼中的因达尔也开始变化。他的个性也带有消解的特质。听了他讲述的故事，他在我眼中的形象变了，变得跟很多个星期前我在店里见到的那个因达尔大不一样。当时我从他的穿着上看到的是伦敦的气息，是人上人的感觉。我发觉他努力保持这种形象，但我没有想到，这形象是他为自己创造出来的。我还以为他处在一个无比精彩的世界中，所以才会养出如此不凡的风度。我还认为，倘若把我放进这样的世界，我也会养出这种风度。刚和他重逢的时候，有好多次，我都想对他说："帮助我脱离这个地方吧。告诉我怎样才能变得和你一样。"

现在情况迥然不同。我再也不会艳羡他的风格或者说风度。我觉得这些东西是他仅有的资产。我对他产生了一种保护心态。从去耶苇特家的那天晚上起，我开始有这种感觉。那天晚上我升了，他降了，我们的角色颠倒过来。我不再把他看成我的向导，他成了需要别人牵着手引路的人。

我曾经羡慕他的社交成功，这成功的奥秘或许正在于他给人的感觉。他说过伦敦的人如何为他创造空间，而我和这些人一样，很愿意帮他摆脱身上的攻击性和忧郁——这些掩盖了他柔弱的一面，我知道他有这一面。我想保护他，保护他的风度、他的夸张、他的幻想，我不想让这一切受到伤害。不过，他不久就要离开，到别的地方履行教职，这让我感到忧伤。讲师——这就是我听了他的故事之后对他的认知。讲师这个角色的前途让他感到迷惘，正如他以前的角色。

在镇上，我只把他引荐给马赫什和舒芭夫妇。我想他只和这夫妇俩有些共同之处。但结果并不如意：双方都心生猜疑。在很多方面，他们三个人很像：都背叛了家庭，都看重自己的美，并把这种美作为表现自身尊严的最方便的形式。三个人都觉得对方和自己如出一辙，但双方（一方是马赫什和舒芭夫妇，一方是因达尔）都能嗅出对方的虚假。

有一天，我们到马赫什夫妇家去吃饭。这顿饭很丰盛，夫妇俩精心准备过：银器和铜器擦得雪亮；窗帘拉上了，挡住外面的强光；屋里的三脚落地灯照亮了墙上的波斯挂毯。舒芭问因达尔："你做的事有钱赚吗？"因达尔回答说："能混下去吧。"一出门，走在阳光下的红色尘土上，因达尔的怒火就发泄出来了。我们开着车前往领地，回他的家，路上因达尔说："你的朋友根本不知道我是谁，不知道我做过的事。他们甚至不知道我去过什么地方。"他指的并不是他的旅行，而是指他们不能欣赏他经历过的那些磨难。"告诉他们我的价值是我自己定的。一年五千块，一万块，没有什么不可以。"

在领地的任期快结束的时候，他的情绪就像这样。他越来越容易发火，越来越容易陷入郁闷。但对我而言，即便在那些暴风骤雨的日子里，领地仍然是充满希望的地方。我多么希望那天晚上重新来过——琼·贝兹的歌曲营造出来的情调，地板上的台灯和非洲坐垫，让人想入非非的穿黑裤子的女人，还有在月光和行云之下前往急流边的漫步。我开始心生遐想，但我没有告诉因达尔。每次见到耶苇特，无论是在比较强烈的灯光下，还是在普通的日光下，她和我的记忆总是有很大不同，总是让我感到迷惑。

日子一天天过去，理工学院的学期终于到了结束的时候。一天下午，因达尔突然跑来道别，他似乎是那种不想把道别变得太缠绵的人，不想让我去送他。我觉得领地，还有领地的生活，从此对我关闭了。

费迪南也要走，去首都做实习官员。学期结束的时候，我送费迪南去乘坐汽船。河上的水葫芦依旧在不停地漂游：在叛乱时期，它们诉说着鲜血；在阳光炽热耀眼的下午，它们诉说着乏味的经历；在月光下，它们一片洁白，和某个夜晚的情调水乳交融。现在，这些淡紫色的花和鲜绿的枝叶诉说着时光的流逝和人事的变迁。

汽船是头一天下午到的，后面拖着载人的驳船。扎贝思和她的独木舟没有跟着来，费迪南不想让她来。我对扎贝思解释说这只是因为费迪南感觉自己长大了，希望让人看到自己非常独立。在一定程度上，这也是事实。首都之行对费迪南来说很重要，正因如此，他想低调处理。

费迪南一直自视甚高。这是他已然形成的对自己的态度的一部分，而这态度丝毫不让人感到意外。从独木舟到汽船上的一等舱，从森林里的村庄到理工学院，再到实习官员——他已经跨越了多少个世纪！他这一路也不容易，比如叛乱时期，他就曾想过逃避。但后来，他学会了接受自己和这个国家的各个方面，什么都不拒绝。他只知道自己的国家和它所提供的东西。国家给他提供的一切，他都想要当作自己应得的。这有点儿像自负，不过也可看成是一种轻松开放的心态。他在各种场合都能轻松自如；他接受所有处境；他到哪里都能保持自我。

送别的时候他给我的感觉正是这样。那天早上，我去领地接他，送他去码头。车子开出领地，看到越来越多的破烂房屋，中间东一片西一片的玉米地，四处流淌的污水，一堆堆细碎的垃圾，这种反差对我的刺激比对他大。和他在一起，想着他的自负，我选择对这一切视而不见。他却说起了这种反差，但没有指责，只是把它当成小镇的一部分。在领地，他和熟人道别时言谈举止就是一个实习官员的样子。坐上我的车，他又变得像个老朋友。到了码头大门口，他又成了非洲芸芸众生中的一员，快乐、耐心，完全融入了熙熙攘攘的集市环境之中。

Miscerique probat populos et foedera jungi. 我已经很久没有去想这句话透露出来的虚荣了。在汽船停泊此处的日子里，刻着这些字的纪念碑周围成了集市，而纪念碑只是这集市风情的一部分。我们艰难地穿行于人群之中，身边跟着一位老人，他比我们两个人都虚弱，却要负责照应费迪南的箱子。

一盆又一盆的蛴螬，一篮又一篮捆绑着的母鸡。商贩或者买主有时候会拎着一只翅膀把鸡提起来，疼得它们咯咯乱叫。目光呆滞的山羊走在踩得光秃秃的、坑坑洼洼的地上，一路走一路找垃圾甚至是纸片吃；还有毛发湿漉漉的猴子，样子惨兮兮的，腰上紧紧地束着绳子，边走边吃花生、香蕉皮或者芒果皮，但吃得没滋没味的，仿佛知道自己不久也会成为盘中餐。

到处都是神色紧张的丛林来客。驳船的乘客们在辞别送行的亲朋好友，赶赴一个个偏远的村庄。照料固定摊位的坐商（有两三个就在纪念碑脚下），以及他们盒状的凳子、做饭用的石头、锅碗瓢盆、大小包裹，还有孩子。游逛者，残疾人，行乞者。还有官员。

如今的官员多如牛毛。汽船一到码头，这一带的大部分官员似乎都活跃了起来。这些官员不都穿着警察或军队制服，也不都是男性。总统为纪念他死去的母亲——他在演讲中称之为"非洲女性"——决定把尊重和荣耀奉献给尽可能多的女性，为此，他安排大量女性充当政府公职人员，有时候并未安排明确的职责。

费迪南、我还有搬运工一行三人在人群中颇为显眼（费迪南的个头比本地人高），所以一路上我们多次被拦住检查证件。有一次我们被一位妇女拦住。她身穿长长的非洲棉裙，身材矮小，如同那些在村庄的河道上撑着独木舟或者搬运货物的非洲女人。和她们一样，她的头上也没几根头发，像剃过一样，但脸长胖了，长圆了。她和我们说话的口气很粗鲁。她拿着费迪南的汽船票（一张是船票，一张是餐票）打量，明明拿反了，却像在认真看，还皱着眉头。

费迪南面无表情。她把票还回来的时候，他说："谢谢你，公民。"他的口气没有嘲讽的味道，那女人紧锁的眉头松开了，露出了微笑。这一套例行公事的主要目的好像就是为了满足她想要得到尊重和被称为"公民"的愿望。官方现已正式宣布"先生"、"女士"、"伙计"这些称呼为非法，总统下令所有人以"公民"相称，男的是"男公民"，女的是"女公民"。他在演讲中经常两个词连用，听起来就像乐句。

我们在等候的人群中缓慢地朝着码头大门的方向行进。我们只有一直往前挪动，否则前面的人就不会让出地方。到了大门口，我们的搬运工似乎知道接下来要发生的事，他把行李放到地上，向我们要钱，起先要价很高，但很快就接受了我们的还价，拿了钱一溜烟跑了。这时大门却莫名其妙地关了，把我们挡在外面。士兵们看了看我们，然后把目光移到别处，不管我和费迪南怎么说好话都不行。我们就在那里站了半个多小时，紧贴着大门，听任烈日暴晒，忍受着难闻的汗臭味和烟熏菜的气味。然后，一个士兵又莫名其妙地把门打开，放我们进去，不过只让我和费迪南两个人进。费迪南有船票，我有码头出入证，但看他们的样子，就好像给我们帮了多大忙一样。

汽轮船头仍然朝向急流那边。上层船舱位于船尾，是白色的，正好从海关的屋顶上方露出来，一等舱就在里面。钢甲板下方、离水面只有几英尺的地方是一排包着铁皮的小屋，形如军营，密密麻麻地一直排到圆形的船头。这些军营似的铁皮舱里住着次一等的旅客。最下等的旅客在驳船上。浅浅的铁壳子里挤满了一排排笼子。这些笼子是用铁丝和木条编的，木条凹凸不平，铁丝弯弯扭扭。虽然外面阳光普照，水上波光荡漾、但笼子里面的结构还是看不清楚，只看到黑乎乎的一片。

一等舱有几分奢华的意味。墙是铁皮的，白色，地上铺了木地板，洗刷得干干净净，还涂了柏油。舱门敞开着，还挂了帘子。有服务员，甚至还有事务长。

我对费迪南说："我想待会儿下面的人会要你出示良民证，过去到一等舱得有这种证件。"

要是年龄大一些的人，听了这话会笑起来，但费迪南不了解殖民时代，所以没有笑。他对外面世界的记忆始于那个神秘的日子，一群叛乱的士兵，陌生人，跑到他母亲所在的村子，到处找白人杀。后来他们被扎贝思给吓走了，只带走村里几个妇女。

对费迪南来说，殖民时代已经消失了。汽船一直是非洲的汽船，汽船上的一等舱一直是他现在看到的一等舱。这里有穿着体面的非洲人，上了年纪的还穿着西服——成熟的上一辈人。还有一些妇女和她们的家人，个个都穿着出门的盛装。有几个年龄大一些的妇女还保持着森林的传统，已经坐在自己舱室的地板上开始准备午饭，把熏鱼、熏猴肉黑乎乎的外壳剥掉，把肉放在有彩色花纹的瓷盘子上，空气中弥漫着浓烈的、咸咸的味道。

土里土气的做法，森林的举止，出现在一个不是森林的场景中。不过，在祖先的土地上，我们不都是这样过来的吗？先是把祈祷的跪垫放在沙地上，然后有了清真寺；先是游牧民族的仪式和禁忌，然后传到苏丹和王公们的宫殿，成为贵族的传统。

尽管如此，我仍会惧怕旅行的艰难。如果让我像费迪南一样，和别人，和那些还没有从码头大门进来的人同处一室，这旅行会尤其显得艰难。不过这汽船不是为我这样的人开的（尽管费迪南的床上铺着洗得有些磨损的床单，放着枕头套，上面殖民时代的红色刺绣图案仍赫然在目），也不是为过去需要有良民证及充分的理由才能上船的那些人开的。汽船如今是供这些乘客乘坐的，对他们来说，这船已经够豪华的了。费迪南这层舱里的乘客也都知道自己和驳船上的人不一样。

从船后端的救生艇上方往外看，我们能看到人们提着篓子、扛着包裹登上驳船。从海关的屋顶上方看去，小镇只是一片树木和丛林。同样是这个小镇，当你身处其中时，你能看到到处都是街道、空地、阳光和建筑物。现在，树木掩映中看不到几处建筑物，没有一幢建筑物从树木上方探出头来。一等舱的甲板比较高，从上面放眼看去——无论是进口的装饰树，还是其他植被，全化作清一色的丛林——小镇小得可怜，在河岸上只占了窄窄一绺。如果朝相反的方向看，只有浑浊的河流，低低的丛林边缘，还有空荡荡的河岸。看着这一切，你甚至可以幻想小镇根本不存在。面对这样的情景，你会觉得河这侧的驳船仿佛是个奇迹，而一等舱甲板上的小屋简直奢华之至。

甲板两头还有更让人大跌眼镜的东西——豪华舱。舱门上方挂了块铁牌子，陈旧不堪，油漆斑驳，上面赫然写着这三个字。这两个舱里会有什么呢？费迪南问："我们要不要去看看？"我们进了船尾的那间。里面又黑又热，窗户全都封住，挂上了厚厚的帘子。里面有一间蒸汽浴室；两把破旧不堪的扶手椅，其中一把还掉了一个扶手，不过仍然算是扶手椅;一张桌子和两把摇摇欲坠的椅子;还有壁灯,只是灯泡不翼而飞;还有一道破烂的帘子,把床和舱内其他地方隔开;最后还有空调。外面的人群中,谁会有这种荒谬的需求?谁会需要这样的隐私空间?这种拥挤的空间里堆砌出来的舒适?

从甲板前端传来吵闹声。一个男人在大声抱怨,用的是英语。

费迪南说:"我想我听出你朋友的声音了。"

原来是因达尔。他带了太多行李,大汗淋漓,怒气冲天。他的前臂平伸——好像叉车的叉子——双手托着一个大纸箱子,浅而宽,上面敞开着,显然没法抓握。那纸箱子很沉,里面装满了食品和很大的瓶子,大概有十一二个。从码头大门进来要走很长一段路才到船边,然后还要爬汽船的舷梯,到了终点,因达尔似乎把吃奶的力气都耗完了,差点掉眼泪。

他身体后倾,踉踉跄跄地进入豪华舱。我看到他把纸盒子重重地放——几乎是扔——到床上,然后开始跳舞似的伸展身体,表达他的疼痛:他跺着脚,狠狠地甩动前臂,好像要把肌肉里的各种疼痛全抖出来。

他显然表演得过头了一些,不过有人在看。不是我,他已看到我,但还没心情跟我打招呼。耶苇特跟在他后面。耶苇特提着因达尔的箱子。他冲着她喊叫,因为他在说英语,周围没什么人听得懂,所以敢放胆这么叫唤。"皮包,那讨厌鬼有没有把皮包拿来?"耶苇特自己也筋疲力尽,出了一身汗,但她还是用安慰的口气回答说:"拿来了,拿来了。"后面一个穿着花衬衫的人提着皮包走上来了——我一开始还以为他也是乘客。

我有很多次看到因达尔和耶苇特在一起,不过还从来没有见过他们像一对夫妇一样出双入对。我脑子发蒙,以为他们俩要一起走。这时耶苇特站直了身子,脸上堆出笑容,问道:"你也是在送人吗?"我这才明白我刚才的担心很愚蠢。

　　因达尔在捏自己的手臂。不管他打算此刻和耶苇特怎么分别，都被沉重的纸盒子带来的疼痛给搅黄了。

　　他说："他们没有行李袋。他妈的连行李袋也没有。"

　　我说："我还以为你乘飞机走了。"

　　"昨天我们在机场等了好几个钟头。他们总是说快来了快来了。然后，到了半夜，他们给我们送上啤酒，告诉我们说飞机被征用了。真是岂有此理。不是延误。征用！大人物要用飞机。谁也不知道他什么时候会把飞机送回来。然后，我买了这张汽船票——你有没有买过汽船票？什么时候卖票，什么时候不卖，规定多得很。卖票的人好像总是不在。那该死的门一直锁着。每走五码路就有人拦住你看证件。费迪南，你给我解释解释这算是怎么回事。算个票价，把豪华舱的各种额外费用加在一起，那家伙在计算器上算了二十次！同一个数字，他竟算了二十次。为什么？他是不是认为计算器会改变主意？好了，这就耗掉了半个小时。然后，谢天谢地，耶苇特提醒我要带吃的。还有水。所以我们又要去采购。供五天喝的六瓶维希水。他们只有维希水——我跑非洲来喝维希水来了。一瓶一块五，美元！还有六瓶红酒，就是这里那种酸酸的葡萄牙红酒。要是我知道这些东西都要放到那个盒子里，我宁愿不买。"

　　他还买了五听沙丁鱼，我想是准备一天吃一听吧。还有两瓶奶粉、一听雀巢咖啡、一块荷兰奶酪、一些饼干，以及不少比利时蜂蜜蛋糕。

　　他说："蜂蜜蛋糕是耶苇特的主意。她说这些蛋糕营养很丰富。"

　　耶苇特说："天热这些蛋糕不会坏。"

　　我说："公立中学有个人拿蜂蜜蛋糕当饭吃。"

　　费迪南说："所以我们什么东西都要熏着吃。只要你不把外面的壳剥掉，能保存很长时间。"

　　"不过这地方的食品状况实在可怕，"因达尔说，"店里什么都是进口的，贵得要命。在集市上呢，除了蛴螬和人们乱捡的东西，就只有两根这个，两穗那个。而且一直有人来。真不知道他们是怎么应付过来的？你们有的是丛林，有的是雨水，可小镇上却好像在闹饥荒。"

豪华舱里又进来一些人，拥挤不堪。先来了一位矮胖子，赤着脚，自我介绍说是豪华舱的服务员。然后事务长也来了，肩膀上搭了条毛巾，手里拿着折叠起来的桌布。事务长把服务员嘘走，然后把桌布铺好——是那种摸起来很舒服的旧布料，只是不知洗了多少次。铺好桌布，事务长对耶苇特说：

"我发现这位先生自己带着食物和水。不过太太，这没必要。我们还是遵守过去的规矩。我们这里的水都净化过了。我原来在远洋轮船上工作，到过世界各地。我现在老了，到这条非洲汽船上来做事。不过我对白人很了解，我知道他们的习惯。太太，这位先生用不着担心。我们会好好照顾他的。我保证给这位先生单独准备食物，我会亲手送到舱里来。"

事务长是一个瘦瘦的、上了年纪的混血儿。他的父母亲肯定有一方是黑白混血。他故意使用禁用的词："先生"、"太太"。铺好了桌布，他站在那里等候犒赏。因达尔拿出二百法郎给他。

费迪南说："你给得太多了。他叫你们'先生'、'太太'，你还给他小费。在他这方面，他已经捞足了，账清了。现在他不会再过来为你服务了。"

费迪南似乎说对了。后来我们一起去下面一层甲板上的酒吧，看到事务长靠在柜台上喝啤酒。他对我们四个人都视而不见。我们要啤酒，他无动于衷，酒吧侍者说："卖完了。"不过这实在让人难以信服：事务长在喝，另一张桌子上，也有人在喝——一个男的，边上还有三个衣着光鲜的女人。不过酒吧里看上去确实要什么没什么，褐色的货架上空无一物。墙上有一张带框的总统肖像，酋长打扮，拿着那根上面有神物的手杖。

我对酒吧侍者说:"公民。"费迪南也说:"公民。"我们开始讨价还价,最后,侍者从后面的屋子里给我们找来了啤酒。

因达尔说:"费迪南,以后就指望你给我当向导了。你得帮我跟他们讨价还价。"

时间已过正午,天气酷热。酒吧里到处都是河面反射过来的阳光,金光闪闪。啤酒很淡,但足以让我们昏昏欲睡。因达尔忘了身上的酸痛,开始和费迪南谈起领地上那个被中国人抛弃的农场,声音越来越轻。我也放松了紧张的神经,想到要和耶苇特一起离开汽船,我的情绪不禁高涨起来。

此刻正是午后不久,阳光炽烈,一切都像着了火似的,这火烧得正旺,但也微微显出逐渐柔和下来的态势。河上波光荡漾,浑浊的河水由黄色转为白色和金色。河上到处都是装有舷外发动机的独木舟,汽船开进开出的日子向来如此。独木舟上有各自所属"机构"的名称,都是一些大而无当的名称,用大大的字母漆在舟身两侧。有时候,独木舟从一片波光中穿过,在强光下,舟上的乘客都成了剪影。此时看过去,他们都坐得低低的,只能看出肩膀和圆圆的脑袋,就如同卡通画上的滑稽人物,正在进行一趟荒诞不经的旅行。

此时一个人突然步履蹒跚地闯进来。这人脚上蹬着厚底鞋,鞋跟很厚,足有两英寸。这种样式的鞋子还没有传到我们这里来,看来这人应该是首都来的。他也是个当官的,进来检查我们的船票和出入证。查完后,他又步履蹒跚地走出去。他一走,事务长、酒吧侍者和一些在桌子边喝酒的人就慌乱起来。这阵慌乱将船员和官员——他们没有一个人穿制服——同那些进来讨价还价买啤酒喝的一般客人区分开来。这说明汽船马上就要开走了。

因达尔把手放在耶苇特的大腿上。耶苇特转过身来,他轻声说:"我一定会去打听雷蒙德那本书是怎么安排的。首都这些人你是知道的。他们如果不给你回信，说明他们不想回。他们不会说是或不是。他们什么都不说。不过这事我会去办的。"

分别之前，他们拥抱了一下，但只是正式的拥抱。费迪南表现得挺冷淡，既没有同我握手，也没有道别的话，只是说了声："萨林姆"。他没有对耶苇特鞠躬，只是点了一下头。

我们站在码头看着。经过一番折腾，汽船终于离开了码头岸壁。驳船就拖在后面，汽船和驳船在河上慢慢地大转弯，驳船的船尾露出层层叠叠的笼子，仿佛是一个个封闭的后院，是厨房和动物围栏的混合。

离别会让人产生被抛弃的感觉，是对这个地方和留下的人的一种评判。从前一天和因达尔告别的时候起，我就在习惯这样的感觉。尽管我关心因达尔，但我还是觉得他和费迪南都是幸运儿，有机会进入更为丰富的生活，把我丢在这里，继续过这种乏善可陈、无足轻重的生活。

但现在，经过偶然而幸运的第二次告别，我把这种感觉抛开了。我和耶苇特一起站在光秃秃的码头上，看着汽船和驳船连成一线，行进在褐色的河道上，背后是空荡荡的河对岸。在强光照耀下，对岸呈现苍白的颜色，与白色的天空连成了一片。在河岸这边的镇上，在我们现在所处的地方，一切都将延续。被送走的是因达尔。艰辛的旅程属于他。

11

　　已经过了下午两点，在晴朗的日子里，这种时候待在露天的地方会被晒伤。我和耶苇特都没有吃东西——只喝了些撑肚子的啤酒。我建议找个凉快的地方吃点儿东西，她没有反对。

　　码头附近的柏油地面踩上去有些发软。烈日下楼房的阴影退缩到了墙根。码头这里的楼房都是殖民时代的建筑，看起来很坚实——涂成赭红色的石墙，绿色的百叶窗，高高的铁条窗户，漆成绿色的波纹铁皮屋顶。汽船办公室的门紧锁着，门口挂了块破破烂烂的黑板，上面写着开船的日期。值班的官员已经走了，码头大门附近的人也走光了。残破的花岗石纪念碑周围的集市正在散场。凤凰树才长出毛茸茸的嫩叶，根本不能遮阴，阳光直直地穿过树冠射下来。地上有些地方长着草，形成圆圆的小土丘，没长草的地方全踩成了灰土，垃圾和动物屎尿到处都是，底部沾了细细的尘土，似乎正在自己卷起来，将要从地表剥落。

　　我们没有去马赫什的汉堡王。我不想自找麻烦——舒芭一直都不喜欢耶苇特和因达尔的交往。我们去了蒂弗里。蒂弗里和汉堡王相隔不太远，我真希望马赫什的男仆伊尔德丰斯不会乱说。但这不太可能，现在正是他无所事事的时候。

蒂弗里是一处新的或者说新潮的地方，是在持续的繁荣期间发展起来的。店主一家独立前在首都开饭店，后来到欧洲待了几年，最近又跑回这里碰运气。这店是他们的一项大投资——不惜血本，该添置的东西一样不缺，我看他们确实是在赌运气。不过我并不了解欧洲人和他们开饭店的习惯。蒂弗里主要面向我们这里的欧洲顾客。它是家族式饭店，服务对象是签了短期合同来本地区工作的那些人，他们在这里从事各种政府建设项目——领地、飞机场、自来水系统、水电站等等。蒂弗里的氛围是欧式的，非洲人不来光顾。和马赫什的汉堡王不同，这里没有那些戴着金表、口袋里插着金笔的官员。在蒂弗里，你不会有那种紧张情绪。

不过，在这里你也不会忘记你身处何地。墙上挂着的总统像约有三英尺高。穿着非洲服装的总统像现在越印越大，质量越来越精良（听说是在欧洲印刷的）。如果你知道他身上的豹皮和手杖上雕刻的含义，你就会不由自主地受到感染。我们都成了他的人民。即使在蒂弗里，周围的环境仍提醒我们：我们在各方面都依靠他。

通常情况下，店里的伙计——或者说侍者公民——都很客气，对你笑脸相迎，而且手脚麻利。但我们去的时候差不多已经过了午饭时间。平时店主高大的胖儿子总站在柜台后面的咖啡机旁边，照看着这里的一切。但此刻他可能在午休；他家里的其他人也不在场，侍者们懒洋洋地四处站着。他们身上穿着蓝色的侍者夹克，看上去怪怪的，让人想起外星人。他们并不粗鲁，只是心不在焉，好像弄丢了自己的角色。

不过空调还不错，从外边耀眼的阳光和潮湿的空气中走进来，清凉干爽的感觉扑面而来。耶苇特的烦恼有所减退，恢复了精神。有一个侍者注意到了我们俩，送来了一壶葡萄牙产的葡萄酒。酒冰冻过，后来解了冻。他还给我们送上苏格兰熏鲑鱼吐司，用两个木盘子盛着。什么都是进口的，什么都很昂贵。熏鲑鱼吐司事实上是蒂弗里饭店最普通的菜。

我问耶苇特："因达尔有点儿爱演。情况是不是真的那么糟糕？"

"有过之而无不及。他还没有说他怎么兑现旅行支票的事呢。"

耶苇特背对着墙坐着，摆出一个引人注目的小姿势 —— 就像雷蒙德：手掌抵住桌子边缘，头略略向右倾。

隔着两张桌子，有一个五口之家在用餐，快吃完了，一家人在大声说话。很普通的人，在蒂弗里经常能看到的那种。不过耶苇特似乎有些不快，不只是不快，她突然显得有些愤怒。

她说："你不知道这是些什么人。但我看得出来。"

她那张露出愠色的脸上仍有一丝笑意。她把小小的咖啡杯举到嘴边，眼睛半斜半眯，显得颇为端庄。这一家人哪里惹到她了？是不是她判断出他们来自于某个让她不快的地区？还是那男人从事的工作，他们说的语言，他们的高嗓门，或者是他们的举止？她要是见到夜总会的那些人会怎么说呢？

我问："你以前认识因达尔吗？"

"我是在这儿认识他的。"她把杯子放下。她斜着眼睛打量着杯子，随后，仿佛做出了什么决定一样，看着我说："你在这儿过着你的生活。突然闯进来一个陌生人。他是个累赘。你不需要他。但久而久之，对这累赘你也就习以为常了。"

除了家人，和我打交道的女人不多，而且都是特殊身份的女人。我从来没有交往过耶苇特这样的女人，从来没有像这样和女人在一起谈话，也从来没有见识过这样的愠怒和成见。从她刚说的话里我能看出一种诚实和大胆，对像我这样背景的人来说，这种诚实和大胆有点可怕，但正因如此，它也让我着迷。

她和因达尔之间似乎有雷蒙德这个共同的熟人，但我不愿意我和她之间老是有因达尔这个共同的熟人。我换了个话题："那天晚上去你家里，那感觉真是美妙得无法形容。我一直记得你当时穿的短衫，想再次看到穿着那件短衫的你，那黑色的丝绸，那裁剪样式，还有那上面的刺绣。"

看来这个话题再好不过。她回答说："没有机会穿啊。不过我向你保证，它还在。"

"我想它不是印度的样式，那裁剪和手工都是欧式的。"

"是在哥本哈根买的。是玛吉特·勃兰特牌的。雷蒙德到哥本哈根开会时买的。"

出了蒂弗里的大门，即将走入热带的强光和炽热之中，我们都顿了一下。这有点儿像在雨天——走进雨中之前，总要这么停顿一下。她像刚刚想到一样对我说："你明天要不要到我们家来吃饭？我们要招待一个讲师，雷蒙德现在觉得这种应酬很伤脑筋。"

汽船大概已经开出了十五英里，可能在丛林中穿行，可能过了第一个丛林定居点。丛林定居点的人可能一大早就在岸边等着了——虽然小镇并不远。汽船到来之前，那里肯定也像赶集一样热闹。汽船一到，男孩子们就跳下独木舟，游到前进的汽船和驳船边，希望引起乘客的注意。卖货的独木舟此时也从停泊处撑出来，上面装着菠萝和做工粗糙的椅子和凳子（河上旅行时用的一次性家具，是本地区特产）。这些独木舟一串串系在汽船边上，被汽船拖出好几英里。一阵喧嚣过后，这些人默默地划着独木舟，一连数小时逆流而上，从下午划到黄昏，从黄昏划到夜里。

耶苇特把午饭取消了，但没有通知我。穿着白夹克的仆人把我领进一间房子，里面没有接待客人的迹象，也不同于我记忆中的模样。非洲坐垫还在地板上，但那天晚上搬走的罩着套子的椅子（耶苇特说是塞进一间卧室了）又被搬了出来——带流苏的合成天鹅绒，是领地随处可见的那种"古铜"色。

领地的建筑都是仓促建成的，被灯光掩盖住的缺陷在正午的阳光下都暴露了出来。墙上的石灰有很多地方已经出现裂缝，有一处地方，裂缝沿着空心土坯砖的阶状结构延伸开来。窗户和门都没有做框缘，也没有木头镶边，看起来就像从墙上挖出来的不齐整的洞。天花板好像是用某种压缩过的硬纸板铺的，很多地方鼓了出来。两个空调都没开，有一个在漏水，水沿着墙面往下滴。窗户开着，外边没有屋檐遮挡，也没有树木，只有一片平地。屋子里光线非常强，让人感觉不是在室内。就是这间屋子，还有电唱机里播放的音乐，曾经给过我多少幻想！而如今，电唱机紧挨着书架，靠在墙边，在耀眼的光线之下，能看到它的有机玻璃盖子已经发黄发黑，蒙上了灰尘。

看到耶苇特每天居住的是这样的房子，再想想雷蒙德在这个国家的地位，我觉得我这次来访就像是对耶苇特来了次突然袭击。我看到了她作为一个家庭主妇的平凡，了解到她在领地生活的不安和不满。而在此之前，她的生活在我眼中多么有魅力！我突然间害怕和她搅和到一起，害怕卷入她的生活。我的幻想破灭了，这让我感到吃惊，但吃惊之余也觉得释然。但这些感觉没有维持多久，等到她进来，一切都化作乌有。和往常一样，此刻让我吃惊的是她本人。

看到我来了，她没表示出多少歉意，反倒觉得很有趣。她把邀请我的事情给忘了，不过她知道似乎有午餐这么一回事。午餐的计划一变再变，到最后地点改到了学院的教职工活动室。她转身去给我做南非式炒鸡蛋。仆人进来了，把桌子上的一些收据拿开，铺上桌布。桌子是椭圆形的，黑色，擦得很亮。"你在这儿过着你的生活。突然闯进来一个陌生人。他是个累赘。"

我在书架上层看到因达尔那天晚上拿给我看的书。作者在书里提到雷蒙德和耶苇特曾经在首都盛情款待过他，我记得耶苇特对她和雷蒙德的名字出现在书上很是在意。现在光线明亮，房间的样子变了，这书看起来也不一样了。这些藏书的封面都有些褪色。我抽出其中一本，看到雷蒙德的签名和日期：一九三七年。表明所有权。也可能是在陈述志向，表明对自己前途的信心。这本书看上去很陈旧，书页边缘已然泛黄，书脊上的红色字母几乎褪成了白色。它只是一本失去了生气的书，一件历史遗物。我抽出另一本书，看起来还比较新，上面有耶苇特的签名，还是她出嫁前的名字。用的是大陆常用的那种漂亮字体，名字的首字母 Y 写得很花哨。这签名透露的信息和二十三年前雷蒙德的签名如出一辙。

吃炒鸡蛋的时候，我对耶苇特说："我想拜读雷蒙德的著作。因达尔说过，要论对这个国家的了解，当今世界谁也不及雷蒙德。他有没有出版过什么著作？"

"他在写现在这本书，已经写了好几年。政府本打算出版，但现在看来显然出了什么问题。"

"也就是说，他还没有什么著作出版？"

"不，他有论文。他的论文出书了。不过我不会推荐给你。我觉得不堪卒读，我把这话告诉雷蒙德，他说他可以说不堪卒写。还有，他有几篇文章散见于各种期刊。他没有时间写太多这样的文章。他把所有时间都花在这本记述这个国家的历史的著作上。"

"听说总统看过这本书的部分章节，有没有这回事？"

"以前是这样说的。"

但她无法告诉我现在的难处到底是什么。我只了解到雷蒙德现在把这本历史著作暂时搁置，腾出时间编辑总统的演讲集。气氛开始有些忧伤。我现在认识到了耶苇特在领地的真正处境，我也发现雷蒙德的故事可能是以讹传讹。我突然觉得，这屋子对耶苇特来说宛如囚笼。那天晚上，她邀请我们参加聚会，她穿着玛吉特·勃兰特短衫，是何等让人痴迷！如今看来，那只是一次脱轨之举。

准备离开的时候，我对她说："哪天下午你有空，请一定和我到希腊俱乐部去玩玩。这样吧，就明天，请一定来。那里的人都在这里生活了很长时间，什么事情都见过。他们最不愿意说的就是这个国家的局势。"

她答应了，但过了一会儿又说："你不要把它们给忘了。"

　　我不知道她指的是什么。她离开房间，走进雷蒙德那天晚上发表完道别演讲后进去的那扇门。没一会儿，她回来了，手里拿了好些杂志，这样几本，那样几本。有几本是在首都的政府印刷厂印的。这些杂志上都载有雷蒙德的文章。现在我们之间已经有了一个共同点——雷蒙德。这像是一种开端。

　　在领地的这一带，草地和空地上那些叶片粗硬的野草长得很高，几乎掩住了柏油大道两旁低一点儿的蘑菇状铝质灯罩。不少灯已经坏掉，有的甚至坏了好久，好像也没有人管。在领地另一边，用来发展模范农场的那片土地早已被野草淹没，只留下已走掉的中国人修建的门楼和六台一字排开、正在生锈的拖拉机。但是星期天公众沿着那条固定的单行道——原来有军人把守，现在换成了青年卫队——参观的那片区域还维持着。这条公共步道两旁不时还会增添新的雕塑。最近增添的雕像在主道尽头，是一尊非常庞大的母子石像，看上去好像还没有完工。

　　我的耳边回响起纳扎努丁的话："这里什么也不是，只是一片丛林。"不过，我的吃惊和纳扎努丁的不一样，和商业前景毫无关系。看到领地的空地，看到领地外面村里人随意搭建的落脚地，我心里想的却是耶苇特，还有她在领地上的生活。因达尔在这里的时候，领地给我的感觉是非洲的小欧洲，现在看完全不是这么回事。它只不过是丛林中的生活。我突然感到害怕，害怕和耶苇特一起失败，害怕落到一无所有的地步，害怕成功带来的后果。

　　第二天下午，耶苇特如约上门，我的警醒顿时消失了。耶苇特以前就和因达尔一起来过。在这里，在我家中，她照旧光彩夺目。她见过我们家的"乒乓球桌"，见过桌子上放的杂七杂八的东西，还有被梅迪烫焦的桌角。她也见过比利时女士留在白色客厅兼工作室里的画。

　　我们俩靠在客厅白色的墙上，谈了一阵儿画和希腊俱乐部，她的侧面我看得一清二楚。我渐渐靠近，她转过身去，不是拒绝，也不是鼓励，只是显得有些疲惫，就这样接受了我这个新的累赘。在我看来，这一刻是转折点，为后来发生的一切拉开了序幕。此时此刻，我感受到一种挑战，这种挑战同我一向感受到的并无分别，我一直都会给予回应。

在此之前，我的性幻想都停留在妓院里，那是关于征服和堕落的幻想，女人心甘情愿地被我征服，我陪着她们一起堕落。这就是我的全部见识。这就是我从镇上的妓院和夜总会了解到的一切。因达尔在的时候，不去这些地方并不难，我开始发现这些罪恶的去处让人伤身又伤神。有一阵子，看到酒吧或者妓院前厅里成群结队的女人，我依然感到兴奋，但我已经不愿意和这些要钱的女人发生真正的性关系，只允许自己从她们身上寻求辅助性的性乐趣。和多个女人产生这种关系后，我开始鄙视她们提供的服务。另外，和其他许多单独逛妓院的男人一样，我开始觉得自己脆弱无能，任人摆布。迷上耶苇特让我很吃惊，在这间卧室开始的偷欢（不花钱，但你情我愿）是种全新的体验。

我说过的妓院式性幻想让我开始的时候不至于手忙脚乱。卧室里宽大的泡沫床终于派上了用武之地——我想那比利时画家放这张大床就是派这用场的。但在这间卧室里，我那些性幻想中自私的成分消失了。

世上有一半是女人，我本来以为我已经达到了不为女人的裸体所动的境界。但现在，我感觉自己在重新体验这些，我仿佛是第一次见到女人。我一直痴迷耶苇特，但我发觉有很多东西我太想当然了。床上的裸体仿佛是女人身形的完美展现，让我无比惊奇。我真不明白为什么衣服——即便是耶苇特以前穿的比较暴露的热带衣服——会掩饰这么多的东西，为什么要把身体分成不同部分，让人无从联想整体的魅力？

如果按照我那些色情杂志的手法来描述，未免太假了。这种写法就像给自己拍照，就像偷窥自己的举动，就像把眼下的情景转化成妓院式的性幻想。但在这间卧室里，那种幻想已不复存在。

我兴奋得有些晕眩，但并没有丧失警觉。我不想陷入那种只关注自身的自私盲目的幻想之中。我突然间产生了一种渴望，我想赢得这身体的所有者，这渴望战胜了自我发泄的欲念。因为这种渴望，我觉得这身体是完美的，我想在做爱的过程中持续地看，采用合适的姿势以便更好地看，不再只是用我的身体冲击她的身体，不再把欣赏和抚摸抛到一边。我所有精力和思想都投入到一个新目标上：赢得这个人。我所有满足都在于实现这个目标，此时我感到性行为是如此新奇，完全是一种全新的满足，一直保持着新鲜。

在以前的这种时刻，常常是表面上在征服，而厌倦感已经不知不觉地袭来。但这一次，我想的不是征服，而是赢取，这使我一直保持着清醒，一直想要向外看。我的举动表达出对温柔的需求，自身并不温柔。它是狂野的身体动作，几乎可以说是体力考验，渐渐地，我的行动充满了刻意的狂野。我感到吃惊。我惊奇于自己这次的表现，完全不同于在妓院的屈从行为，而这种屈从行为就是我此前性体验的全部。同样让我惊奇的是，我发现了新的自我，它完全不同于先前我自命的寻花问柳之徒，受制于脆弱的冲动。

耶苇特说："多少年都没有像今天这样了。"这句话如果是真的，应该是巨大的褒奖。我自己的高潮已经不再重要。要是她的话是真的该有多好啊！但是我无从判断她的话是真是假。她是老手，而我是新人。

更让我吃惊的还在后面。结束之后，我并没有感到疲惫，没有睡意。恰恰相反。卧室刷过的窗户在傍晚的光线照耀下白得发亮，在这又闷又热的一天行将结束之际，出了这么多汗，身上滑溜溜的，在这样的光亮和酷热之中，我的精力却异常旺盛。哪怕现在去希腊俱乐部打壁球也不会有什么问题。我感觉神清气爽，精力充沛，连皮肤都是新的。我惊诧于发生在自己身上的事情。我的满足感每一分钟都在加深，我意识到自己以前是多么贫乏。这种感觉就像是发现了自己体内巨大的、无从满足的饥渴。

耶苇特身子赤裸着，湿淋淋的，披散着头发，神情中没有一点儿难堪。她的神态已经恢复正常，脸上的红晕退了，眼神平静，双腿交叉着坐在床边开始拨电话，用土语对电话那头说话。接电话的应该是家里的仆人。她说她立刻就回来，叫仆人转告雷蒙德。放下电话她就穿上衣服，把床铺好。这种家庭主妇式的细心让我联想到她在其他场合的类似表现，这细心现在就已经让我感到痛苦了。

离开卧室前，她弯下腰，在我裤子前面亲了一下。然后，一切就结束了——只留下走道，梅迪那可怕的厨房，楼梯平台，逐渐发黄的下午阳光，后院的树，空中的灰尘，炊烟，外面的喧闹，还有耶苇特下楼梯的脚步声。临走前，她在我的裤子上亲吻了一下，如果换成别的地方，我会认为是妓院的礼节，是小费给得多的妓女做出的表示，我只会嗤之以鼻。而现在却让我深深感动，让我忧伤，让我疑惑。是不是发自真心？是不是真的？

我想去希腊俱乐部，再出一身汗，把新获得的能量消耗掉，但我最后还是没有去。我在家里走来走去，听任时间流逝。天色渐渐暗下来，我陷入了沉静。我觉得自己得到了赐福和重生。我想一个人待着，独自品尝这份感觉。

后来，想到要吃饭，我开车来到大坝边的夜总会。由于经济繁荣，外国人众多，夜总会的生意比过去任何时候都要好。但是它的总体结构并没有多大改变，还保持着临时建筑的样子，让人觉得随时可以抛弃，抛弃了也不会遭受多大损失——它几乎只是四面墙，围着丛林中间的一块空地。

我坐在悬崖上的大树下面的一张桌子旁边，可以看到被灯光照亮的大坝。我一直坐在黑暗里，感受着皮肤的清新，直到有人看到我，把树上的彩灯打开。不断有车开过来，不断有车在停靠。能听到欧洲和非洲腔的法语。非洲女人三三两两乘坐出租车从镇上赶来。她们裹着头巾，昂首挺胸，大声说着话，趿着拖鞋慢吞吞地走在空地上。这是耶苇特在蒂弗里为之不快的外国人家庭场景的另一面。不过对我来说，一切都很遥远——夜总会、小镇、滞留镇上的村民、外国人，以及"这个国家的现状"，在我看来都成了背景。

开车回到镇上，镇上的夜生活也开始了。到了晚上，主要街道上的人越来越多，有一种村庄的气息。一群群人在棚屋区的酒铺周围晃悠，人行道上炊烟四起。有人用木片隔出睡觉的地方。疯疯癫癫、酒气冲天的老人穿着破烂的衣裳，动不动就像狗一样狂叫。他们把食物拿到阴暗的角落，背着人吃掉。有些商店（特别是服装店）橱窗里展示着昂贵的进口货，为防止偷窃，一直打着明亮的灯光。

离我的公寓不远的广场上，一个年轻的非洲女人在叫喊——真正的非洲式叫喊。两个男人一左一右扭着她的胳膊，在人行道上推搡着。广场上的人无动于衷。这两个人是青年卫队的队员。大人物每月给他们发放一点儿津贴，还配了几部政府的吉普车。不过，和码头的官员一样，他们实在没什么差事，只好找些事来做。现在他们在进行"风纪巡逻"，打的是风纪旗号，行的却是缺德之事。那女孩可能是从酒吧里随意抓来的，可能就因为她在他们问话时顶嘴了，或者是拒绝回答。

回到家，我发现梅迪的灯还亮着。我叫了一声："梅迪？"他在门后面回答："恩主。"他不再叫我"萨林姆"了。除了一起在店里上班的时候，我和他见面的次数很少。我从他的声音里听出了一丝悲哀。回到卧室，我想着自己的运气，不禁为梅迪感叹："可怜的梅迪。他会有什么样的结果呢？这么一个友善的人，到头来却没了朋友。他应该留在海岸。那才是他待的地方，周围有和他一样的人。到这里之后，他迷失了。"

次日晌午，耶苇特打电话到店里来。这是我们第一次通电话，但她没有说我的名字，也没有说自己的名字，只是问："你在家吃午饭吗？"除了周末，我很少在家吃午饭，但我还是回答说："是的。"她又说："那我到时候过来找你。"就这么把电话挂了。

她没有留出停顿和沉默的时间，我根本来不及吃惊。十二点刚过，我在白色的客厅等候。我站在乒乓球桌边翻看一本杂志，心里并没有什么吃惊的感觉。尽管这样的见面不同寻常，尽管这个时间比较奇怪，尽管强光炽人，我还是觉得，这一切只是我早已熟悉的某种东西的延续。

我听到她急促的脚步声，从她前一天下午走过的楼梯上传来。我突然产生了莫名的紧张，我没有动。楼梯口的门开着，客厅的门也开着，她的脚步很轻快，没有停顿。见到她，我心中充满了欣喜，如同一块大石落了地。她的举止还是那么矫捷轻快，但是她那张一贯微笑着的脸上却没有了笑容。她的眼神是严肃的，带了少许让人慌乱的、挑战性的贪婪。

她说："我一上午都在想你。我没有办法从脑海里把你赶走。"刚一迈进客厅，她好像就要离开，好像她的到来只是电话中那种直率的延续，好像她不想给我们留下任何说话的余地。她径直走进卧室，开始脱衣服。

对我来说，和上次一样。在她面前，我摆脱了过去的幻想。我的身体遵从它新的冲动，发掘能量来回应我新的需求。新的——正是如此。一直是新的，而我的身体越来越熟悉它的反应，我的动作越来越激烈，它需要狂野，需要控制，需要灵巧。结束后（整个过程都是我在主导），我身上焕发出新的活力，新的生机，我感觉这次的愉悦甚至远远超过了前一天下午。

我十二点钟关的店门。刚过三点，我回到店里。我一口中饭也没有吃，要是吃饭会来得更晚，而星期五是生意最好的时候。到了店门口，我发现店还没有开，我指望梅迪一点钟过来开门营业，但他显然没有来。现在只剩下一个钟头可以营业，大多数郊区村庄里的零售商应该已经买好了货，划着独木舟或者开着卡车开始了漫长的归途。广场上只剩下最后几辆运货车，货装得差不多之后也要开走了。

我第一次对自己感到恐慌，觉得曾经的我开始堕落。我的脑海里浮现出自己贫穷老迈的情景：一个不属于非洲的人迷失在非洲，失去了支撑自己的力量和目标，连村里来的那些老酒鬼都不如，那些人衣裳破烂，饿着肚子，在广场上游荡，盯着食品铺子，不时找人讨几口啤酒喝。我也不如那些捣乱的小伙子。他们是新一代人，来自破旧的镇子，穿着印有大人物肖像的 T 恤衫，张口闭口都是外国人和利润。他们只想着钱（和过去上公立中学时的费迪南及其朋友一样）。每次到店里来，总是为自己并不想要的东西和你狠狠杀价，坚持要按成本价买。

这是我第一次对自己感到恐慌，难免有些夸张。恐慌过后，我转而对梅迪充满了愤怒。在前一天晚上，我还是那么怜悯他！紧接着我记起来了，不是梅迪的错。他去海关了，给一批货报关，运货的就是送走因达尔和费迪南的那艘船。再过一天，这船就可以到达首都了。

自从那天中午到耶苇特在领地的家中吃了一顿炒鸡蛋之后，已经过了两天，载有雷蒙德文章的杂志仍静悄悄地躺在抽屉里，我一个字也没有看。现在我想到了汽船，也想起了这些杂志，于是把它们翻了出来。

当初我提出拜读雷蒙德的大作，其实只是找借口和她接近。现在已经没有这个必要了，读不读无所谓。雷蒙德在本地杂志上发表的文章特别艰涩难懂。其中一篇是评论一本关于非洲继承法的美国著作。另一篇很长，有脚注，还有图表，是一篇研究独立前一个南部矿区大镇地方议会选举的论文，按行政区域逐个分析了部落选民的投票特征。文章里有些小部落的名字我从未听说过。

更早一些的文章都登在外国杂志上，似乎好懂些。一本美国杂志上刊登了他的《球赛骚乱》，说的是三十年代在首都发生的一场种族骚乱，该骚乱导致了第一个非洲政治俱乐部的建立。一本比利时杂志上登了一篇《失去的自由》，说的是十九世纪末期，一些传教士从阿拉伯人的贩奴商队购买被捕获的奴隶，安排他们定居到"自由村"——这个项目后来以失败告终。

这些文章倒很对我的口味——我对传道士和奴隶这类话题特别有兴趣。不过文章开头几段的明快文笔是个陷阱，读到后面，我觉得这文章不适合在做生意的下午读。我把它们收起来，准备以后再读。晚上我回到家里，上了床——床是耶苇特几个小时前铺好的，上面还有她的余香——把那本杂志拿出来看，结果大吃一惊。

我看的是那篇关于种族骚乱的文章，就是我在下午只看了几段明快开头的那篇，我发现它简直就是政府告示和报纸摘抄的拼凑。有很大篇幅是从报纸上摘抄下来的，而雷蒙德还对这些摘抄来的内容郑重其事。我无法容忍这种做法。根据我在海岸的经验，我知道殖民统治下小地方的报纸说的事实是一种特殊的事实。我不是说这些报纸说假话，但它们太正式，太官方，它们喜欢谈论那些大人物，比如商人、高官、立法会议员和行政会议成员，却把很多重要的情况——经常是问题的本质——漏掉了，而这些情况本地老百姓都知道，都在私下议论。

我觉得三十年代本地的报纸和海岸的报纸没什么两样，我希望雷蒙德能深入报道和社论的背后，了解事情的真相。三十年代首都的种族骚乱——这应该是一个宏大的题材：欧洲咖啡馆和夜总会里充满火药味的谈话，非洲城区的歇斯底里和恐惧。但雷蒙德对这一切没有兴趣。从这篇文章看，他根本没有和任何当事人谈论过，而他写这篇东西的时候，很多当事人还在世。他却对报纸亦步亦趋，似乎想告诉读者，报上所有文章和评论他都看了，他把里面各种微妙的政治因素都准确地分析出来了。他的主题是一个发生在非洲的事件，但照他的写法，可以去写欧洲或者他从来没有去过的任何地方。

我又看了关于传道士和赎救奴隶的那篇文章，发觉里面也都是引述，只不过引述的来源从报纸变成了欧洲传道团的档案。这个主题对我来说并不新鲜：在海岸上学的时候，学校里就教过有关欧洲在我们那个地区的扩张的内容，似乎那不过是阿拉伯人及其奴隶买卖制度的失败导致的。我们觉得这都是英国学校的玩意儿，根本不在乎。我们觉得历史是不复存在的死东西，是祖父那一辈人的事情，我们不愿意多管。即便如此，在我们这样的生意人家里，大家还是会传述一些模糊得听上去不像是真的的故事，说奴隶在被押送到围场的路上，被欧洲传教士低价买走。故事说来说去总会回到同一个主题，那就是这些非洲人被欧洲人买下后，一个个吓破了胆——他们以为欧洲人买下他们是打算吃掉的。

直到看了雷蒙德的文章，我才知道这项事业是如此宏伟和严肃。雷蒙德列出了所有自由村的名字。然后，他从存档的书信和报告中引用了许多记录，力图确定每个自由村消失的时间。他没有给出原因，也没有去寻找原因，他的工作仅限于引述传教士的报告。他似乎从未去过他写到的任何地方，也没有和任何人交谈过。其实，只要和像梅迪这样的人谈上五分钟就能了解很多问题。梅迪虽然在海岸长大，但他曾经胆战心惊地穿过大陆上陌生的地区。只要和他谈一谈，就能知道为什么这整个宗教项目既残酷又无知——把几个手无寸铁的人放进一个陌生的环境，无异于送羊入虎口，让这些人面临生人的攻击、绑架，甚至更糟。但是雷蒙德似乎对此一无所知。

但他知道这么多，研究了这么多！每一篇文章肯定都要花好几个星期的时间来写。但他对非洲并没有多少真正的认识和感受，不但比不上因达尔、纳扎努丁，连马赫什也不如。他也不像惠斯曼斯神父，后者凭着本能意识到此地的奇特和美妙。就是这样一个人，居然把非洲当作自己的题材。据因达尔透露，雷蒙德长年累月在书房里研究一箱箱的材料。他之所以把非洲当作自己的题材，或许是因为他碰巧到非洲来了，碰巧是个学者，碰巧喜欢和报纸打交道，而这个地方各种新报纸层出不穷。

他原来在首都做老师。刚步入中年，因为机缘巧合，他认识了未来总统的母亲。因为机缘巧合，他建议那孩子去参军。他对那绝望的非洲孩子心怀同情，这份同情可能混杂了他对成功者的一丝嫉恨：雷蒙德也许在那个孩子身上看到了自己。他由此和未来的总统建立了很不寻常的关系，独立革命之后，那孩子当上了总统，把他提拔起来，让他享受到他做梦也想不到的荣华。

耶莘特，来自欧洲，没有社会经验，有自己的野心——在她眼中，雷蒙德肯定魅力四射。她是被自己的野心蒙蔽了。无独有偶，当初刚一见到她所处的环境，我不也被迷惑住了吗？确实，从一开始，我们之间就有霍蒙德这个共同点了。

第三部
大人物

12

　　我常常想起第一次和耶芙特见面的情形。那天晚上，她的家里洋溢着非洲的欧洲气氛，她穿着玛吉特·勃兰特牌黑色短衫，地板上台灯柔和的光线打在她的身上，琼·贝兹的歌声在我心中挑起万千遐想。

　　换个场合，换个时间，她或许不会给我留下这样的印象。或许，如果我当天就读了耶芙特给我的雷蒙德的文章，第二天下午她到我的公寓里来就不会有什么事情发生。我就不会找理由让她靠在客厅的白墙上向我展示她的侧影，我们或许会径直去希腊俱乐部。中午看到她住的房子，已经让我有些吃惊。要是拜访后立刻通过文章认清雷蒙德，我就能进一步看清耶芙特——她的野心，她错误的判断，她的失败。

　　她这样的失败我一点儿也不想卷进去。我之所以想和耶芙特偷欢，只是想要如入云霄的快乐，想要脱离我现在的生活：沉闷，无谓的紧张，"这个国家的现状"。和同样被困住的人纠缠在一起不是我的本意。

　　但现在就是这个局面。我无法逃脱。那个下午，是我发现了她，但自此之后，我就成了她的猎物，被这个我一直希望赢取的女人占有了。满足感无济于事，只是打开了新的空白，启动了新的需求。

我眼中的小镇变了，它开始有了新的意义。不同的地方、不同的时间、不同的天气关联着不同的记忆和情绪。店里的抽屉里原来放着雷蒙德的杂志，也就是我忘记去看的那些杂志。现在换成了耶苇特的照片。有些照片很旧，对她来说应该很珍贵。这些照片是她送给我的礼物，她在不同时间送给我，或是用来示爱，或是作为奖赏，或是表示她的柔情。我们第一次见面没有拥抱，后来我们心照不宣地保持这样，不和对方说那种卿卿我我的情话。我们的感情以堕落的肉体方式宣泄，但我更喜欢耶苇特的照片，我觉得它们最为纯洁。我特别喜欢她孩提时在比利时拍的照片。当时的她还觉得未来是个琢磨不透的谜。

　　抽屉里有了这些照片，从店里看外面的风景就有了一种不同的感觉：广场上湿淋淋的树，商铺，四处游逛的村民，没有铺柏油的马路晴天尘灰满地，遇雨则一片红色泥泞。在这个破败的小镇，我曾经感到自己死气沉沉，而现在，我觉得它简直是为我而存在的。

　　与此同时，我开始关注政治，甚至可以说有一种政治焦虑。本来我不需要政治，但我无法克制自己。通过耶苇特，我和雷蒙德拴在了一起；通过雷蒙德，我和总统的权势——是事实也好，是一种认识也好——前所未有地联系在一起。看到到处都是总统肖像，我开始觉得我们不管是不是非洲人，都是他的人民。因为雷蒙德的缘故，我还有一种感觉，觉得我们都依靠着总统，同时，不管我们从事什么工作，也不管我们在多大程度上自认为是在为自己工作，我们都是在为他服务。

　　有很短一段时间，我相信雷蒙德就是因达尔所说的总统的白人亲信，我为自己和这个国家最有权势的人离得这么近而感到激动。我觉得自己超越了这个我熟悉的地区及其日常生活——山一样的垃圾堆，坑坑洼洼的公路，狡猾的官员，破败的城镇，每天从丛林里来的无所事事、无以果腹的村民，醉汉，动辄发生的谋杀，还有我的商店。总统远在首都，而围绕在他周围的权力，还有生活，却显得是这个国家的现实和本质之所在。

认识到雷蒙德的真正处境，总统随之远去，再次成为高高在上的人。但现在我和总统之间仍有一种联系：我觉得他的权势是某种个人的东西，好像我们每个人都通过一根线和他的权势连在一起，这根线他想收就收，想放就放。这种感觉我以前从来没有过。和镇上其他外国人一样，我过着本分的生活。我们把总统的官方肖像挂在自己的商店和办公室里；我们还购买各种总统基金。但我们都尽力把这一切当作背景，和自己的私人生活分开。比如在希腊俱乐部，大家就心照不宣地避开政治话题。

但现在，通过雷蒙德和耶苇特，我被带入政治的深层，认识到每一幅新的官方肖像的用意，每一尊非洲母子雕塑的内涵，我再也不能把这些肖像和雕塑当成背景。或许会有人告诉我，为了印这些肖像，政府欠了一大笔钱，但认识到总统的目的，就不能不受到感染。来访者可以对母子雕塑嗤之以鼻，但我不能。

雷蒙德那本历史著作情况不妙——杳无音信。因达尔临走的时候曾答立过问此事（他还把手放到耶苇特大腿上了），但一走便再无音信。我说因达尔也没有给我来信，我还说他自己也有大麻烦，但这一切都安慰不了耶苇特。她并不是为因达尔牵肠挂肚，她只是想听到一点儿新的消息。因达尔离开这个国家之后很久，她仍在等着从首都传来只言片语。

与此同时，雷蒙德已经完成了总统演讲稿的编纂工作，接着写那本历史著作。他很擅长掩饰自己的失望和紧张，但这些情绪却从耶苇特身上流露出来。有时候，她到我家里来，看上去比实际年龄老了好几岁，她那年轻的皮肤看起来非常苍白，下巴上的肉开始松弛，露出双下巴的模样，眼角的鱼尾纹也更明显了。

可怜的姑娘！这可不是她嫁给雷蒙德时所期望的生活。他们相遇的时候她还在欧洲读书。雷蒙德当时随一个政府代表团出访。他辅佐的人刚登上总统的宝座，虽然他的顾问角色应该是保密的，但他的显赫地位却人所共知，所以耶苇特所在的大学邀请他去做讲座。在那次讲座上耶苇特提了一个问题——她当时在写毕业论文，主题是关于非洲的法语作品里的奴隶制。后来他们再见面，雷蒙德对她百般殷勤，她被征服了。雷蒙德以前结过婚，独立后没几年，也就是雷蒙德还在当教师的时候，他们就离婚了，妻子和女儿都回到了欧洲。

"人们说男人结婚前应该看看未婚妻的母亲，"耶苇特说，"而像我这样的女孩应该先想一想被男人抛弃的或者被他们耗得油尽灯枯的女人，就会知道自己的命运也好不了多少。但你能想象吗？这个帅气而杰出的男人第一次带我出去吃饭，就去了最昂贵的地方。他做这一切的时候显得漫不经心。但他知道我的家庭背景，他对自己所做的一切心里都有一本账。他请我的这顿饭花的钱比我父亲一周的薪水还要多。我知道这是代表团的钱，不过我不在乎。女人很蠢。不过，要是女人不愚蠢，这个世界就没法运转了。

"应该说，我们结婚后，感觉好极了。总统经常邀请我们吃饭，前几次我就坐在他的右边。他说他不能亏待了他的老教授的妻子——但这不是事实。雷蒙德从来没有教过他，这些话都是说给欧洲媒体听的。总统是个很有魅力的人，我还应补充一句，他从来不会让人觉得他是在说些敷衍的废话。第一次我们的话题是桌子，真的是桌子。那桌子是用本地木头雕刻出来的，边上刻有非洲的图案。让人毛骨悚然，如果你想知道的话。他说非洲人天生擅长木刻，这个国家的人足以为全世界打造高质量的家具。这就像最近盛传的在河边兴建工业园的说法——都只是聊天的话题。不过我那时候初出茅庐，人家说什么我都相信。

"四周总有摄像机。甚至在一开始那几年就已经是这样了。他总是在为他们摆造型——你知道，这样照来照去，谈话很难进行。他从来不肯放松下来。他总是主导着话题。他从来不让你提起新的话题。否则他会直接转身走掉。这是皇家礼节——他是从某个人那里学来的，我是从他那里学来的，很不容易。他会突然从你面前走开，这像是一种个人风格。到了指定的时间转身径直走出屋子——他好像喜欢这种派头。

"我们有时候和他一起出访。我们出现在几张早期的官方照片的背景里——以白人为背景的照片。我注意到他的穿衣风格变了，我以为他只是想穿比较舒服的衣服，非洲风格的乡下衣服。我们每到一处，总有那些表示欢迎的 séances d'animation，也就是部落舞蹈。他对此兴趣浓厚。他说他要为这些被好莱坞和西方丑化的舞蹈正名，要给它们以尊严。他想为这些舞者修建剧院。在某次欣赏这样的舞蹈时，我陷入了麻烦。他把手杖放到地上。我不知道这样做有特殊的意义。我也不知道我应该闭嘴。要知道，在部落酋长时代，手杖放在地上的时候你如果说话，他们会把你活活打死。我离他很近，说了一些关于这些舞蹈者的技巧的话，都是一些很平常的话。他愤怒地噘起嘴唇，转过脸去，头抬了起来。这完全不是装派头。周围的非洲人都被我的举动吓得魂不附体。这时我感觉到游戏变成了可怕的现实，我到了一个可怕的地方。

"从此以后，我再也不能和他一起出现在公众场合。当然，这不是他和雷蒙德闹僵的原因。事实上，这件事发生以后，他对雷蒙德比以前更友好。他后来和雷蒙德关系破裂是因为他觉得雷蒙德对自己不再有用，觉得自己在首都身边跟着白人是件让人难堪的事。至于我，他不再和我说话，但是他坚持派官员来嘘寒问暖。他凡事总要找效仿的榜样，我想他肯定听说过戴高乐派人问候政敌的妻子的故事。

"所以我想，如果因达尔去打听雷蒙德的著作出版一事，肯定能传到他耳朵里。这里发生的一切都会传到总统耳朵里。你知道，这地方是在唱独角戏。我原指望听到一些间接的话。但我没有想到，这么长时间，他甚至连问候也不转达了。"

她的痛苦远甚于雷蒙德。这个国家对她来说还是陌生的，她还在摇摆，还在将信将疑地依赖别人。而雷蒙德已经视这儿为家乡。他现在面临的处境对他来说或许并不陌生。在殖民时代的首都当教师那阵子，他就像现在这样门庭冷落。或许他已经恢复了原来的个性：教师的自足自知，孤芳自赏。但我觉得还有点儿别的东西。我觉得雷蒙德在刻意遵循他给自己定下的某种准则，遵循这种准则，他能够得到内心的安宁。

由于这种准则，他不能表达失望或者妒忌。在这种状态下，他不同于继续到领地来拜访他、听他高谈阔论的年轻人，他仍旧给人重任在肩的感觉。他仍然有一箱又一箱大家都想看的书。毕竟这么多年他都是大人物的白人亲信，是人们眼中对这个国家最了解的人，他的声望依然如故。

这些访客有时会批评某人的著作，或者某人在某地举办的会议（现在没人邀请雷蒙德去参加各种会议了），雷蒙德总是不说话，除非他对这些著作或者会议确实有高论可以阐发。他总是直直地看着来访者的眼睛，好像只是在等他说完。我注意到他经常这样做，给人的印象是他在听打断他说话的人说完。遇到这样的场景，耶苇特的脸上会露出惊讶或难受的表情。

有一天晚上，我听到一位来客说，雷蒙德想申请一份美国的工作，但是遭到了拒绝。来客蓄着胡子，眼神卑鄙，不可信任，好像是站在雷蒙德一方说话。他的语气甚至有为雷蒙德抱不平的意味。我想他可能就是耶苇特说过的那个访问学者。此人和耶苇特一起看雷蒙德的文章时曾借机向她献殷勤。

留胡子的人说，从六十年代上半叶，时代就变了。现在非洲研究者已不那么稀罕，一辈子奉献给这片大陆的人正在被遗忘。各个大国暂时都不插手非洲事务，他们对非洲的态度也变了：他们过去常说这个时代是非洲的时代，曾经抢着巴结非洲的伟人，而现在，这些人放弃了非洲。

耶苇特抬起手腕，仔细地看表，像是故意要打断谈话。她说："非洲的十年十秒钟前结束了。"

以前别人提到非洲的十年，她就开过这样的玩笑。这一次，她的小把戏同样奏效。她笑了，雷蒙德和我也笑了。留胡子的人也听出了弦外之音，于是不再提雷蒙德申请被拒的话题。

留胡子的男人的一席话让我心情沮丧。耶苇特下一次到我公寓来的时候，我说："但是你没有告诉我你要离开。"

"你没有想过离开吗？"

"是的，最后是要离开的。"

"最后我们都要离开。你的生活已经定下来了。你现在差不多算是和那个人的女儿订婚了，你说过的。一切都在等待着你。而我的生活还说不定会怎么变化。我必须做点儿什么。不能就这么待下去。"

"但你为什么一开始不告诉我？"

"为什么说这些明知不能实现的事？再说了，这种事传出去对我们没有任何好处。你知道的。雷蒙德现在在国外没法混了。"

"那他为什么还要申请？"

"是我叫他申请的。我想也许有一点儿可能呢。雷蒙德自己是不会做这种事的，他太忠诚。"

以前因为雷蒙德和总统关系密切，人们争相邀请他到世界各地开会。现在，正因为他和总统曾经的关系，去申请海外职位反而没有人认真考虑。除非发生不同寻常的事，否则他只有守在这里，仰总统的鼻息。

他在领地的地位要求他表现出权威。不过他随时可能被剥夺这种权威，落得一文不值，无依无靠。换成我处在他的位置，我是不会去扮演权威的——对我来说，这简直太难了。我会放弃，因为我了解马赫什多年前告诉我的那句话的真实性："记住，萨林姆，这里的人狡猾而恶毒。"

但是从雷蒙德身上看不到任何犹疑。他仍旧那么忠诚——忠于总统，忠于他自己，他的思想，他的著作，还有他的过去。我对他的钦佩之情与日俱增。我研究了总统的演讲——首都每天都有日报空运过来——想从中找到雷蒙德东山再起的蛛丝马迹。和耶苇特一样，我也开始鼓励雷蒙德，拥护他，甚至在希腊俱乐部里宣传他，我说他虽然没有发表多少著作，但他是真正了解非洲的人，是所有明智者都应该拜访的人。我这样做并不完全是因为我怕他离开，把耶苇特带走。我是不想看到他落难。我钦佩他有自己的准则，我希望有朝一日能像他一样坚守某种类似的东西。

镇上的生活毫无秩序可言。耶苇特认为我的生活已经定下来了，在某个地方一切都在等着我，还说她自己的生活依旧变化不定。她觉得自己不像我们这些人一样胸有成竹。不过我们的感觉其实也一样：都觉得自己的生活变化不定，觉得别人比自己安稳。不过在镇上，一切都是无序的，规则只是规则，我们所有人的生活都不确定。我们都没有任何把握。我们并不总是知道自己在做什么，我们必须经常调整自己，以适应周遭的无序。到最后，我们都说不出自己身在何处。

我们为自己而活。大家都得活下去。但由于我们感觉到生活的不确定性，我们都感到自己是孤独的，不觉得自己要对什么人或者什么东西负责。这就是马赫什面临的局面："并非这里的人不讲对错，而是没有公理。"这也是我所面临的。

这和海岸那边我们的家庭和群体的生活截然相反。那里的生活充满了条条框框。太多条条框框。那里的生活都是事先安排好的。到了这里，所有这些条条框框都被我抛弃了。在叛乱时期——那是好久以前的事了——我发现，我已经失去了这些规则给予的支持。这么想下去，我觉得自己无牵无挂，一片茫然。我宁肯不去考虑这些——如果认真考虑这片大陆上小镇的实际处境，再想想自己在镇上的处境，结果只会感到恐慌。

在这种无序的生活中，雷蒙德却始终遵循他为自己制定的准则，在我看来真是不平凡。

我把这话说给耶苇特听，她回答说："你也不想想，我会嫁给平凡的人吗？"

这话听起来很奇怪，以前她对雷蒙德可没少批评，或者在我看来是批评，不过，我和耶苇特的关系中种种奇怪的地方很快就不奇怪了。这段关系中的一切对我来说都是新的，而我来者不拒。

和耶苇特——和耶苇特、雷蒙德夫妇——在一起，我开始了一种家庭生活：在我的公寓，我们尽情享乐；到了晚上，我们在领地的房子里安享家庭生活的温馨。我的生活被搅乱了，但就在这种时候，我体会到了家庭生活的感觉。这种生活还在继续，我已经习以为常。那时候，一切都游移不定。生活被搅乱了，而我居然镇定自若地接受了这样一种生活方式，这让我非常吃惊。换作以前，如果听说有人在过这样的生活，我会觉得十分糟糕。我觉得通奸是件可怕的事。我仍然按照海岸那边家人和我们那个群体的看法来看待这件事，觉得它是狡猾、不光彩的行为，是意志薄弱的表现。

一天下午，耶苇特在我的公寓里建议我去她家和他们共进晚餐。她这样做是出于爱意，出于对我的关心，因为我晚上总是一个人。她认为这种安排没有任何问题。我却感到紧张。刚做完那样的事，我觉得无法走进雷蒙德的家面对他。但是，我到他们家的时候，雷蒙德还在书房里，一直到吃饭的时候才出来。看到刚刚还赤裸着身子和我颠鸾倒凤的耶苇特俨然一副妻子的模样，我感到一种新奇的刺激，把紧张忘到了九霄云外。

我坐在客厅。她一会儿进来，一会儿出去。我感到心旷神怡。她每一个家庭主妇式的举动都让我动心。她的穿着很平常，我很喜欢。她在自己家里举动更轻快，更自信，法语（雷蒙德已经在桌边落座）说得更准确。我不再紧张，我一边听雷蒙德说话，一边在想象中把自己和耶苇特的距离拉开，尽力把她当成陌生人，然后透过这个陌生人观察另一个我认识的女人。

这样两三次之后，我让她开车送我回公寓，我们不需要花心思找借口：雷蒙德一吃完饭，立刻就回书房去了。

耶苇特原以为我只是想兜兜风。弄明白我脑子里在想什么之后，她发出一声惊叹，她的脸——刚刚在餐桌上她的脸还是像面具一样的家庭主妇的脸——顿时变了，洋溢着喜色。她一路上都在笑，几乎是在大笑。我对她的反应感到吃惊，我从来没有见过她如此轻松，如此开心，如此放松。

她知道自己吸引男人——那些来访的学者让她意识到了自己的魅力。我们下午已经缠绵了那么久，现在她得知自己又一次被渴求，被需要，这似乎让她受到前所未有的触动。她对我很满意，对自己也极其满意，我们俩如此默契，仿佛不是一对情人，而是一对老同学。我把自己想象成她，有那么一会儿，我产生了幻觉，仿佛进入了她的身体和思想，理解了她的快乐。知道了我对她的生活造成了什么样的影响，我想我明白了她自身的需求和缺憾。

进门的时候，梅迪在家。过去，按照老规矩，我尽量不让他看到我生活中的隐秘，至少会装一装。但现在，隐秘既不可能也不必要，我们不再理会屋里的梅迪。

这是个不寻常的夜晚，它后来成了我们相处的模式。晚上在雷蒙德家里和雷蒙德吃饭，或者饭后和雷蒙德见面，在这段插曲前后，下午和深夜在我家里还有两场好戏。在雷蒙德家中，一旦雷蒙德出现，我的头脑就很清醒，能十分认真地听他谈话。

雷蒙德的习惯丝毫未变。我——还有偶尔上门的其他访客——来的时候，他都在书房里，总是好半天才露面。一副心不在焉的样子，但头发总是湿湿的，整齐地梳到后面，衣着很齐整。每次离开前他总要发表一点儿议论，这使他的离开很有些戏剧效果，但他进来时通常很低调。

他喜欢——特别是在饭后的聚会当中——装出很害羞的样子，好像自己是家里的客人一样。不过，要他开口也不难。有很多人想听他讲他在这个国家的地位，以及他和总统的关系。不过，雷蒙德现在不说这些话题了，更愿意说自己的作品，然后引申开去，谈论更广泛的思想问题。他很喜欢谈论特奥多尔·蒙森的天赋才华，他说此人重写了罗马历史。我后来渐渐发现他是怎样把话题引到这里的。

他从来不回避政治评论，不过从来不主动提及政治话题，也不会陷入政治辩论。无论来客对国家的批评多么严厉，雷蒙德总是由他们说下去，就好像在耐心地听插话者把话说完。

来客的批评越来越有火药味。他们对祭拜非洲圣母像的事情很有意见。和总统母亲有关的各个地方都建了圣殿，而且还在建，总统下令在特定的日子里让人们去祭拜。我们知道这些祭拜仪式，但在我们这一带并不多见。总统的母亲来自河下游的一个小部落，离我们这儿很遥远，在我们镇上，只有几处半非洲风格的雕塑，还有一些圣殿和祭拜队伍的照片。不过，去过首都的人都有很多话要说。作为旁观者，他们很容易摆出嘲讽的姿态。

渐渐地，他们开始把我们——雷蒙德、耶苇特和我——也当作嘲讽对象。他们开始把我们看成被非洲人同化的外地人，觉得我们唯官方马首是瞻，不越雷池半步。这些人只是匆匆过客，也许和我们再也不会相见，而我们尽了最大能力招待他们；他们最后会回到自己的国家过太平日子。听到这些人的嘲讽，我们有时会觉得很受伤害，但是雷蒙德从未被他们的话激怒过。

有一次，他告诉一位愚钝的访客："你如此激动地说这是对基督教的模仿，不过你忘了，这只有对基督徒来说才有意义。事实上，正因为我说的这个原因，在总统看来，这个主意可能没那么好。若说这里的圣母崇拜是对基督教的模仿，总统真正要传达的信息就表现不出来了。因为圣母崇拜的核心是非洲妇女的拯救这个宏大的主题。不过，像如今这样表现圣母崇拜，可能会让人们因不同原因产生敌对心理。原本要传达的信息遭到误解。崇拜背后的伟大思想可能得延后两三代才能被接受。"

　　这就是雷蒙德的风格——还是那么忠诚，对这些他自己也摸不着头脑的事情，他还是尽力为之辩解。这对他并没有什么好处，他的心思全都白费了。首都还是杳无音信。他和耶苇特仍然悬在半空中，没有着落。

　　过了大概一个月左右，他们的精神状态好转了。耶苇特告诉我，雷蒙德确信他选编的总统演讲稿得到了认可。我为他们高兴。这很荒唐——我发觉我在用新的眼光看总统的肖像。虽然仍旧没听到直接的消息——这么长时间以来，雷蒙德一直处于被动，还为圣母像说了那么多话——但他更愿意和来客争辩了。他甚至还用原来的那种口吻，暗示说总统是很有一手的，能够给国家指明新的方向。有一两次，他还说总统演讲集可能会出版，会给人民带来很大影响。

　　最后确实有书出版了。不过不是雷蒙德编的那本。后者长篇累牍地摘录演讲的内容，中间穿插着评论。真正出版的是一本薄薄的思想语录，叫《格言录》，每页印着两三条语录，每条四五行字。

　　一捆一捆的《格言录》运到镇上来，出现在所有酒吧、商店和办公室。我的商店分到一百本，马赫什的汉堡王连锁店分到一百五十本，蒂弗里也分到一百五十本。人行道边的小商贩也进了一些货，每人五到十本：数量多少取决于专员。这些书不是免费派发的，要花钱买，二十法郎一本，五本五本地买。专员得把所有书款返给首都，所以一连两个星期，高大肥胖的专员一直坐着他的路虎四处奔波，车上装满了《格言录》，他得把这些书全部推销出去。

青年卫队也有一些库存，他们在一个星期六下午组织了一次儿童行军活动，把大部分存货打发掉了。这些行军活动每次都搞得很仓促，很狼狈。孩子们穿着蓝衬衫、帆布鞋，几百双小腿忙着抬起放下。有些孩子还很小，这样的行军把他们吓坏了，个个眼泪汪汪的，每走几步都要小跑一阵才能跟上本区的队列。所有人都希望快点儿结束，好赶紧回家——有的孩子住在好几英里之外。

拿着总统的《格言录》行军比平时更狼狈。上午刚下过雨，下午的天空乌云密布，地上的泥泞在慢慢变干，到了说硬不硬，说软不软的地步，人走在上面，或者有自行车驶过，都会溅起成块成团的泥巴。泥粘在孩子们的帆布鞋上，鞋子整个儿成了红色的，溅在他们黑黑的腿上，看上去就像伤口。

青年卫队要孩子们一边走一边举着总统的小册子，还要喊总统的名字。总统给自己取了个很长的非洲名字，孩子们没有经过像样的训练，喊起来乱七八糟。乌云在天上翻滚，看来又要下雨，孩子们走得比往常快得多。他们只是举着书，深一脚浅一脚地乱走，带起的泥巴溅到队友身上。卫队队员一声大喝，他们才机械地喊几声总统的名字。

我们早就觉得这些行军简直是在开玩笑，不过我们的感觉根本无人在意。大多数人，包括丛林里来的那些人，都知道圣母崇拜是怎么一回事。但是我想广场和集市上没多少人知道拿着《格言录》行军是什么意思。说实话，我认为就是马赫什也不知道这行军是怎么回事，是从哪儿学来的，直到后来有人告诉他。

《格言录》在我们这里并不成功。我想全国其他地方的情况也好不到哪里去。因为报纸一开始说这书供不应求，但没过多久就自动放弃了这个话题。

雷蒙德又说起了总统："他知道什么时候收手。这向来是他的一个过人之处。没有人比他更了解人民近乎残酷的幽默。最后他可能会发觉自己采纳了错误的建议。"

到了这个时候，雷蒙德还在等候。我原来觉得他有自己的准则，现在我开始觉得这只是顽固、虚荣的表现。耶苇特甚至不再掩饰自己的不耐烦。她对总统的话题彻底厌倦了。雷蒙德或许实在无路可走，但耶苇特躁动不安。对我来说，这不是个好兆头。

13

马赫什是我的好友，不过我觉得他囿于和舒芭的关系，难有大的作为。但他有这种关系就知足了。舒芭钦佩他，需要他，所以他对自己很满足，亦即对舒芭钦佩的那个人很满足。他唯一的愿望似乎就是好好照顾舒芭。为了她，他精心装扮，他尽心呵护自己的容貌。在身体方面，马赫什不把自己和别的男人比较，也不按照某些男性化的标准来判断自己，他眼里只有能取悦舒芭的身体。他用自己女人的眼光看自己。因此，尽管他是我的朋友，我仍旧觉得他对舒芭的痴迷削弱了他身上的男性特征，我认为这有点儿不光彩。

我自己也曾渴望一场冒险，渴望激情和肉体的满足，但我从来没有想过，这种渴望会把我带入这样一种境地：我对自己价值的认知和一个女人对我的反应联系在一起。但事实就是这样。我所有的自尊都来自充当耶苇特的情人，并在肉体上为她服务，给她满足，就像现在这样。

这是我的自豪。也是我的耻辱，我没有想到自己的男子气概竟沦丧到了这步田地。有时候，特别是下午商店里不太忙的时候，我会坐在桌前黯然神伤（抽屉里有耶苇特的照片）。在销魂时光的间歇，我却黯然神伤！曾几何时，这样的销魂时光我连想也不敢想。

通过耶苇特，我得到了很多。我的见识开阔了很多。我不再像其他外国商人那样，显得对一切都不大在意——这种姿态有可能让他们成为实实在在的落伍者。我对历史、政治势力和其他大陆增加了许多了解。不过，知识长进的同时，我的世界却比原来更狭小。周围发生着各种事件，比如总统新书的发行，还有孩子们举着书行军等等，而我只关心这些事会不会威胁到我和耶苇特在一起的生活，只关心这种生活能否延续。我的世界越是狭小，我就越是沉溺其中。

尽管如此，关于诺伊曼的消息还是让我大吃一惊。他变卖了所有资产，举家迁去澳大利亚。诺伊曼是希腊人，是本地头号商人，什么生意他都能插一手。他在大战末期来到这里，当时他还年轻，在丛林深处的一个咖啡种植园工作。刚来的时候，他只会说希腊语，但他发达得很快，购置了自己的种植园，后来还在镇上做起了家具生意。独立运动差点害得他倾家荡产，但他挺住了。他在希腊俱乐部——他把俱乐部当作自己的私人慈善事业，亲自管理，在惊涛骇浪中把它维持了下来——经常说，这个国家就是他的家乡。

繁荣时期，诺伊曼不断进行投资，扩张自己的业务。他曾出高价要收购马赫什的汉堡王。他擅长和官员打交道，也有本事承包政府的业务，比如领地的房子都是他装修的。现在，他偷偷把所有资产卖给首都的几家新型国营贸易机构。这笔交易中进进出出的外汇数额有多大，不肯露面的那些受益者是谁，我们都只能猜测。首都的报纸把这件事说成是国有化，还说补偿数目公平合理。

他这一走，我们都有点儿觉得遭到了背叛。我们还觉得自己很傻，判断错误。经济不景气时，人人都能放得了手；而在繁荣时期，只有心志坚强的人才做得到。纳扎努丁原来就警告过我。我还记得他那番关于生意人和数学家的教诲：生意人花十块钱进的货，到了十二块就肯出售了；而数学家非得等十块涨到十八块，到了十八块还不满足，还想等到翻一番，到二十块再脱手。

我的成就已经超过了这个结果。按照纳扎努丁的算法，我是两块钱买进的，这么多年下来，已经翻了好多倍，到二十块了。不过现在，随着诺伊曼的离开，我的资产又下滑到十五块。

诺伊曼的离开标志着繁荣的终结，信心的终结。这一点我们都知道。但是，在希腊俱乐部，就在两周前，诺伊曼还给我们使了个障眼法，用他惯常的老练腔调告诉我们说他要把游泳池好好拾掇一下。我们这些人太马虎了。

我听说他出卖资产只是为了子女的教育，也有人说他是在妻子逼迫下卖掉的（传闻说诺伊曼背着妻子金屋藏娇，有一个半非洲的家庭）。后来又有人说诺伊曼后悔做出了这样的决定。铜就是铜，繁荣昌盛的大好局面还将延续下去，只要大人物不倒台，一切都会继续顺顺利利的。另外，澳大利亚、欧洲、北美这些地方偶尔去玩玩还可以，去生活可不像人们想象的那样如意——诺伊曼一辈子都待在非洲，突然跑到那里，用不了多久就会认识到这一点。还是我们这样原地不动好，有仆人伺候，有游泳池，在这里我们享受着种种奢华，在别的地方，只有百万富翁才享受得起。

这都是废话。要说的他们总归要说，不过关于游泳池的说法尤其愚蠢——虽然我们这里有外国的技工，但是供水系统还是坏了。小镇发展得太快，涌进来的人太多。周边那些破败的小镇上，过去应急的水管整天都开着。现在，各地用水都要分配了。有些游泳池——其实一共也没有几个——干涸了。有些游泳池的过滤机器被关掉了——为了省钱或者是使用经验不足——池子里长出鲜绿的藻类以及更为茂盛的植物，看起来像是有毒的林中池塘，这些游泳池就这样被堵塞了。但不管是好是坏，所有的池子都还在，人们喜欢谈论它们，因为我们喜欢游泳池这一概念胜过喜欢游泳池本身。即便在游泳池能正常运转的时候，我们也不大使用——似乎我们还不习惯这种奢侈品进入日常生活之中。

我把希腊俱乐部里的闲聊转述给马赫什，我以为他会和我一个态度，至少能看出其可笑之处，尽管这可笑中包含着可悲。

不过马赫什没有看出其中的可笑之处。他同样强调镇上的生活比外面强。

他说："我很高兴诺伊曼走了。让他去尝试一下那边的生活也好，但愿他会喜欢。舒芭有一些伊斯玛仪派①的朋友在伦敦。他们真是受够了那里的好生活！不全是哈罗公学这些好东西。他们给舒芭写过信，你可以去问问她，她会一五一十地把她这些朋友的体验告诉你。他们说的豪宅在我们这里的人看来就是个笑话。你见过凡·德尔·魏登里的那些商人，他们那出手才叫大方！你再问问他们在本国的时候是什么样子？哪个有我过得好？"

后来我想，是马赫什最后一句话里的"我"字把我给得罪了。马赫什本来可以找到更好的表达方式。就是这个"我"字让我猜到了因达尔那次和他们夫妇俩共进午餐后为什么那么怒不可遏。因达尔说："他们根本不知道我是谁，不知道我做过的事。他们甚至不知道我去过什么地方。"因达尔看到了我当时还没有看到的东西：马赫什居然说他活得很好，而且发自内心。这样的说法我还是头一次听到。

我注意到马赫什的生活方式这些年没有任何大的改变。他和舒芭仍然住在水泥房子里，客厅里满是擦得发亮的种种物件。但马赫什并不是在开玩笑。他穿着光鲜的衣服，站在连锁店的咖啡机旁，确实感到自己很了不起，很成功，很圆满，他真的认为自己成功了，别无他求。汉堡王，繁荣，还有总是在身边的舒芭，这一切毁了他的幽默感。我过去还

---

① 伊斯兰教什叶派的一个派别。

以为他和我一样算是挣扎求生呢！

不过，我无意于谴责他和其他人。我和他们没什么两样。我也想守着自己所拥有的，不想被人当成猎物。和他们不同的是，我不会说形势依旧很好这样的话。事实上，这正是我的态度。经济繁荣的鼎盛期过了，人们的信心也动摇了，因此，我什么也不做。回复纳扎努丁从乌干达写来的信封，我就是这样解释我的立场的。

纳扎努丁很少写信。但他仍然在积累经验，他的脑筋仍然在缓缓转动。拆开他的信之前，我有点儿紧张，但是每次读他的信我都很高兴。除了交代一些个人近况外，他总是有一些新的观点要阐发。诺伊曼一走，我们余惊未消，所以梅迪从邮局拿信回来，我还以为是关于诺伊曼或者铜市行情的。没想到是关于乌干达的。那里也出了问题。

纳扎努丁说，乌干达的局势很糟糕。接管的军人一开始还算规矩，现在那里却出现了明显的部落和种族纷争的迹象。这些纷争不会说消失就消失的。乌干达是个美丽的国家，土地肥沃，生活舒适，无贫困之扰，还有悠久的非洲传统。这样的国家本应有很好的前景，但乌干达的问题是它太小了，小到不能容纳种族仇恨的地步。在过去，每个人，包括我们的祖辈，都是徒步在这个国家旅行，跑一趟生意可能会花一年时间。现在有了汽车和公路，这个国家就变小了，在自己领土上的各部落没有了以前那种安全感。非洲用上了现代工具，同时又回到老路上——这样的非洲在一段时期内境况不会好。看到这些先兆总比盲目指望事态好转强。

所以，纳扎努丁决定开始人生的第三次转变，一切从头开始。这一次他想离开非洲，到加拿大去。"不过，我的好运快到头了，我能从我的手相上看出来。"

这封信带来了令人不安的消息，但纳扎努丁的语调和过去一样冷静。

信中没有直接的劝告，也没有直接的要求。但这封信是个提醒——其本意正在于此，特别是在他的生活发生巨变的时候——提醒我和他之间的契约，提醒我对他家人和我自己的义务。他的信让我愈发恐慌。与此同时，它也让我的决心更加坚定，我决定留在这里，以不变应万变。

我用上文所说的方式给他回了信，信中概述了镇上出现的新问题。这封回信颇费了我一些时间。写信的时候我发觉自己饱含感情，我把自己描写成一个无能无助的人，正如他所说的"数学家"。不过这些内容无不属实。我确实像信里写的那样无助。我不知道未来的路在何方。看到因达尔和领地上的那些人过的日子，我觉得自己没有足够的本领和技能在别的国家生存。

通过写这封信，我好像重新认识了自己。我更加恐慌，更加内疚，更觉得自己在自取灭亡。这想法吞噬了我，我觉得我的世界缩小了，我却对这缩小的世界更加痴迷，这一切迫使我重新审视自己。我是不是被耶苇特套牢了？还是我——如同马赫什对自己的重新认识——被自己套牢了，被我和耶苇特在一起时所认识的自己套牢了？我必须像现在这样侍奉耶苇特，因为这样我就能跳出自己的视野。在这种无私奉献中，我自己得到了满足。过了多年靠逛妓院得到满足的日子，我怀疑自己能不能和别的女人一起生活。耶苇特给了我当男人的感觉，我需要这种感觉。对耶苇特的依赖是否是对这种感觉的依赖？

我对自己的认识，对自己和耶苇特关系的认识，和小镇本身古怪地纠缠在一起——我的公寓，领地的房子，我们两人的生活安排，还有，我们都没有自己的群体，都生活在孤独之中。换到任何别的地方，情况都不会是这样。换到别的地方，我和她也许根本不可能产生这种关系。我从来没有考虑过在其他地方延续这种关系。我宁可把关于其他地方的所有想法抛到脑后。

她第一次在晚饭后回到我的公寓来，我觉得我有些了解了她的需求，一个野心勃勃的女人的需求，一个年纪轻轻就嫁了人、来错了地方、陷入孤独之中的女人的需求。我从来不觉得我能满足这些需求。我想我也成了累赘，而这累赘已演化成了习惯——我已经接受了这个想法，甚至为此感到兴奋。或许她也是在满足我的需求。情况到底是不是这样？我无从得知，也不是很想去了解。孤独让我陷入痴迷，我开始把这孤独当成一种必要的东西。

到最后，一切都将烟消云散，我们都将回到被打断的正常生活。这不是悲剧。这是一个确定的结局——即便繁荣转为衰退，我的财产从十五跌到了十四，纳扎努丁及其四处漂泊的家庭要设法在加拿大立足——这种确定性是我的保障。

突然之间，舒芭离开了我们，去东部看望她的朋友。她的父亲去世了，她要去参加火葬仪式。

马赫什刚把这消息告诉我的时候，我吃了一惊。我吃惊的并不是舒芭父亲的去世，也不是舒芭有可能从此搬回娘家。我根本没朝这方面去想。舒芭一开始就给人留下了逃亡者的印象：她自作主张地嫁给了马赫什，违背了家规，无奈之下躲到这个偏僻的地方，逃避家人的报复。

舒芭第一次和我说起她的故事还是那次吃午饭的时候。那是叛乱期间一个宁静沉寂的下午。她说她必须小心陌生人。她觉得家里人也许会雇人——任何种族的人都有可能——来兑现他们威胁要做的事：把她毁容，或者把马赫什杀死。向女人脸上泼硫酸，把男人杀掉——遇到舒芭这种事情，家族里的人通常都会发出这样的威胁。舒芭在许多方面都很保守，却并不是很介意让我知道她遭到威胁的事。一般来说，这些威胁并无实质意义，仅仅是因为约定俗成，而有些时候，这些威胁会百分之百兑现。不过，随着时间推移，舒芭似乎忘了她原来讲的那个故事的一些细节，我也不再相信会发生雇用陌生杀手这种事，但我以为舒芭的家人已经笃定不认她了。

我处在困境中，时常想到舒芭的例子。结果却发现她一直和家里保持着联系，这让我有些失望。而刚死了岳父的马赫什则一副孝婿的样子，大事操办，订购了昂贵的咖啡、啤酒和汉堡王（如今的价格真是离谱！），丧亲之悲溢于言表。或许这是他向舒芭表达同情、向死者表示尊敬的方式。不过，这也有那么一点儿像是一个觉得自己终于得到了应有的名分的男人做的事。真不容易！

接下来，这个玩笑变味了。舒芭本来要出门两个月。结果三个星期后她就回来了，然后似乎躲了起来。他们不再邀请我去吃午饭。和他们共进午餐的安排——甚至可以说是传统——终于告一段落。马赫什说，舒芭讨厌东部的政治局势。她一向不喜欢非洲人，这次回来更是怒气冲天。她抱怨可恶的窃贼，吹牛的政客，电台和报纸上充斥的谎言和仇恨，光天化日之下的抢劫，夜色中的暴力事件。她对家人的处境忧心忡忡，而原本她从小到大都觉得家里是安全稳固的地方。这一切和她的丧亲之痛交织在一起，让她变得有点儿奇怪。马赫什说，我暂时还是回避的好。

不过这个解释实在牵强。除了政治和种族怒火，除了哀悼曾因自己而蒙羞的父亲，还有没有别的原因呢？她是不是对自己嫁的人有了新的认识，是不是重新反省了自己的生活？她是不是后悔错过了和家人在一起的生活？是不是对自己背叛的东西产生了更深切的悲痛？

舒芭不在的时候，马赫什欣然表现出沉痛悼念的姿态，但舒芭一回来，他的悼念就转化为深切的、真正的忧郁。接着，他的忧郁中又加入了狂躁的因素。他好像一下子老了。曾经让我受到刺激的自信不复存在。我为他难过，他只自信了这么一小段时间。早先他对诺伊曼大加批评，对自己在这里的生活深感自豪，而现在，他感叹道："萨林姆，全是垃圾。全都会变成垃圾。"

因为不能和他们一起吃午饭，也不能去他们家拜访，有时候我只好晚上去汉堡王和马赫什聊上几句。有天晚上，我发现舒芭也在。

她坐在柜台边，靠着墙，马赫什坐在她身边的高脚凳上。他们看上去就像到自己店里来的客人。

我跟舒芭打了声招呼，她冷冰冰地应了一声，好像我是陌生人，或是不怎么熟的人。我坐到马赫什边上，她还是神思恍惚，好像没看见我。马赫什似乎没注意到。她是不是在责怪我，因为我做了那些她如今后悔做过的事？

我和他们交往不是一天两天了，虽然我对他们的态度时有变化，但他们已经成了我生活的一部分。在舒芭的眼神中，我看出了压力、痛苦，还有某种类似疾病的东西。我也看出她有些在装。但我还是受到了伤害。我准备离开时，两个人都没有招呼一声："留下吧！"我觉得自己成了被抛弃的人，感到有些眩晕。走在夜幕下的街道上，我看到烧饭的火苗照亮了周围人们瘦削而疲乏的脸，看到商店雨篷下的人围坐在黑暗中，看到有人在自己搭建的围栏中进入梦乡，看到衣着破烂、神情迷惘的疯癫老人徘徊在街头，看到酒吧的灯光从木头走道那边散发开来。一切都这么熟悉，同时又显得如此陌生。

快到公寓的时候，我听到收音机的声音。音量大得出奇，上楼梯的时候我想肯定是梅迪在听首都电台的足球赛解说。我听到一个洪亮的声音，声调忽高忽低，语速忽快忽慢，还有众人的呼喊声。梅迪的门开着，他就坐在床沿上，穿着短裤和背心。灯泡悬在屋子中央，散发出柔和的黄色灯光。收音机的声音震耳欲聋。

梅迪抬头看了看我，又低头专心收听，中间说了一句："是总统。"

现在我听明白收音机里的话了，显然是总统。怪不得梅迪觉得自己不需要拧低音量。先前就有预告说总统要发表演讲，我忘记了。

总统是在用沿河一带的大部分人都能听懂的非洲土语演讲。他原来演讲总是用法语。但这次演讲中只出现了"男公民"和"女公民"两个法语词，它们一再出现，产生了音乐效果。这两个词一会儿被合成一个词，念出来有一种波纹起伏的感觉；一会儿又被大声地单独说出来，音节顿挫分明，如同庄严的鼓点。

总统这次演讲选用了一种混杂而简单的非洲语言，他对其进一步简化，成了酒铺和街头叫骂的语言。此人玩弄所有人于股掌之中，他可以模仿皇族礼仪和戴高乐的风度，而在演讲的时候，他又转变为最下层的人。这正是总统说出来的非洲语言的魅力所在。他用最底层的语言，最粗俗的用词，却营造出了帝王的派头和音乐的效果，就是这种糅合把梅迪给吸引住了。

梅迪聚精会神。灯光下，他的前额泛出黄色的亮光，额头下的眼睛半眯着，专注而入神。他的嘴唇抿着，一边专心听，一边嘴还在动。当总统说出粗俗的话或者黄色字眼，人群开始欢呼时，他会笑出声来，而嘴仍然合拢着。

听到现在，总统的演讲还是和以前的众多演讲差不多，主题并不新鲜：大家要做出牺牲；前途是光明的；非洲女性是高贵尊严的；镇上的黑人梦想一觉醒来就和白人一样，但这样不行，革命还须深入下去；非洲人就应该是非洲人的样子，应该大大方方地回到他们民主的和社会主义的道路上；要认同祖祖辈辈流传下来的食物和医药，这都是好东西，不要像孩子们一样盲目追捧进口的罐头食物和瓶装药品；大家要保持警惕，要发奋工作，最重要的是，要严于律己，等等。

总统表面上是在重申旧的原则，实际上是在承认和讽刺新出现的一些批评，比如非洲圣母崇拜，还有食物及药品短缺等。他从来不回避批评，而且往往能够预见到这些批评。他把一切都安排得妥妥当当。他还暗示他什么都知道。他让人觉得这个国家正在发生的一切，不论是好是坏，似乎都在服务于一个更宏大的计划。

人们喜欢听总统的演讲，因为有很多话题都是他们熟悉的。和眼前的梅迪一样，他们希望听到总统经常开的那些玩笑。然而每次演讲也是一次全新的表演，有着不同的表演手法；而且每次演讲都有其目的。现在播放的演讲主要是针对我们的小镇和这一地区，不过他还没说到这里。首都的听众只把表演手法看成表演手法，看成总统的新风格，每次看到有新风格出现，就齐声喝彩。

总统说，我们这一带的人喜欢啤酒，他更喜欢，若有机会，他能把我们全喝趴下。但是我们不能这样动不动就醉，他有话要跟我们说。大家都知道，总统下面要做的声明和我们这里的青年卫队有关。两个多星期来，我们一直等着他表态。这两个星期，他一直在吊我们胃口，让全镇人都忐忑不安。

在孩子们拿着《格言录》行军一事发生之后，青年卫队威信扫地。他们在星期六下午照样安排儿童行军，表现一次比一次狼狈，人一次比一次少。孩子们不愿参加，卫队军官也束手无策。卫队还继续进行"风纪巡逻"，但群众越来越表现出敌意。有天晚上，一位卫队军官被人杀了。

这军官开始只是和在人行道上占地睡觉的人口角。这些人不知从哪个建筑工地上偷来一些水泥砖块，围出一片半固定的睡觉的地方，阻断了一截人行道。卫队军官和他们争执起来，照说到最后大家扯着嗓子对骂几句也就算了，不幸的是，军官绊到了什么东西，当场摔倒了。倒在地上，军官立刻显得势单力薄，此时一块砖头扔过来砸中了他。见到血，周围的人顿时陷入狂热，几十双手一齐行动，顷刻间那军官就一命呜呼了。

没有人被捕。警方很紧张；青年卫队很紧张；街上的人也很紧张。几天后，有传闻说官方会派军队过来，把一些棚屋区荡平。这种说法传开后，有很多人匆匆忙忙往村庄里赶，河上的独木舟一时间穿梭不息。但后来什么也没有发生。所有人都在观望总统的反应。一连两周过去了，总统什么也没有说，什么也没有做。

总统现在说的话令人惊诧：他要把本地区的青年卫队解散。他说他们忘了自己对老百姓应尽的义务，他们失信于他这个总统；他们的话太多。卫队的军官不再享受津贴，也不能转行担任其他公职。他要把卫队完全解散，让他们回到丛林，从事建筑工作。在丛林里他们可以学习到猴子的智慧。

"男公民－女公民们，要像猴子那样聪明。这些猴子真他妈机灵得要死！猴子会说话。你们不知道？那好，我来告诉各位。猴子会说话，可它们故意安安静静的。猴子知道，如果在人面前说话，人就会把自己抓住，暴打一顿，然后叫自己干活。叫自己在大太阳底下扛东西。叫自己划船。男公民们！女公民们！我们要叫这班人学学猴子。我们要把他们送到丛林里，让他们忙得屁股都找不着！"

14

这正是大人物的风格。他的时机把握得很好，他能把威胁自己权威的事情扭转过来，并借其突出自己的权威。通过这件事，他再一次表明自己是人民——他称之为"小人物"——的朋友，对压迫者毫不手软。

但是大人物没有到我们镇上来过。或许，如雷蒙德所述，他听到的汇报不准确或者不完整。而这次，这里出事了。我们都把青年卫队看成一大威胁，看到他们离开，大家都很开心。但是，青年卫队解散后，小镇的局势恶化了。

警察和官员们变得很难缠。梅迪每次开车出去，哪怕只是到海关这么一小段路，他们都要为难他。这些人一次次挡住他的车子——有的是梅迪认识的人，有的是以前就拦过他的人——检查车子的证件和梅迪个人的证件。有时候，梅迪没把证件或者执照带在身边，就不得不把车子停在路上，步行到店里去取。有时候什么证照都齐全，也无济于事。

有一次，他们莫名其妙地把梅迪带到警署总部，让他打指纹，没等他洗掉手上的墨污，就把他，连同其他一些被扣押起来的无精打采的人关进了一个房间。里面有几条没有靠背的长凳。水泥地破破烂烂，墙壁刷成了蓝色，由于有很多脑袋和肩膀在上面磨蹭过，早已脏得发亮。

下午晚些时候，我去那里营救梅迪，花了很长时间才找到地方。这个房间在一栋水泥和波纹铁皮搭建的小房子里面，位于殖民时代的政府大楼后头。地板只比地面高几英寸；门开着，小鸡在光秃秃的院子里四处找东西吃。这屋子简陋、平常，装满下午的阳光，但还是让人想起监牢。屋子里唯一的办公桌和椅子是给负责的警官用的。这两件破破烂烂的办公家具凸显了其他人的一无所有。

警官穿着洗得发白的警服，手臂下面全是汗水。他正在本子上写字，写得很慢，一个字母一个字母地描，显然是在抄录脏兮兮的指纹记录纸上的细节。他佩着手枪。屋子里贴着总统的肖像，是总统穿着非洲服装、拿着酋长手杖照的那张。墙壁上更高的地方漆着"DISCIPLINE AVANT TOUT"，意思是"纪律高于一切"。漆字的墙面凹凸不平，说不上多肮脏，但是布满了灰尘。

我不喜欢这间屋子。我想以后最好不要叫梅迪开车出来，还是我自己开，我自己到海关，做报关员和经纪人。但这样一来，官员们把注意力转到我身上来了。

他们翻出我很久以前填写的报关表，这些表格早就审查完毕，一切符合标准，而且都被封存起来了。他们把这些东西找出来，跑到我的店里来，拿着这些表格在我面前晃，仿佛它们是我还没有清掉的借据。他们说自己迫于上司压力，要核对有关细节。一开始他们还很羞怯，好像是搞恶作剧的学童；接着，他们变得鬼鬼祟祟，好像是要私下帮我的朋友；再接下来，他们就露出了官员的邪恶嘴脸，态度咄咄逼人。有人要拿我的存货和报关单以及销售收据核对，还有人要调查我的售价。

这都是无端滋事，目的是要钱，而且是越快要到越好，以防局势变化。这些人已经察觉到会有变化发生。他们从青年卫队解散一事中看到了总统的弱点，而非他的强势。在这样的局面之下，我找不到可以求助的人。为了报酬，每个官员都愿意对自己的行为做出保证。但是没有哪个地位够高，足够安全，能够保证别的官员的行为。

镇二的一切都和以前一样——军队驻扎在军营，总统的肖像到处都是，首都定期有汽船开过来。但是人们都不相信，也不愿相信还有一个掌控一切的权威存在，一切都回复到开始时变化不定的状态。不同的是，这几年局势太平，商店物品丰盛，所有人都比原来更贪心了。

在我身上发生的事情其他外国商人也难以幸免。要是诺伊曼还在，也一样要吃苦头。马赫什越来越沮丧，他说："我总是说，这些人你雇用可以，完全收买却不行。"这是他常挂在嘴边的话，意思是这里不可能形成稳定牢固的关系，只能做一单算一单，在危机之中，太平是每天都要花钱买单的东西。他建议我忍一忍，不过除了忍，确实也没有其他办法。

我自己觉得——我这段时期以此自我安慰——这些官员误判了形势，他们的慌乱是自找的。和雷蒙德一样，我坚信总统的权势和智慧，我相信他会有所动作，重振自己的权威。因此，每次我都和他们搪塞敷衍，一个子儿不出。一旦掏过一次钱，以后就没完没了了。

不过，这些官员比我更有耐心。毫不夸张地说，现在每天都有官员上门。我开始等待他们上门来。这很折磨神经。若是到了下午还没人来，我反倒会一身冷汗。那些笑眯眯的狡猾而恶毒的脸凑到我跟前，装作和我很熟，很乐意帮忙的样子，我先是憎恨，继而开始害怕。

过了一阵，压力缓解下来。这并不是因为总统会有所动作，如同我期望的那样，没有，他那里没有半点动静。压力缓解是因为小镇受到了暴力冲击。这种暴力不同于那天晚上的街头殴打和谋杀，这种暴力一直在发生，每天晚上都有，目标是警察和警署、官员和办公楼。

无疑，这正是官员们预见到的情形——而我没有预见到。所以早些时候，他们才趁着还有机会，贪得无厌，能捞多少就捞多少。有天晚上，领地的非洲母子雕像被人敲掉，只剩下底座，落得同殖民时代的雕塑和码头大门外的纪念碑同样的下场。在此之后，官员们很少出现了。他们再也不来商店，有太多其他事情要他们去做。我不敢说事态有多大好转，不过这些暴力活动至少能让我和我在街道、广场上见到的那些人缓一口气。我们甚至像遇到大火或者风暴一样，抱着一种看热闹的心态看待这些暴力事件。

小镇不断膨胀，人口猛增，杂乱无序，镇上的暴力活动不计其数。有时候大家为了争水源而大动干戈；还有很多时候，破败的街道上有车撞死人了，也能引发冲突。在所有这些事件中，仍有一种普遍的狂热心态。不过，这些事件显然更有组织，至少有某种深层的原则在起作用。或许有一则预言在这些城区和破败的小镇流传，并为各种人的梦境所验证。官员们可能已经听到了风声。

一天早晨，梅迪照样给我送来咖啡。他表情严肃地递给我一张新闻纸，那张纸被小心翼翼地折成了一个小块，外面的折痕都脏了。打开一看，原来是一张印刷的传单，显然被反复打开和折叠了很多次。传单的标题是"祖先的呐喊"，是一个叫"解放军"的组织发行的。

祖先在呐喊。这片土地上曾经有很多伪神来过，但都无法和今天的伪神相比。对那位非洲妇女的崇拜杀死了我们所有人的母亲。既然战争是政治的延续，我们决定和敌人兵戎相见。否则我们将会死去，万劫不复。祖先在呐喊。倘若我们没有耳聋，我们应该都能听到这种呐喊。所谓敌人，我们是指现有的这些帝国主义国家、跨国公司，还有傀儡政权。还有编造谎言的伪神、牧师、教师。法律怂恿人们犯罪，学校把无知教给学生，群众也放弃真正的文化，转向无知。我们的士兵和守护者被灌输了错误的欲望和错误的贪婪，而各地的外国人都把我们描述成小偷。我们不了解自己，把自己引向错误的方向。我们在大踏步迈向死亡。我们忘记了符合真理的法律。我们解放军没有接受过教育。我们不印刷书籍，也不举办演讲。我们只知道真理，我们认为这片土地属于其祖先正在呐喊的那些人民。我们的人民必须了解斗争。他们必须学会和我们共赴死亡。

梅迪说他不知道这传单是从哪里传出来的，前一天晚上有人把它传到他手上。我知道他有些话瞒着我，但我也不想追问。

镇上没有几家印刷厂，而这传单印刷质量粗劣，字模残缺混杂，我看八成是从以前印刷青年卫队周报的印刷厂出来的。停刊之前，青年卫队周报是这里唯一的地方性报纸，不过上面尽是涂鸦之作，如同学校的墙报，登载着贸易中介、商人甚至还有摊贩的毫无意义的广告，还有一些所谓的新闻（更像是公开的勒索），比如某人违反交通规则了，某人夜间把政府的汽车开出来当出租车了，或者某人违章建房了，等等。

尽管如此，事情还是有些蹊跷。青年卫队在为总统服务期间，辖区百姓个个对他们恨之入骨。总统发表"猴子"演讲后，这些人威风扫地，权势没了，工作也没了，摇身一变，成了受到羞辱和迫害的人，以本地区守护者的面目出现在群众面前。群众还给予了响应。

这和叛乱前的情形如出一辙。不过叛乱前没有传单，当时的领导者也不像如今的领导者这样年轻，这样有文化。还有其他不同。叛乱发生时，小镇正百废待兴，最先起事的地点很遥远，在那些村庄里。现在一切都在镇上发生，结果流血事件更多。暴力事件一开始似乎是针对当权者，后来渐渐扩大，小镇郊区的货摊和商店也被人攻击，并遭到洗劫。有人被残杀，其状惨不忍睹，凶手有乱民，有警察，也有棚屋区的罪犯。

根据我的观察，这里的事情发生顺序是这样的：一开始是非洲人和外围地区，然后扩散到外国人和中心地区。刚经历过求告无门的官僚勒索，现在，我感觉自己再一次陷入无遮无拦、无所坚守的境地。我把这种恐惧心理带到了熟悉的街道上，我感觉自己随时可能遭受攻击。这些街道过去就充满危险，但不是针对我的。这么久以来，作为旁观者，那些暴力活动我都看在眼里，但尚且能和它们保持距离。

压力非常大。压力败坏了一切，我第一次生出逃离的念头。倘若在某个遥远的地方有个安全的家在等着我，允许我进去，当时我就会一走了之。过去，曾经有个这样的家；过去曾经有几个这样的家。而现在，没有这样的家了。从纳扎努丁那里传来的消息让人沮丧。他在加拿大的这一年过得很不好，现在又要举家迁往英国。外面的世界无法给我庇护，对我而言仍然是巨大的未知，而且日渐危险。我以前在信中骗纳扎努丁的话不幸应验——我真的不能有任何行动，只能维持原状。

我逐渐忘了目标，只是继续过日子——这是多年前从马赫什那里学来的。渐渐地，在和熟悉的人打交道的时候，我忘了去研究他们的脸，忘了我自己的恐惧。这恐惧让你感觉你拥有的一切可能会在顷刻之间化为乌有，但这恐惧已经成了一种背景，成了赖以生存的条件，成了必须接受的事物。一天下午，我在希腊俱乐部里遇到了首都来的一个五六十岁的德国人，他说的一番话使我的心情差不多平静了下来。

他说："遇到这样的局面，你不能总是这么担惊受怕。或许会有事情发生，但你就把它当成路上发生车祸好了。这些事你躲也躲不了，在什么地方都有可能发生。"

日子一天天过去，没有爆炸，也没有我当初预想的大混乱。镇中心没有燃起大火，看来叛乱者的招数也有限。袭击和杀戮仍时有发生，警察也在展开报复性袭击，双方维持着平衡。每天晚上总会有两三个人被杀，但奇怪的是，这些事情变得似乎很遥远。小镇毫无规则地扩张，面积大了，能把一切掩盖掉——除了最不寻常的事情。街道和广场上的人不再等待新闻。事实上，这段时间根本没有什么新闻。总统没有发表任何声明，首都的电台和报纸上也没有任何报道。

在小镇中心，生活一如既往。还是有商人乘坐飞机或者汽船过来，住在凡·德尔·魏登，吃饭的时候就去更高级的饭店或者夜总会。他们什么也不问，所以也不会知道镇上正在发生暴乱，不知道这些暴乱有领袖——他们的名字只有他们那个地区的人知道——还有为其献身的人。

有段时间，雷蒙德仿佛受到了惊吓。不知什么时候，他开始认定自己不会被召回总统身边并得到重用，他不再等待，也不再追寻那些蛛丝马迹。在他家吃饭的时候，他再也不对时事进行分析和解释，也不再穿凿附会地把各种事件串起来。

他不再评论历史，也不再提特奥多尔·蒙森。我不知道他在书房都干些什么，耶苇特也无法告诉我，她不感兴趣。有一次，我以为他是在看他过去写的东西。他提到了他刚来这个国家时记的一篇日记。他说他把很多事情忘掉了，有很多事情注定是要被遗忘的，这是他过去常在饭桌上说的话题，他似乎想到了这一点，于是就此打住："读这些日记感觉很奇怪。那时候常常划伤自己，就为了看会不会流血。"

暴乱加深了他的困惑。领地的母子雕像被人砸掉后，他一度非常紧张。对于遭到攻击的人，总统的习惯不是站出来支持，而是把他们打发走了事。雷蒙德害怕被打发。一打发，他的工作、房子、生计，还有那一份小小的安全就都没有了。他是个失败者，他在领地的房子就如同一幢死亡之屋。

这对我也会是损失。他的房子对我来说也很重要。我现在觉得，有很多事情和这房子里两个主人的健康和乐观息息相关。失败的雷蒙德对我晚上的来访从来不说什么。晚上到这房子里来已经成了我和耶苇特关系的一部分。这一切无法轻易转移到其他处所。否则就意味着新的地方，新的城镇，新的关系，而非现在这个。

我们三个人的健康和乐观决定了我和耶苇特在一起的生活。这一发现让我很吃惊。一开始，我发现的是自己。在受到官员们骚扰的那段时间，我躲着不想见她。要是去见她，或是和她在一起，只能表现出精神饱满的那一面，如同过去那样。我不能以受到其他男人折磨和打击的形象出现在她面前。她也有自己的烦恼，我知道。两个失意的人凑到一起互相安慰——这种情形我不忍去想象。

到了这时候——我们仿佛心有灵犀——我们见面的次数才少了。刚开始那几天，在孤独之中，我的激情降温，头脑变得清晰，让我产生了一种如释重负的感觉。我甚至可以假装自己是自由的，没有她也过得下去。

但她会打电话过来。知道她对我的需要就足以让我满足，但在家里等候她到来的那段时间，我的满足转化为烦躁，以及对自己的厌恶。这种感觉会一直持续到她到来——听到她从楼梯上来时噼噼啪啪的脚步声，看到她走进客厅，脸上写满雷蒙德和动乱不安的日子带给她的紧张。然后，在我心里，分开的那些日子仿佛消失了。时间缩短了。在肉体上我对她已经非常熟悉，每次结合都会很快和上一次联系起来。

在这些短暂的亲密时刻，这种延续感很强，但我知道那是虚幻的。中间隔着她在自己家和雷蒙德在一起的时间，隔着她自己的私事，她自己的探索。她带来的新闻越来越少。有些事情我们不再分享，有越来越多的事情要费口舌去解释说明。

现在她每隔十天来一次电话。十天似乎成了她逾越不了的界限。有一天，她把泡沫大床铺平后，回领地之前，站在梳妆台的镜子前化妆，不时在镜子里打量自己。那一刻，我突然意识到，我们的关系中有种很苍白的东西。我就像一个温顺的父亲，或者丈夫，甚至像个女友，看着她为了情人梳妆打扮。

这样的情景如同鲜活的梦境，在我们各自心里滋生出我们都不愿承认的恐惧，有种揭露真相的效果。想到自己的困扰和雷蒙德的失败，我想我开始把耶苇特也当成了失败者，困在镇上，厌恶自己，厌恶自己日渐衰败的肉体，就如同我厌恶我自己，厌恶我的焦虑。现在，耶苇特站在梳妆台前，容光焕发，那种喜悦不全是我刚才给的，肯定有其他原因。看着这一切，我才发觉我一直以来的想法大错特错。一连好多天她都不在我身边，我也没有追问，天知道她都做了什么。我等着验证我的想法。又见过两次面之后，我想我找到答案了。

我对她太了解了。即便现在，和她在一起，我还是会跳出自身向外看。舍此则毫无意义，也绝无可能。她在我身上激发出来的东西我一直觉得非常美妙。她对我的反应是一种馈赠，我已经离不开了。我学会了仔细品味她的反应。每一次交合中我都能感觉到，她对我的肉体记忆慢慢复苏，把现在和过去联系起来。而现在，在交合的过程中，她的反应却变模糊了。中间肯定有什么事情发生，她肯定在形成新的习惯，这些新的习惯捅破了薄如蝉翼的往日记忆。对此我早有准备。迟早会发生。不过这种时刻真的来了，却如毒药一般让人难以承受。

后来就发生了那一段不动声色的插曲。她已经把宽大的泡沫床铺好——激情之后，她仍不忘她的主妇职责。我站着，她也站着，在镜子里打量自己的嘴唇。

她说："你让我如此美丽，没有你可怎么好？"这是标准的客套。但她接着又说："雷蒙德见我这样子，就想和我做爱。"这话很怪，一点儿不像是她说出来的。

我问她："和他做爱你能兴奋起来吗？"

"你好像觉得上了年纪的人都很讨厌，其实并不是这样。毕竟我是女人，男人对我做某些事情的时候，我是会有所反应的。"

她本意并不是要伤害我，可我感到受伤了。但我转念又想："不过她或许是对的。雷蒙德就像一个失败的男孩。除了和耶苇特的关系，他实在无所寄托。"

我说："我想我们让他受苦了。"

"雷蒙德？我不知道。我想不会。他从来没有表露出任何迹象。当然，他现在可能觉察到有些东西变了。"

我送她到楼梯平台——楼房和毗邻木屋的阴影斜在院子里，下午的阳光洒下一地金黄，空中灰尘飘荡，凤凰树开满鲜花，炊烟袅袅上升。她匆匆走下木楼梯，阳光从楼房之间穿过来，洒在她身上。然后，我听见她开着车离开，声音盖住了周围院子里的嘈杂。

几天后我才想到，在那种时刻谈论雷蒙德对我们俩来说多么奇怪。我说到雷蒙德的痛苦，心里想的却是自己的痛苦；她说到雷蒙德的需要，心里想的也是自己的需要。如果我们不是在说反话，至少是间接地——说谎也好，不说谎也好——在透露真相。人在一定情况下会发现这样做是必要的。

大约一周后，某天晚上，我躺在床上捧着一本百科全书杂志看里面介绍"宇宙大爆炸起源说"的文章。大爆炸是一个熟悉的话题。我喜欢在一本百科全书里读到我在另一本百科全书里读到过的东西。这种阅读并不是为了增进知识；我只是用一种轻松愉悦的方式接触我不了解的东西。这是一种麻醉，它让我陷入幻想，幻想有朝一日，我能在太太平平的环境下开始涉猎各个科目，不分昼夜地学习这些科目。

我听到外面有人砰的一声关上车门。还没有听到楼梯上的脚步声，我就知道是耶苇特来了。这么迟了，不约而至，让人心花怒放。她的鞋和衣服在走道里弄出很大声响，到了卧室门口，她推开门径直进来。

她穿戴整齐，面色潮红，肯定刚做过什么事。她穿着这一身整整齐齐的衣服倒在床上，把我抱住。

她说："我赌了一次。在吃晚饭的时候我一直在想你，一瞅到空子，就赶紧溜了出来。我非这样做不可。我不知道你在不在,但我要赌一次。"

我在她的呼吸中闻到晚饭和饮料的气味。这一切来得太快,刚听到她关车门的声音,转瞬间就这样了:耶苇特躺在床上,原本空荡荡的房间顿时变了,她的情绪激动而欢快,就像那晚在领地吃过晚饭后我们第一次跑回来的情景一样。我发觉自己流泪了。

她说:"我不能停留。我只是来吻一下我的神,然后就得离开。"

随后,她突然想起自己之前没太注意的衣服。她站在镜子前,撩起裙子,把短衫理直。在她的坚持下,我躺在床上没动。

她的头偏向一边,边照镜子边说:"我想你也许去老地方了。"

她现在的语气听上去很机械。刚进卧室时的情绪没有了。她终于打扮好了,从镜子里看着我,好像对自己、对我十分满意,为自己的小小冒险沾沾自喜。

她说:"对不起,但我必须走了。"快到门口时,她突然转过身来微笑着问:"你不会在衣橱里藏了个女人吧?有吗?"

这太不得体了。简直就是妓女说的话,过去那些妓女经常装出吃醋的样子来讨好我。这一时刻蒙上了阴影。反话:又是用反话来沟通。衣橱里的女人其实是指外面的另外一个人。从领地来其实是回领地去。表露感情之后就是背叛。而我,居然还被感动得流泪!

从她开始理衣服那一刻,我的怒火就在郁积,此刻如同火山一样爆发出来。我跳下床,站到她和门之间。

"你以为我是雷蒙德吗?"

她很吃惊。

"你以为我是雷蒙德吗?"

这次我连回答的机会也不给她。我的巴掌重重地、密集地扇在她的脸上,她伸出手臂也招架不住,跟跟跄跄地倒在地上。然后我开始用脚踢,冲着她美丽的鞋、她的脚踝、她刚才撩起过的裙子,还有她丰满的臀部。她的脸冲着地上，一声不吭地卧在那里。然后，她像准备尖叫的孩子那样深吸了一口气，开始抽泣，渐渐地，抽泣变成放声大哭，真正的、让人心惊的痛哭。好长一段时间，屋子里就是这样一幅情形。

我坐在靠着墙的圆背温莎椅上，那上面放着我睡觉前脱下的衣服。我的手掌僵了，肿了。我的手背，从小拇指一直到手腕，都痛得厉害。刚才抽得太狠，是骨头和骨头的撞击。耶苇特慢慢站起身。哭了这么久，她的眼睛肿成了两道缝。她坐在泡沫床垫边沿，眼睛盯着地板，双手搭在膝盖上，掌心向外。我的心情恶劣到了极点。

过了一会儿，她说话了："我是来看你的。我还以为这事很值得一做。但我错了。"

然后我们都没有说话。

过了许久，我问道："晚饭如何？"

她慢慢摇了摇头。她晚上的兴致全被破坏了；她已经放弃了——但放弃得多么容易！她摇头的样子让我联想到她刚来时的快乐，而现在，这快乐全不见了。这是我的错：我太想把她看成失落的人了。

她用脚把鞋蹭掉，然后站起身，把裙子解开脱掉。然后，和以前一样，她没有散开头发，也没有脱掉短衫，就这样躺下去，把棉被单拉过来盖在身上，身子移到床的另一边，那是她常躺的位置。她把蓬松的头挪到枕头上，转过身，背对着我。床那边的百科全书杂志掉到地上，发出轻微的响声。在这个告别的时刻，在这不伦不类的家庭气氛中，我们就这样奇怪地待着。

过了一会儿，她问："你不过来吗？"

我太紧张了，没有动，也没有说话。

又过了一会儿，她转过身来看着我说："你不能老是坐在那把椅子上啊。"

我走到床前，坐到她身边。她的身体绵软，柔韧，还很温暖。以前我只有一两次感到她是这样。这时候，我掰开她的双腿，她把腿稍稍弓起来——平滑的凹面中间是一道凸起——然后我开始向她两腿之间吐唾沫，不住地吐，一直到嘴都干了。她勃然大怒，所有的绵软柔韧全部消失。她大叫："你给我停下！"然后又是一阵猛打。每打一下，我的手都会痛。到最后，她滚到床的另一侧，坐起身，开始拨电话。这个时候她会给谁打电话呢？她会向谁求助呢？她对谁这么信任？

她拿起电话说："雷蒙德。哦，雷蒙德。不，不。我没事。我很抱歉。我马上回来。"

她穿上裙子和鞋子，穿过刚才自己打开的门匆匆迈入外面的走道。没有停歇，没有犹豫：我听到下楼梯时噼里啪啦的脚步声——此刻听来这声音多么刺耳！床上什么也没有发生，却乱得一团糟——自从她来过之后头一次这么乱：我再也没法享受家庭主妇式的服务了。枕头上还留有她枕过的痕迹，床单上还有她留下的褶皱：这一切，看一点少一点，对我来说无比宝贵，这些留在布上的痕迹很快就会消失。我躺在她刚才躺的地方，感受她留下的气息。

梅迪在门外叫我："萨林姆？"过了一会儿又叫了一声："萨林姆。"然后，他穿着短裤和背心走了进来。

我说："唉，阿里，阿里啊！今天晚上发生了很糟糕的事。我朝她身上吐唾沫了。她让我吐唾沫了。"

"人总会吵吵闹闹的。都过了三年，不会就这么结束的。"

"阿里，不是这么回事。我不想再和她有任何关系。我不想要她了，我不想要她了。这才是我无法忍受的。都完了。"

"你不能待在屋子里，出去走走吧。我回去穿上裤子和衬衫，陪你一起散散步。我们一起散步。我们一直走到河边。走，我陪你去散步。"

河，晚上的河。不，不要。

"我对你们家比你还要了解，萨林姆。你最好出去走走，散散心，这是最好的办法。"

"我就在这儿待着。"

他站了一会儿，回自己屋子去了。但是我知道，他还在等待，在观察。我肿起来的那只手手背钻心地疼，小拇指失去了知觉。我手上的皮肤青一块，紫一块——这也成为遗迹了。

电话响起来的时候，我已经准备好了。

"萨林姆，我不想离开。你怎么样？"

"糟透了。你呢？"

"刚离开的时候，我开得很慢，但一过了桥，我就开得飞快，目的是回来打电话给你。"

"我就知道你会打电话来的。我在等。"

"你想不想让我回来？路上没什么人。我只要二十分钟就能赶到。唉，萨林姆，我的样子太可怕了。我的脸惨不忍睹，这样子好多天都出不了门。"

"在我眼中，你永远是那么美丽。这你是知道的。"

"看到你的样子，我应该给你一些安定片才对。不过我忘了，回到车上才想起来。你应该想办法睡着。煮点儿热牛奶，想办法入睡。喝点儿热饮料会起作用的。让梅迪给你煮点儿热牛奶。"

这一刻，她的口气如此亲密，如此像个妻子！在电话里说话容易一点儿。挂了电话，我在黑夜里睁着眼睛等待天亮，等着她再打电话过来。梅迪已经睡了。他的门开着，我能听到他呼吸的声音。

天亮了，我突然觉得那个晚上成了过去。白色窗户上油漆的纹路开始显露出来。此时，在深切的伤痛之中，我悟出了一些东西。我无法用言语表述出来。我尝试了，但说不清楚，而且言语会让我的感悟消失。我隐约感到人生来就是为了变老的，为了完成生命的跨度，获取人生阅历。人活着是为了获取人生阅历；而阅历在本质上是无形的。快乐和痛苦——首先是痛苦——都没有什么意义。感受痛苦和寻求快乐一样，都没有任何意义。这感悟很快消失了，稀薄而虚幻，仿佛是一场梦。但我记得我有过感悟，记得我认识了痛苦的虚幻。

光线越来越亮，透过漆成白色的窗户照进来。经过昨晚，这个房间变了。它似乎变得陈旧了。现在唯一的遗迹是我疼痛的手，不过如果仔细找的话，兴许还能发现她的一两根头发。我穿上衣服，走到楼下，放弃了清晨散步的想法，开着车子在慢慢苏醒的小镇上兜圈子。周围的五光十色让我精神起来了。我想，清晨我应该多出来兜兜风才是。

快到七点的时候，我开到了镇中心，来到汉堡王。人行道上摆放着还没有收走的垃圾，装在袋子和纸箱子里。伊尔德丰斯也在，他身上的夹克现在和店里的装潢一样陈旧。虽然时候还早，他已经在喝酒了。和大部分非洲人一样，他需要喝一点儿当地的淡啤酒来振作精神。我和伊尔德丰斯认识已经有几年了，而且我是今天的第一个客人，但他没怎么理睬我。喝过啤酒之后，他目光呆滞，越过我直直地盯着街上。他下嘴唇的一道沟纹里放了一根牙签，放得很巧妙很稳当，说话或者嘴张开的时候牙签也纹丝不动，就像是在表演一项绝技。

我叫了一声，把他从神游中拉回来，他给我送过来一杯咖啡，还有面包卷，外加一片干奶酪。这点东西就要二百法郎，将近六美元。这些日子，物价真是离谱。

快到八点钟，马赫什来了。他近来对自己很马虎。原来他对自己短小精悍的身材很是自豪。不过现在他只剩短小了，我看他已经变成了一个普通的矮胖子。

马赫什一来，伊尔德丰斯陡然一变。眼神不再那么迷蒙，牙签也不见了，他开始窜来窜去，面带微笑，欢迎每一位清晨的客人——主要是从凡·德尔·魏登过来的客人。

我希望马赫什能注意到我的状况，但是他提也没提，甚至见到我也没感到吃惊。

他说："舒芭想见你，萨林姆。"

"她还好吗？"

"她比原来好些了。我想是好些了。她想见你。你一定要到我们家来。来吃顿饭。来吃中饭。你明天过来吃中饭。"

扎贝思帮我打发了上午的时间。今天是扎贝思进货的日子。暴乱发生后，她的生意开始滑坡，这些日子她带来的新闻都是村里遇到的麻烦。警察和军队到处绑架年轻人：这是政府使出来的新招术。报纸上只字未提，但丛林里又在打仗了。扎贝思似乎站在反叛者一边，但我不是很肯定。我尽量保持中立。

我问费迪南情况怎么样。费迪南在首都的实习期已经结束了，将要被委以重任。上次听扎贝思说，费迪南可能会继任本地专员，原来的专员在暴乱发生后不久就丢了饭碗。专员这位置很不好坐，但费迪南的部落背景混杂，是接任的好人选。

扎贝思轻描淡写地说出了"专员"这个要职（我想到那本公立中学体育馆捐款登记簿，想到上面省长的亲笔签名 —— 一签就是一整页，气派得像个皇族）。扎贝思说："我想费南[①]会当专员，萨林姆。如果他们让他活下去的话。"

"什么叫'如果让他活下去的话'，贝思？"

"我是说如果他们不杀他的话。我不知道我想不想让他做这份工作，萨林姆。两方都会想杀他。总统会第一个想到杀他，作为祭品。总统是个好忌妒的人，萨林姆。他不会让任何人在这个位置上坐大。只有他的照片遍地都是。看看报纸吧。他的照片天天都登出来，比任何人的照片

---

①费迪南的昵称。

都要大。你自己看看吧。"

前一天从首都来的报纸就放在桌子上，扎贝思拿过来指给我看。她指的是总统在一个南部省份向一批官员发表讲话的照片。

"你看看，萨林姆。他本人这么大，而其他人小得几乎看不见。都看不清谁是谁。"

官员们穿着总统设计的制服：短袖夹克，领巾替代了衬衫和领带。他们整整齐齐地坐在拥挤的听众席上，从照片上看，确实难以分辨。但是扎贝思要我看的并不是这个，她并不把照片当照片看，也不管距离和透视效果，只关心印出来的人物实际占据的版面。其实，她还让我看到了我以前没有注意过的事情：报上登出来的照片里，只有外宾和总统占的版面一样大。和本地人在一起，总统总是以居高临下的形象出现。有时他的照片和其他人的照片占的版面一样大，但他只登出头像，而其他人则是全身照。比如这张总统对南部官员讲话的照片，就是从总统肩膀上方拍的，总统的肩膀、头部和帽子占了照片的大部分空间，官员们穿着差不多的衣服像一个个小圆点一样密密麻麻挤在一起。

"他在谋杀这些人，萨林姆。他们内心在呐喊。他也知道他们在呐喊。而且你知道，萨林姆，他那里的东西不是什么神物，什么也不是。"

扎贝思在看店里挂的总统肖像，总统手里拿着酋长的手杖，上边刻着各式各样的形象。手杖中间是一个矮壮敦实的人形，腆着大肚子，据说神物就在那肚子里头。

扎贝思说："那东西什么都不是！我给你讲讲总统这个人吧。他手下有个人，总统无论到什么地方，都由这人打前锋。这人每次都是车子还没停稳就跳出来，对总统不利的东西都跟着这人走了，不会纠缠总统。这都是我亲眼见过的，萨林姆。我还要告诉你：每次跳出来混到人群中的这个人是白人。"

"但是总统没有到这里来过啊，贝思。"

"我见过了。我见到那人了。不要说你不知道啊。"

梅迪那一整天表现得都不错。他只字不提前一晚发生的事，对我既敬畏（这是对一个举止狂暴的受伤的人表现出来的敬畏）又体贴。我记得在海岸那些年，每次家里大吵一番后，都会出现这种情景。我想他也记得那些场景，所以言行举止恢复到原来的样子。到最后，我是在演给他看，算是帮他。

我同意他在半下午把我送回家，他说他今天负责关门。往常打烊后，他总是回他自己家，但这次没有，而是回我的公寓了，让我知道他就在我身边，不会离开我。我能听到他蹑手蹑脚走动的声音。他这样做没必要，但他的关注让我感到安慰。我躺在床上，脑海里不时浮现前一天某个模模糊糊的场景（不，是前一天本身），慢慢地就睡着了。

时间飞快地溜走。每次醒来，我都很迷惑。无论是下午的阳光，还是喧闹的黑暗，都好像有点儿不对劲。就这样，第二个晚上过去了。电话铃没有响，我也没有打电话。早上，梅迪送来咖啡。

我如约到马赫什和舒芭家吃中饭——我感觉，去汉堡王，接到午饭邀请好像是很久以前的事了。

他们家的帘子都拉上了，挡住了外面的强光。屋里的波斯地毯、铜器，还有其他花里胡哨的小玩意儿都还是我记忆中的样子，一点儿没有改变。午饭时大家都没怎么说话，这顿饭并没有多少团聚或和解的用意。我们都没有谈到近来的时事。地产价值这个话题——过去马赫什很喜欢谈论，现在一提起来大家都垂头丧气——也没人提起。我们说的话都是评论吃的东西。

最后，舒芭问起耶苇特的情况。她是第一次这样做。我把过去发生的事情和她讲了讲，她说："我很难过，我想类似的事情二十年内不会再次发生在你身上了。"我一直对舒芭有成见，她生活方式保守，心里总怀有怨恨，但如今竟说出这样饱含同情和睿智的话来，让我有些吃惊。

饭后马赫什清理了饭桌，端来雀巢咖啡——到目前为止，我还没有看到他们家的任何仆人。舒芭把一幅窗帘拉开一些，让更多阳光照进来。她走进阳光中，在靠背长椅上坐下——椅子是铁管框架，扶手呈船桨状，牢固而厚实——示意我坐过去。"过来，萨林姆。"

我坐了过去，她仔细地打量了我一番。然后，她把头扬起来，让我看她的侧面："你看到我脸上有什么东西了吗？"

这问题我没有听懂。

她叫道："萨林姆！"脸转过来正对着我，头仍然扬着，盯着我的眼睛："我现在是不是破相了？看看我眼睛周围和我的左腮。特别是左腮。你看到什么了？"

马赫什把杯子放到一张矮桌上，站到我身边，和我一起看。他说："萨林姆什么也没有看到。"

舒芭说："你让他自己说。看看我的左眼。看看我左眼下方的皮肤，还有颧骨。"她把脸抬起来，像是在摆硬币头像的造型。

我很费力地寻找她要我看的东西，这才发现她眼睛下面有些发青，开始我还以为那是疾病和疲惫的迹象，但仔细一看原来是一些瘀斑，在左颧骨上方还有一点儿淡淡的青紫，在她白皙的皮肤上隐约可见。因为刚才没看见，现在看见了，想忽略也不行。我发现这就是她说的破相，她也发现我看到了。她的脸上顿时流露出忧伤和认命的神情。

马赫什说："现在没那么明显了。是你指点他才看到的。"

舒芭说："我和家人说我要嫁给马赫什，我的弟兄们扬言要泼硫酸毁我的容。你看，真的发生了。父亲去世的时候，他们拍了电报过来。我以为他们是要我回去参加葬礼。这种局面下回去真是糟透了——父亲去世了，国家局势一片混乱，非洲人又如此可怕。我觉得每个人都站在悬崖边上。但是我不能告诉他们这些。你问他们以后怎么办，他们总是自欺欺人地说一切都会好的，没什么好担忧的。你还得跟着他们一起自欺欺人。我们为什么会变成这个样子了？

"一天早晨，我也不知道我到底是中了什么邪，干了一件大蠢事。那里有个信德① 女孩，听她自己说以前在英国读书，回来后开了一家美发店。那地方是高原，阳光非常刺眼，我开了好长时间的车，走访老朋友，或者只是瞎转悠。过去钟爱的一些地方现在再去看觉得很不喜欢，我不得不把车停下来。因为一直开着车到处跑，我觉得我的皮肤变得又黑又脏。我下车进了美发店，问那信德女孩有没有我可以用的面霜之类的东西，她说有。她在我脸上涂了点儿东西，我痛得大叫，让她住手。她用了过氧化氢②。我捂着火烧火燎的脸赶回家，那幢死亡之屋真正成了我的哀痛之屋。

"打这以后，我无法在家里继续待下去。我不得不遮住脸不让任何人看到。然后我跑回这里，和之前一样躲着不见人。现在我什么地方也不能去，只在晚上偶尔出去走走。现在受伤的地方好多了。但我还是要小心。萨林姆，你什么都不要说。你心里的话都写在眼睛里了。我现在不能出国。我真想走，真想一走了之。我们也不是没钱。可以去纽约、伦敦、巴黎。你知道巴黎吗？那里有个皮肤专家，据说他换皮肤的技术无人能比。我要能去巴黎就好了。去了那里，之后就可以去任何地方，比如瑞士——对了，瑞士用英文怎么说？"

"Switzerland."

"你看看，一直待在家里，我的英文都忘了。瑞士是个好地方，我总是这么想，如果能拿到签证的话。"

马赫什一直看着舒芭的脸，他的表情既有鼓励，也有些恼怒。他穿着红色棉衬衫，领子又挺括又漂亮，领口敞开着——这是他从舒芭那里

---

① 巴基斯坦四大民族之一，主要分布在巴基斯坦信德省及印度西部，母语称为信德语。
② 有漂白作用。

学来的时尚穿法。

我终于离开了。我很庆幸，终于摆脱了他们在客厅里制造出来的过度自我关注的气氛。换皮肤、皮肤——我离开了很长时间，这些词还是让我感到不舒服。

他们关注的不只是皮肤上的污点。他们和外界完全脱离了联系。过去，他们还能仰赖尊贵的身世背景（被别人以讹传讹），现在只有孤零零地待在非洲，无人庇护，没有依靠。他们已经开始腐烂。我和他们差不多。要是我现在不采取行动，我的命运到头来就和他们一样。时时盯着自己；强迫别人看自己身上的斑点——使得自己无法出门的斑点；还有小屋里弥漫的癫狂！

我决定和外界恢复联系，脱离小镇的狭窄空间，对那些把希望寄托在我身上的人履行我的义务。我给纳扎努丁写了一封信，说我要到伦敦去看看，我的信写得很简单，没有明说去伦敦的目的，让他自己去想好了。不过，这算是什么决定啊！我已经没有了选择的余地，过去的家和群体几乎不复存在，义务可以说已经没有意义，而且也没有一个安全的家等着我。

我终于乘飞机离开了。飞机先飞到大陆东部，然后折向北方。飞机在本地的机场停降，我不必去首都。所以直到现在我还无缘去首都。

这架前往欧洲的飞机是晚间航班，我在上面睡着了。靠窗坐的是一位女士，她出来到走道的时候，碰到了我的腿，把我弄醒了。我在想："但这是耶苇特啊。这么说，她还是和我在一起。我要等她回来。"接下来十几秒钟，我一直醒着，等着。接着我醒悟过来，发觉刚才的想法完全是白日梦。我意识到自己正孤身一人飞向陌生的命运。这让我感到痛苦。

15

　　我以前从来没有坐过飞机。我还记得因达尔关于坐飞机旅行的说法，大意是飞机能让他适应自己的漂泊。我现在开始理解他的意思了。

　　我第一天还在非洲，第二天早晨就到欧洲了。这不只是旅行速度的问题。我觉得我像是同一时间出现在两个地方：一觉睡醒就到伦敦了，身上却还留有非洲的痕迹，比如机场税的税票，是一个我认识的官员开的，周围是不一样的人群，不一样的建筑，不一样的气候。两个地方都是真切的，又都不真切。你可以在两个地方之间挑挑拣拣，不会觉得自己做了最终决定，完成了一次伟大的、终结性的旅程。在某种意义上，我真实的处境正是如此。我只有一张短程票，签证是旅行签证——六个星期内我必须回去。

　　飞机把我带到的这个欧洲不同于我从小熟悉的欧洲。在我年幼时，欧洲统治着我们的世界。它打败了非洲的阿拉伯人，控制了非洲内陆。它统治着非洲海岸，以及所有和我们交易的印度洋国家；它为我们提供了各种商品。我们都知道自己是谁，从哪里来的。不过，是这个欧洲给了我们那些丰富多彩的邮票，让我们从中了解到自己多姿多彩的一面。

是这个欧洲给了我们一种新的语言。

欧洲现在不再统治我们了，但还是用它的语言通过种种途径喂养着我们，同时源源不断地把那些越来越好的商品送到我们这里来。在丛林中，这些商品逐渐丰富了我们对自己的认识，将现代性和发展的概念灌输给我们，也让我们意识到另一个欧洲——那个欧洲有伟大的城市、繁华的商铺、宏伟的建筑和庄严的学府。我们中间只有有钱有势或者禀赋出众的人去过。它是因达尔为了上那所著名大学而前往的欧洲。它是舒芭这样的人在谈论旅行的时候心里所想的欧洲。

但是我来到的欧洲——从一开始我就知道我会来到这样的欧洲——既不是古老的欧洲，也不是新的欧洲，而是萎缩的、庸俗的、拒人千里之外的欧洲。因达尔从名校毕业后曾在这里吃过苦，想弄清楚自己在这个世界上的位置。它是纳扎努丁一家人避难的欧洲。它是无数像我这样的人从世界各地设法挤进来，在其中工作和生活的欧洲。

对于这样的欧洲，我心里还无法形成一幅图景。不过它就在伦敦的各个角落，你不会错过，也没有任何神秘的东西。那些小摊、小铺、小售货亭，还有熏黄的杂货店——都是像我这样的人开的——给人留下的印象，事实上也正是设法挤进来的那些人给人留下的印象。他们在伦敦中央做着生意，就如当初在非洲中央做生意一样。运货的距离或许短一些，但商贩和货物之间的关系是一样的。我仿佛是从远处看伦敦街头这些人，这些像我一样的人。我看到了半夜零售香烟的年轻姑娘，她们像是被困在了售货亭里，如同木偶剧院的木偶。她们被隔离在自己前来投奔的这个大都市的生活之外。我在想，她们经历千辛万苦来到伦敦，过着如此艰难的日子，有什么意义呢？

刚从外面来到非洲的人有多少幻想啊！在非洲，我认为，不管条件多么艰苦，我们都对工作有一种英雄式的、创造性的本能和能力。我曾经将其同非洲村庄的冷漠和消极进行对比。现在，在伦敦，在忙忙碌碌的背景之下，我发现这种本能就只是本能，毫无意义，人们为了工作而工作。我的心里涌起一阵反叛的冲动，比我童年时期所知的任何感觉都要强烈。我对因达尔所说的反叛产生了一种新的理解和认同。因达尔当年走在伦敦的河边，发现了自己内心的这种冲动，决定抛弃忠于家族、敬拜祖先之类的观念，抛弃对伟人的愚昧崇拜，抛弃与这种崇拜以及那些观念相应的自我压抑，有意识地让自己投入到更广大、更艰难的世界之中。我要在此地生活，就必须按他所说的这种方式生活下去。

但在非洲的时候，我曾反叛过。我的反叛达到了我自己的极限。我本来是到伦敦来解脱，来求救的，我想把握住还有所存留的正常生活。

我和纳扎努丁的女儿凯瑞莎订婚了，纳扎努丁丝毫没有表现出吃惊。多年前，他就从我的手相上看出我的可信，这么多年来，他一直没有改变他的想法——这曾经让我很沮丧。凯瑞莎自己也没表现出吃惊。事实上，对这件事情表现出吃惊的是我本人。生活的转折如此轻而易举，我怎能不吃惊？

我是在快离开伦敦的时候订婚的。不过大家从一开始就认为这事已经定下来了。经过那么快的旅行，在这样一个陌生的大城市，把自己交托给凯瑞莎，让她叫着我的名字，领着我在伦敦到处走，这确实让我感到宽慰。凯瑞莎去过乌干达，去过加拿大，她通晓世事，而我则懵懂无知，有时候还不懂装懂。

凯瑞莎是药剂师。药剂业务也是纳扎努丁生意的一部分。纳扎努丁一辈子跌宕起伏，早就不相信财产和生意能给人提供保护；他督促子女学习任何地方都用得上的技能。可能是受工作影响，凯瑞莎性格恬淡文静，对于一个来自于我们那个群体的三十岁的未婚女子，这种性格颇为难得。这也可能是因为她有圆满的家庭生活，还有纳扎努丁这个榜样——纳扎努丁仍对过去的经历津津乐道，同时在探索新的领域。但我越来越感觉到，凯瑞莎在多年的漂泊中，应该有过恋爱经历。若是在过去，这种发现会让我勃然大怒。现在，我不介意了。她过去的男友应该是个不错的人，他让凯瑞莎对男人产生了好感。这对我来说是件新鲜事——我关于女性的经验很有限。我尽情享受凯瑞莎的温情，对自己的男性角色有点儿刻意在表演。这一切让我深感宽慰。

表演——此时我的言行举止有很多表演的成分。因为每天我都要回到旅馆（离纳扎努丁家不远），面对孤独，这种时候我就成了另外一个人。我讨厌旅馆的房间。它让我不知自己身在何方。它让我忆起旧日的焦虑，又为我增添新的焦虑——比如对伦敦，对这个世界的焦虑。我要来这个世界发展，但我从什么地方入手呢？我打开电视，感到的不是惊奇，而是外部世界的陌生。看着屏幕上的人，我只想知道他们是如何从芸芸众生中脱颖而出的。我在心里总是以"回去"的想法宽慰自己——再乘一次飞机回去，或许我并不一定要到这里来。白天直到夜幕刚降临时我所拥有的决心和欢乐到了深夜总会全部化为乌有。

因达尔说过，我们这样的人到了伟大的城市会视而不见。我们只想装出镇定自若、无动于衷的样子。这正是我的问题，即便有凯瑞莎带路也一样。我可以说我在伦敦，但我并不真的知道自己在哪里，也不知道怎样去了解这个城市。我只知道我在格洛斯特路上：我的旅馆在这条路上，纳扎努丁的房子也在这条路上。我搭乘地铁到处转悠，从这个地方钻入地下，从另一个地方冒出来，无法将这两个地方在脑海中联系起来，有时候短短的距离却要换乘很多次。

我熟悉的街道只有格洛斯特路。如果我朝一个方向走，会看到越来越多的楼房和街道，到最后会迷失方向。若是朝另一个方向走，会路过很多供游客吃饭的地方、几家阿拉伯餐馆，最后到达一个公园。公园里有一条宽阔的斜坡路，有一些孩子在上面玩滑板。斜坡顶上有一个大池塘，周围铺了一条人行道。池塘的人工痕迹很明显，但到处都有鸟儿，真的鸟儿，天鹅和各种各样的鸭子。看到这些鸟儿愿意在这地方待着，总让我觉得惊奇。假的鸟儿，就像我童年见到的那些赛璐珞做的东西，不会与周围的环境有丝毫不协调。从树梢看过去，远处到处都是楼房。这时你会意识到城市是人造出来的，不是自然长成的。因达尔说过类似的话，他说得对。我们这些人很容易把那些大城市想成是自然生成的。这使得我们能忍受那些破败的城镇。渐渐地，我们会觉得一个地方和另外一个地方是完全不同的两种东西。

在天气晴朗的下午，公园里有人放风筝。有时附近大使馆的阿拉伯人会在树下踢足球。周围总是有很多阿拉伯人，他们皮肤偏白，是真正的阿拉伯人，不是我们海岸那边有非洲血统的阿拉伯人。格洛斯特车站附近有一个报摊，出售各种阿拉伯语报纸和杂志。这里的阿拉伯人不全是有钱人，也不全是干净体面的。有时候我会看到一群衣着破烂的阿拉伯穷人蹲在公园的草地上，或者附近街道的人行道上。我以为他们是仆人，这已经够丢人的了。但是后来有一天，我看到一位带着奴隶出来的阿拉伯女士。

我一下子就注意到了那个人。他戴着一顶小白帽，穿着纯白的长袍，这身打扮向所有路人宣告了他的身份。他拿着几袋从格洛斯特路的维特罗丝超市采购的货物。他走在女主人前面，和主人保持十步的规定距离。女主人身材肥胖——阿拉伯女人都喜欢自己身材丰满——脸上蒙着薄薄的黑纱，透过黑纱能看到她白皙的脸上蓝色的图案。她自鸣得意，你能看出，她很高兴身在伦敦，能在维特罗丝超市和其他家庭主妇一起进行这种时髦的采购。她以为我是阿拉伯人，从面纱后面看了我一眼，指望我带着赞赏和羡慕的表情回看她一眼。

提着购物袋的奴隶还很年轻，瘦瘦的，白皮肤，我猜他是在女主人家里出生的。他脸上露出茫然、温顺的表情。我还记得，在主人家出生的奴隶到了公众场合，只要和主人在一起，哪怕是做一些很简单的事情，也喜欢露出这样的表情。这小伙子故意装出购物袋让他不堪重负的样子，其实完全是做给路人看，吸引人注意他和他服侍的女主人。他也以为我是阿拉伯人，我们擦肩而过的时候，他收起不堪重负的表情，看了我一眼，眼神里有不满，也有好奇。那样子让人联想到想戏耍一番却被喝止的小狗。

我也要去维特罗丝超市，准备买瓶酒送给纳扎努丁。纳扎努丁没有丢掉对美酒佳肴的品位。他很乐意在这些方面给我些指点。这么多年来，我一直在非洲喝葡萄牙酒，那里的白酒味道寡淡，红酒入口酸涩，而在伦敦，酒的品种如此丰盛，让我每天都乐此不疲。在纳扎努丁家吃晚饭的时候（也就是看电视之前，纳扎努丁每天晚上都会看几个小时电视），我把路遇白衣奴隶的事情说给他听。他说这没什么好奇怪的，这是格洛斯特路上的新特色。有几周，他还注意到一个穿着邋遢的褐色衣服的人。

纳扎努丁说："过去，要是让人发现你用单桅帆船运几个伙计到阿拉伯半岛，会引起轩然大波。现在这些人和其他人一样，有自己的护照和签证，一样通过入境处，鬼都不去管！

"对于阿拉伯人，我有些迷信的看法。阿拉伯人把宗教带给我们和全世界一半的人口，但我老是觉得，他们一旦离开阿拉伯半岛，就会给世界带来灾难。你只要想想我们是从哪里来的。波斯、印度、非洲。想想这些地方的遭遇。现在轮到欧洲了。阿拉伯人把油运进来，把钱吸出去。运油进来是为了维持经济体系的运转，而把钱吸出去则会导致这个体系的崩溃。他们需要欧洲。他们需要欧洲的商品和房产，同时要给自己的钱财找一个安全的窝。他们自己的祖国一团糟。不过，他们是在毁自己的财路，是在杀鸡取卵。

"这样的人不少见。资金外流是全球性现象。大家把全世界搜刮得干干净净，就好像非洲人把自己的院子刮得干干净净一样，然后，他们想离开让他们挣足了钱的可怕的地方，想找个舒适太平的国家。我就是其中之一。还有韩国人、菲律宾人、香港人、台湾人、南非人、意大利人、希腊人、南美人、阿根廷人、哥伦比亚人、委内瑞拉人、玻利维亚人，以及许许多多黑人——他们搜刮的地方你可能听都没听过，还有从其他许多地方来的中国人。所有这些人都在逃跑，他们害怕惹火烧身。你不要以为人们逃离的就只有非洲。

"如今，瑞士不接收移民了，所以他们大部分都去了美国和加拿大。有人在这些地方等着这些逃离者，把他们带到洗钱的地方。他们会得到专家的帮助。南美人等着自己的南美同胞，亚洲人等着自己的亚洲同胞，希腊人等着自己的希腊同胞，将他们带到洗钱者那里，带到多伦多、温哥华、加利福尼亚。迈阿密就是个洗钱的大本营。

"我去加拿大之前就知道这些情况了。我没有让任何人在加州帮我买一幢五十万的别墅，或者在美国中部为我买一片柑橘园，或者在佛罗里达买一片沼泽地。你知道我买了什么吗？说了你也不会相信。我买了油井，油井的一部分。那人是个地质学家，是艾德旺尼给我引荐的。他们说要凑足十个人组建一个私营石油公司。他们要筹集十万美元，每人出资百分之十。但是注册资金不止这个数，最后我们决定，等我们开采到石油后，由地质学家低价认购其余的股份。这听起来很公平——毕竟这是他押的宝，也是他的工作。

"投资到位了，土地也拿到了。在加拿大，你可以去任何地方开采。至于设备，租用即可，花不了多少钱，一般取决于你在什么地方开采，试验油井一次只要三万元。加拿大没有你们那里的矿产法。我全研究过了，风险是有的，不过全是地质风险。我交出了我的百分之十投资。结果你猜猜看？我们真的采到油了。一夜之间，我的投资价值由十变成了两百——就算一百吧。不过，因为我们是私人公司，所有利润都是纸上的利润，股份只能在内部买卖，但大家都没有这么多钱。

"地质学家兑现了他的期权，以极低的价格购买了剩余的股份，取得了公司的控股权——这都是白纸黑字写在协议上的。然后，他收购了一家濒临破产的采矿公司。当时我们不知道他用意何在，但石油开采成功后，我们都开始对他的智慧深信不疑。后来他突然消失，跑到某个黑人岛屿上去了。他不知用什么方法在两个公司之间建立了联系，用我们的石油作担保，贷了一百万美元，然后找了个借口，把贷来的钱打入自己公司的账户。最后他携款开溜，把债务留给我们。这是书上记载的最古老的骗术，而我们九个人却站在那里，看着这一切在自己眼皮底下发生，仿佛只是在看一个人在路上挖洞。雪上加霜的是，不久我们又发现此人根本没有买下他的百分之十股份，他是用我们的钱来操作的。我想他现在肯定在满世界找安全的地方转移自己的百万巨资。总而言之，我算是撞大运了，把十个单位的资产变成了一百个单位的负债。

"债务问题最终会自行解决的，因为油还在。我甚至能把自己的百分之十投资拿回来。我们这些人带着钱满世界跑，想方设法把钱藏起来，我们面临的问题是我们只擅长在家门口做生意。不过还好，采油是我的副业。我真正花费精力在做的事是开一家电影院，一个民族剧院。你知道这个词吗？意思是指一个地方的所有外国人群体。我住的那一带居民的民族背景很杂，但我想我是听说有家剧院要出售才生出民族剧院这个念头的。这剧院在闹市区，看上去是项值得购置的产业。

"我去看场地的时候一切正常。等接手了，我才发现屏幕上的图像不清楚。一开始我以为是镜头的问题，后来我发现是卖方暗中调换了设备。我过去质问他，告诉他说：'你不能这么做。'他回答说：'你是谁？我不认识你。'你看看！无奈之下，我只好把投影设备大修了一遍，又对座位进行了改进，如此这般做了好多工作。生意不是很好，在闹市区开这么个民族剧院看来不是什么好创意。问题的症结在于，这里的外国人都不大喜欢动。他们喜欢尽早回去，待在家里，尽量少出来。比较卖座的是一些印度电影。那时候我们吸引了不少希腊人，希腊人很喜欢看印度电影。你知道吗？总之就是这样。我们整个夏天勉强维持着。到了冬天，我开了几个暖气开关，但没有任何反应。根本没有供暖系统，也可能是原来的供暖设备被拆掉了。

"我又去找那个卖主。我说：'你卖给我的剧院怎么问题越来越多？'他回答说：'你是谁？'我说：'我们家几百年来都在印度洋一带经商，在什么样的政府下面都待过。我们能坚持这么长时间不是没有原因的。我们做生意该还价就狠狠地还价，但一旦谈妥了，就按协议执行。我们所有合同都是口头协议，但我们说好了要交的货就一定会交。这并不说明我们是圣人，我们只是觉得，要是出尔反尔，就等于挖生意的墙角。'他回了一句：'那你应该回印度洋去。'

"离开那儿之后，我走得很快。我在人行道上一处隆起的地方绊了一跤，把脚给扭了。我觉得这是个不祥之兆：我的运气到头了，我也知道这运气早晚有到头的一天。我觉得我不应该继续留在那个国家，我觉得那地方就是个骗局。他们自以为是西方人，但说穿了，他们如今和我们这些跑来寻求安全的人没什么两样。他们就像来自远方的人，靠别人的土地和别人的头脑生活，他们觉得这就是他们应当做的事，所以他们才这么乏味无聊。我想不能继续待在他们中间，那是死路一条。

"刚到英国，我本能的想法是做轻型发动机。英国面积不大，有很好的公路和铁路、电力和各种各样的工业设施。我想要是找到合适的地方，买些好设备，招一些亚洲人，稳赚不赔。欧洲人对机器和工厂腻烦了，而亚洲人很喜欢，他们内心更愿意待在工厂而非回家。不过经过加拿大的折腾，我胆子变小了。我想我还是稳妥一点儿比较好。我想从事地产生意。就这样，我来到格洛斯特路。

"格洛斯特路是伦敦的旅游中心之一，这你能看得出来。旅游业快把伦敦弄垮了，这你也看得出来。无数宅子和公寓被腾出来，整理成旅馆、招待所、饭店，接待各地游客，私人住宅日渐稀少。我想在这里做地产总不会亏吧，于是我一口气在一个街区买下六套公寓。我是在高峰期买进的，现在的房价下滑了百分之二十五，而利息从百分之十二上浮到百分之二十，甚至百分之二十四。你还记得当初在海岸那边，因达尔家以百分之十到百分之十二的高息放高利贷闹出的丑闻吧？钱这东西我现在是搞不懂了。而且阿拉伯人就在外面的街道上。

"为了保本，我的房租收得很高。房租高得出奇，自然会引来一些怪人。你看，这是我的一个纪念品，是格洛斯特路上一家赌场的下注单。我把这东西收起来，是为了纪念北方来的一个姑娘。这姑娘和一些阿拉伯人搅和在一起。和她在一起的那个阿拉伯人是从阿尔及利亚来的，穷汉子一个。这姑娘喜欢把垃圾倒在门口，而那阿拉伯人喜欢赌马。就这样，他们混在一起寻开心。

"他们赢过钱，后来又输了。输了就付不起房租，我降了房租，他们还是付不起。邻居们开始为门外的垃圾和争吵声投诉。那阿尔及利亚人若是被锁在门外，就在电梯里撒尿。我要他们离开，他们不肯，而且法律对他们有利。有一天，趁他们俩出去，我把他们的门换了一把锁。他们回来后，叫来了警察，警察为他们打开门。为了不让我再进屋，他们也换了一把锁。如此反复几次之后，门上出现了一排钥匙孔和锁的铁边，看起来就像衬衫前面的一排纽扣。我只好作罢。

"我收到了各种到期未付的账单。一天早晨，我上去敲门。屋子里满是窃窃私语声，但就是没有人来开门。电梯离这套公寓门口很近，我把电梯打开，然后关上。不出所料，他们以为我下去了，于是开门查看。我立刻拿脚把门卡住，挤了进去。我一看，小小的公寓里挤满了阿拉伯穷人，穿着背心和颜色艳俗不堪的裤子，地上全是地铺。那姑娘不在，可能是被他们赶走了，也可能是自己离开了。所以，整整两个月时间，我一面要支付百分之二十的利息，一面让一窝阿拉伯人白住在自己的房子里。这些人的种族背景很奇特，其中有个人的头发竟然呈鲜红色。他们在伦敦干什么？他们想干什么？他们是怎么生存下来的？世界上有哪个地方适合他们生活？他们人数太多了。

"还有一个姑娘也背弃了我。欠了我七百英镑跑了。她是东欧人。她是难民吗？反正她是个女人。她印刷了很多写真卡片，肯定花了不少钱。这张，她脖颈以下都浸在水里——真不知道她为何把这个印在卡片上。这张，她假装搭便车，穿着一身扣的工作服，上面敞开着，若隐若现地露出胸部。这张，她戴着一顶大大的黑色圆顶礼帽，下身穿着黑色皮裤，小小的臀部包得紧紧的。卡片上还写着：'艾瑞卡。模特－演员－歌手－舞者。头发：红色。眼睛：灰绿色。专长：时装－化妆－鞋类－手－大腿－牙齿－毛发。身高：五英尺九英寸。三围：32-25-33.'诸如此类，但是没有人买。最后她怎么样了？我只知道她怀孕了，还有一千两百英镑的电话费账单——一千两百英镑啊！一天晚上，她突然跑了，只留下一堆她自己的写真卡片。好大一堆。我不忍心全扔掉。我想为了她的缘故，我至少应该留下一张。

"这些人现在怎么样了？他们去了什么地方？他们是怎么生活的？他们回家去了吗？他们有家可回吗？萨林姆，你经常说起那些东非姑娘彻夜在售货亭卖香烟，你说她们让你心里不舒服。你说她们没有前途，甚至不知道自己在什么地方。我想这是不是她们的运气？她们就愿意这么无聊，愿意做她们在做的事。我刚才说的那些人有自己的期望，他们也知道自己在伦敦迷失了。要是不得不回去，我想对他们会是沉重的打击。这一带有许许多多这样的人。他们跑到市中心来，是因为他们只知道这地方，因为他们觉得到这里来是好主意，他们想白手起家做一番事业。你不能怪他们，他们只是看到那些大人物这么做，想效仿而已。

"别看这地方这么大，这么忙碌，其实几乎没有什么事情发生，你要过一段时间才会明白。这里只是日复一日继续着，有很多人被悄无声息地吞没了。没有新的财路，没有真正的财路，这使得每个人都更加绝望。我们到这里来是选错时机了，不过没有关系，别的地方还不是一个样？

过去我们在非洲看商品目录，下订单，看着货物下船，何曾想到欧洲是这个样子？那时我们拿着英国护照当护身符，抵御非洲人，何曾想到它会把我们带到这地方，而且阿拉伯人就在外面的街道上。"

这是纳扎努丁这样的人才会说的话。凯瑞莎说："希望你知道你是在听一个乐观的人讲故事。"当然，不用她说我也知道。

纳扎努丁过得还算不错。他已经习惯了格洛斯特路。伦敦的环境是陌生的，但是纳扎努丁似乎还和原来一样，他已经六十岁了，但看上去并不比五十岁的时候老多少。他仍旧穿着旧式的西服。我心里总是把西服的大宽领（顶部稍稍卷翘）和他联系在一起，现在这种式样又重新流行起来了。我想他并不怀疑自己的地产投资最后会扭亏为赢，真正让他烦恼（让他说出自己的运气快到尽头了）的是他的懈怠。格洛斯特路的地铁站和公园之间相隔约半英里，这里对纳扎努丁而言是完美的养老场所。

每天早上，他先到一家商店买报纸，然后到一家卖打折旧水彩画的小咖啡馆，在那里边喝咖啡边看报纸。喝过咖啡，他就到公园遛个弯，然后到各种食品店采购合胃口的食物。地铁站附近有家旅馆，外头是红砖墙面，里面有宽大的老式休息厅，纳扎努丁有时候会到这里来，要上一壶茶或者别的什么饮料，美美享受一番。有时候他还会到阿拉伯人或波斯人的"舞厅"去。晚上他会兴致勃勃地在家观看电视节目。格洛斯特路上的人来自世界各地，总在流动，什么年龄段的人都有。这条街道很友善，很有假日风情，纳扎努丁每天都能遇到新鲜事，每天都有新发现。他说这是世界上最好的街道，只要可能，他愿意一直住下去。

这一次又让他选对了。他总能告诉你他做出了明智的选择，这一直都是他的过人之处。他的话曾经让我急切地想去看看他所发现的世界。纳扎努丁的榜样作用，或者说我心里对他的经历的阐释，决定了我的生活。现在，我到了伦敦，很高兴看到他依然那么热情饱满，但他这种本领让我感到有些郁闷。它让我感觉过了这么多年我还是没有赶上他，而且永远赶不上；我自己的生活总是难以如愿。带着这种想法回到旅馆房间，我感到痛苦——孤独和害怕交织的痛苦。

有时候，在半睡半醒之间，眼前浮现我们那个非洲小镇的某些画面，我会蓦然惊醒。这些画面非常真实（我明天就可以乘坐飞机回那儿去），但激起的联想却让它呈现梦境的色彩。然后，我回想起当初的顿悟：人只想活下去，痛苦终归是虚妄。我将伦敦和非洲比来比去，直到二者都变得虚幻，然后我渐渐进入梦乡。过了一段时间，我无须再回忆当初的顿悟，回忆那个非洲的清晨。它就在这儿，就在我身边。我仿佛远远地看着这个星球，还有它上面的芸芸众生——他们迷失在时间和空间之中，永不停息地奔波劳碌，可怕的劳碌，无谓的劳碌。

我就在这种冷漠的、不负责任的状态下——就像纳扎努丁口中格洛斯特路上那些迷茫的人一样——和凯瑞莎订婚了。

我快离开伦敦的时候，有一天，凯瑞莎突然问我："你去看过因达尔吗？你要不要去看他？"

因达尔！我们的谈话中经常提到这个名字，但我不知道他就在伦敦。

凯瑞莎说："这没什么关系。我也不建议你去看他，或者和他联络等等。他脾气上来很难对付，咄咄逼人，这可不是好玩的事。他的组织惨败之后，他就一直这个样子。"

"他的组织惨败？"

"这都是两年前的事了。"

"但这失败在他预料之中啊。讲师、大学、非洲交流——他知道这些事长久不了，他也知道没有哪一个非洲政府真的把这些东西当一回事。我还以为他自有打算。他说他有很多方式发挥自己的才干。"

凯瑞莎说："真到了这个地步，情况就不一样了。别看他满不在乎的样子，其实他心里对他的组织很看重。当然，他有很多别的事可以做，但他决计不去做。他可以在大学里找到工作，当然，是美国的大学，他在那边有关系。他也可以为报纸撰写文章。但我们和他见面的时候，都不谈这些。老爸说因达尔对别人的帮助产生了抵触情绪。问题是他对那个组织投入得太多。组织失败后，他在美国有过惨痛的经历。反正对他来说是惨痛的经历。

"你是知道因达尔这个人的。你也知道，他年轻的时候最看重的事情是家里的富有。你还记得他家住的大宅院吧。你要是住在这样的大宅院里，我想你一天可能会有十次、十二次甚至二十次想起自己很富有，或者几乎比所有人都富有。你也许还记得他过去是怎么过日子的。他从不提钱，但钱就在那儿。可以说，金钱让他觉得自己变得神圣了。我想有钱人大概都是这样。因达尔从来没有摆脱掉这样的想法。那个组织没有让他重新变成有钱人，但它让他再一次感觉到自己的神圣。组织使他超越了芸芸众生，把他摆到和非洲的大人物平起平坐的位置，这个政府请他，那个政府请他，被外交部长、总统接见什么的。后来美国人发现从中捞不到什么好处，于是该组织彻底垮掉，因达尔受到的打击可想而知。

"因达尔去了美国，到了纽约。出于对自我身份的认知，他住进了一家昂贵的旅馆。他见到了他的美国伙伴，这些人都不错。不过这些人想把他引向的方向让他很不快。他觉得这些人想把他引向一些小的事情，他装作没有注意到。我不知道因达尔想从这些人身上得到什么。不对，我知道。他想成为他们中的一员，他想继续维持原来的样子。他把这看成是自己应得的待遇。他在纽约花钱大手大脚，钱很快就要花光了。终于有一天，他硬着头皮去找便宜一点儿的旅馆。他心里根本就不想找，因为这等于承认自己就快完蛋了。这些便宜的旅馆让他感到害怕。他说，在纽约，跌就跌得很快。

"他曾经和一个人关系很密切。他很早就在伦敦遇到此人，两人后来成了朋友。但一开始，情况不是这样：他觉得这人很傻，对这人没有好脸色。说起这个，因达尔总是觉得很难堪，因为他第一次在伦敦遇到麻烦的时候，正是此人拉了他一把。他让因达尔恢复了自信，让他以积极的心态看待非洲和自己。也是他发掘出了因达尔的好点子。因达尔后来越来越离不开这个人，他把这人摆到和自己平等的位置——你知道我这话是什么意思。

"因达尔在纽约经常和他见面，一起吃饭、喝酒，或者在办公室开会。不过什么事情也没有发生。每次都是回到旅馆房间，然后继续等。因达尔的心情越来越差。有一次，这人邀请因达尔晚上到他家里吃饭。这人家里很豪华。因达尔在楼下通报了自己的姓名，然后乘坐电梯上去。开电梯的人一直等着，看着，直到房间门打开，因达尔被叫进去。一进去，因达尔就大惊失色。

"他原来把这人摆到和自己平等的位置，把他当朋友，他对这人无话不说。现在他才发现，这人富可敌国。他从来没有见过那么豪华的房子。你和我可能会觉得蛮有意思，我是说钱。但因达尔受到了沉重的打击。到了那里，看到金碧辉煌的屋子，看到那些昂贵的物件和画作，他如梦方醒。他对这人无话不说，他和这人说过所有令他焦虑的小事，而这人几乎从未跟他说过这些。这人不知比他神圣多少倍，因达尔哪里受得了。他觉得自己受骗了，受到了愚弄。他已经离不开这个人。他把自己的想法说出来，通过这人来验证；他从这人身上寻求精神支持。他把这人当成自己的同类。突然间，他发觉自己被人狠狠地耍了。这些年来，自己一直被人以最恶劣的方式利用。他失去了这么多，耗费了这么多热情。所有那些建设性的想法！非洲！这人的豪宅里，晚宴上，哪里有半点非洲的痕迹？没有危险，没有损失。他的私人生活，他和朋友们在一起的生活，原来和外面呈现出来的竟是判若天壤！我不知道因达尔原本希望得到什么。

"饭桌上，因达尔把所有怒气都发泄到一个年轻女人身上。这女人嫁给了一位老记者，这老记者过去写过书，赚过不少钱。因达尔对这个女人满腔仇恨。她为什么嫁给那老人？可笑之处？因为这顿饭显然是为这女人以及和她偷情的人安排的。这两个偷情的人也没有过多掩饰，但那老人对此睁一只眼闭一只眼。他只是絮絮叨叨地谈论三十年代的法国政治，仍旧把自己当作叙述的中心，一直在说他见过哪些要人，这些要人亲自和他说过哪些话，等等。谁都没在听他说，他也不太在意。

"但这老人仍是一位名人。因达尔对此考虑过很多。他尽力站在老人这一边，摆出更痛恨其他人的样子。然后老人注意到了因达尔，于是开始说起旧时的印度，说他曾在某个著名的土坯屋和甘地见过一面。但你知道，因达尔根本不喜欢甘地和尼赫鲁这些话题。他想自己那天晚上不是来陪老年人聊天的，于是对那老人很不客气，比其他人还要没礼貌得多。

"所以晚饭后，因达尔非常紧张。他想起自己找的那些廉价的旅馆，下电梯的时候心里慌得要死，他以为自己要昏倒了，但出来后就没事了，心情也平静下来。他脑子里冒出一个想法。他想自己该回家了，该离开了。

"后来他一直是这种状态，动不动就想到回家。他有个梦中故乡。没想着回家的时候，他就做各种各样低贱的工作。他知道自己本可以有更大作为，但他不愿意行动。我想他喜欢听人说他大材小用。我们现在也放弃了。他不想再冒任何风险。他宁可自我牺牲，这想法更稳妥，他喜欢这种表演。我不说了，等你回来自己去看看他吧。"

凯瑞莎自己可能没有意识到，她在谈论因达尔的时候，深深地打动了我。回家、离开、别的地方——多少年来，这些念头以各种形式萦绕在我的脑海中。在非洲的时候，这些念头和我如影相伴。在伦敦，在旅馆的房间，有些夜晚它们让我彻夜难眠。这是自欺欺人。我现在才发现，这些念头表面上能给你以慰藉，实际上是在削弱和摧毁你。

我抓着不放的那种领悟——经验的一体性和痛苦的虚妄——也是同一类型的感觉。我们会陷入这种感觉中，因为它是我们——因达尔和我这样的人——以前那种生活方式的基础。但我曾经排斥过那种生活方式——时机正好。尽管见到售货亭卖香烟的女孩时我会想到那种生活，但它其实已经不存在了，不管是在伦敦还是在非洲。我们已经没有了退路，没有了可以返回的地方。我们都成了外部世界造就的东西；我们都必须生活在如今的世界。因达尔早些年还比较明智：乘坐飞机，践踏过去，如他所言，他践踏了过去。抛弃那些关于过去的念头吧；把那梦幻般的迷失感视作平常吧。

就在这种情绪下，我离开了伦敦和凯瑞莎，准备回到非洲，结束那里的生意，把自己拥有的尽可能变现，然后在别的地方重新开始。

傍晚的时候，我到了布鲁塞尔。前往非洲的飞机半夜从布鲁塞尔起飞。我又一次感受到坐飞机旅行的奇妙——伦敦消失了，非洲在前方，布鲁塞尔在脚下。我吃了晚饭，然后去了一个酒吧，有女人的酒吧。让我感到振奋的是关于这个地方的想法，而不是这地方本身。接着发生的事——过了一段时间——短暂，没有意思，但让人安心。它并未削弱我在非洲经历的那些事的价值——那些事不是幻觉，是真实的。但这事打消了我对和凯瑞莎订婚一事的疑虑——我到现在还没有亲过她。

那女人一丝不挂，不慌不忙地站在一面长镜子前，看着镜子里的自己。又粗又肥的大腿，圆鼓鼓的肚子，硕大的乳房。她说："我开始和一些朋友一起练瑜伽。我们有个老师。你练瑜伽吗？"

"我经常打壁球。"

她仿佛没有听见，接着说："我们老师说，男人身上的灵气可以压倒女人。我们老师还说，遭遇危险之后，女人用力拍手或者做一次深呼吸就可以恢复本原。你要我拍手还是深呼吸？"

"拍手吧。"

她面对着我，就如同面对着瑜伽老师，挺直身子，眼睛半闭，把张开的双臂收回，用力拍了一下。房子很小，塞满了家具，这声音让人吓一跳。她睁开眼，显出吃惊的样子。脸上露出了微笑，仿佛她一直都在开玩笑，然后她说："滚吧！"到了街上，我深深吸了一口气，径直走向机场去赶午夜的飞机。

第四部
战斗

16

黎明突然来临，西方一片淡蓝，东方天空厚厚的横条状乌云被染成了红色。好一阵子，天空都保持着这样的景象。从地面上方六英里处往外看，景色是如此开阔壮丽。飞机缓缓下降，离开了上方的晨曦。在厚厚的云层下面，非洲大地看起来是一片湿淋淋的墨绿色。可以看到，下面刚刚破晓；森林和溪流仍然黑黢黢的。森林覆盖的大地绵延不绝。阳光透过云层的下方。飞机着地的时候，天已经亮了。

我终于到了首都。我到这里来的方式有些奇怪——绕了这么多路。如果我径直从河上游的小镇到首都来，我会觉得这是个庞大而富有的城市，是个名副其实的首都。但是经过了欧洲之旅，伦敦还历历在目，所以首都虽然大，却显得脆弱而粗糙，只是欧洲的影子，像是森林尽头的幻象。

欧洲乘客中那些比较有经验的根本不去看总统拿着酋长手杖的巨幅照片，急匆匆地走到入境和海关检查处，好像要直接冲过去。我不知道他们哪里来的这种自信，不过他们大半是有特权的人——大使馆工作人员、参与政府项目的人、大公司的职员等。我自己过关的过程就慢多了。

等我过了入境和海关检查处，机场大楼差不多空了。没人在看航班宣传画和总统像，大部分官员也不见了。天已经大亮。

到市内的车开了好长时间。感觉像是在我们小镇上开车从领地到镇中心。不过这一带多山，而且什么都比我们那儿大几号。连这里的棚屋区和非洲城区（房屋之间也种着玉米）都比我们那儿的大。路上能看到穿梭往来的公共汽车，甚至还有一列火车，拖着老式的敞篷车厢。还有各种工厂。沿途竖着很多牌子，有十英尺高，漆成同样的颜色，每块上面都有一句总统的语录或者格言。有的地方画着总统的肖像，有一幢房子那么高。这都是我们小镇上没有的东西。我发现我们小镇上的一切都比这儿的小几号。

画像、格言，偶尔还能看到非洲圣母雕塑——这些东西一路伴随我到下榻的旅馆。如果我从小镇上头一次到这里来，准会感到窒息。不过我才从欧洲回来，才从空中俯瞰过这个国家，才感觉到首都的脆弱，所以我能用不同的态度看待这一切——这让我自己都感到吃惊。在我看来，这些格言、肖像、圣母雕塑都有种可悲的意味：这个丛林出身的人想彰显自己的伟大，竟然采取如此粗劣的方式。我甚至有点儿同情这个如此宣扬自己的人了。

我现在才明白，为什么后来有那么多到领地造访雷蒙德的人嘲笑这个国家，觉得我们对总统的敬畏荒诞可笑。不过，我从机场过来一路看到的东西并不可笑。我觉得那更像是一声尖叫。我刚从欧洲回来；我见识过真正的竞争。

一夜之间，我从一个大陆到了另外一个大陆。刚刚抵达时，我对总统产生了一种古怪的同情，我意识到他努力在做的事情不可能成功。熟悉了首都之后，这种同情慢慢消退，我开始感觉到首都只是我们那个小镇的翻版，只不过比小镇大一些。其实，我是在住进一家新开的大酒店（有空调，大厅里有商店，还有没人使用的游泳池），发现酒店里到处都有秘密警察之后，开始收回原来的同情。我真不知道这些警察待在酒店能干什么。他们是在向客人展示自己。另外他们也喜欢待在这家漂亮的新酒店。他们想在这个现代化的环境中让旅客看到自己。这很可悲；你也可以把它当成笑话。不过这些家伙有时候会让你笑不出来。此时，我已经恢复了对非洲的紧张心理。

这是总统的城市。他在这里长大，他的母亲在这个城市的旅馆做过用人。在殖民时代，总统在这个城市里对欧洲产生了一些认识。原来的殖民城市仍依稀可辨——比我们的小镇大，有很多居民区，里面到处是高大的、装饰性的遮阴树木。总统想要在自己盖的大楼里和这个欧洲比拼。市中心在衰败，殖民时期的大道后面是肮脏的公路和垃圾堆，但城市里到处在兴建新的公用设施。临河的大片土地被总统征用，成为他的领地——有高墙围护的宫殿，有花园，还有各种政府大楼。

在靠近急流（这里也有急流，和千里之外我们小镇上的急流不相上下）的总统花园里，原来竖立着一个欧洲人的塑像，此人绘制出了大河的河道图，率先引入汽船，现在这塑像被一尊巨大的、手里拿着矛和盾的非洲部落成员的塑像所取代。后者是现代非洲风格的——惠斯曼斯神父还活着的话，应该对它没兴趣。在这尊塑像旁边，还有一尊小一些的非洲圣母像，低着头，蒙着面纱。附近是一些最早来到此地的欧洲人的坟墓：一片小小的墓地，长眠于此的人是这里一切的发源，是他们播下了小镇的种子。简单的人，简单的生意，简单的商品，但他们曾是欧洲的代表，就如同现在来的这些人，如同飞机上那些人。

急流轰鸣不息。水葫芦，或曰"河上的新东西"，从大老远，从大陆中部一路奔腾跳跃，结成团，连成片，或是单打独斗，到了这里，它们已经接近旅程的终点。

第二天一早，我回到机场去乘坐前往内陆的飞机。现在我对这地方有些适应了，对首都的扩张也有了更深的印象。在机场公路两侧，总能看到新的定居地。这些人都是怎么生活的？这片起伏不平的土地已被刮得干干净净，分割得支离破碎，无遮无挡，任由日晒雨淋。这儿以前有森林吗？支撑总统语录牌的柱子埋在裸露的土里，牌子上沾着路上溅过来的泥污，底下蒙了灰尘，没有我前一天感觉的那么新，在周围的一片荒凉之中并不显得突兀。

在机场的国内航班候机区，离港布告栏上显示我们的航班和另一个航班该登机了。布告栏是电子显示，从上面的标签看，生产于意大利。这算是现代设备，和我在伦敦、布鲁塞尔看到的一样。但在布告栏下方，在办票台和称重设备前，仍旧一派混乱。在叫喊声中，行李一件件接受检查，这些东西看起来就像集市上那些便宜货：金属箱子、纸盒子、包袱卷、麻袋装的各种东西，还有用布包扎着的大搪瓷盆子。

我有机票，票也没什么问题，可我的名字不在乘客名单上。塞钱是免不了的。然后，就在我准备出去登机的时候，一个穿着便衣、嘴里嚼着东西的安全人员要我出示证件，最后决定对我仔细检查。他看起来好像很生气，把我带到里面一间没人的小屋子。这是常规程序：摆出生气的脸色，眼睛瞥向一边，把你带到没人的小屋——中层官员都这样暗示你掏钱。

不过这伙计最后一无所获。他跟我装傻，让我在小屋里等了很长时间，也不过来索要贿赂，结果导致我的航班不能按时起飞，被一个航班工作人员吼了出去。这个人显然知道我在哪里，他直接冲进来，对我大喊大叫，要我立刻出去，并赶着我穿过柏油路，一直跑到飞机下面。我是最后一个登机的乘客，不过还算幸运，没有错过航班。

飞机前排坐着该航班的一个欧洲飞行员。中年人，个子不高，看起来是个有家室的人。他身边有个矮小的非洲小伙子，不过很难判断他和飞行员是什么关系。往后隔着几排有七八个非洲男人，都是三十多岁，穿着旧夹克和衬衫，扣子扣得严严实实，一直在大声说话。他们在喝威士忌，对着瓶口喝——才九点钟，他们就喝上了！这里的威士忌价格不菲，这些人唯恐周围人不知道他们在喝威士忌。他们把酒瓶传来传去，传给陌生人，甚至传到我手上。这些人和我们这一带的人不一样。他们块头更大，肤色和五官特征也有所不同。我看不懂他们的面孔，只能从上面看到骄横和醉意。他们自吹自擂，想让别人都知道他们有自己的种植园。这伙人就好像暴发户。这一切都让我觉得怪异。

　　航程不长，只有两个小时，但中途要停一下。我刚坐过洲际航班，所以觉得这趟旅程几乎就是飞机刚冲上云霄，又立刻下来着陆了。我们发现飞机在沿着大河飞——从高空俯瞰，大河呈褐色，波光粼粼，沿途又出很多河道，夹在狭长的绿色岛屿之间。飞机的影子在森林上面移动。待这影子逐渐变大，森林看起来就不是那么整齐、稠密了。飞机最后降落在一片颇为杂乱的森林里。

　　着陆后，工作人员要我们全部下飞机。我们来到机场边缘的一间小屋，在那里我们看到飞机转身、滑行，然后飞走了。是要为总统办什么差事，等任务完成才能回来。我们只好等着。这时才十点左右。此后一直到中午，天气越来越热，我们都很烦躁。后来我们平静下来——我们所有人，包括那几个喝威士忌的——继续等待。

　　我们处在丛林中央。机场是开辟出来的一片空地，周围都是森林。在远处，沿着河道，树木尤其茂密。我们已经从飞机上看到河道的复杂，明白在这些纵横交错的河道中多么容易迷路。要是一不小心搞错了方向，可能就得白白划几个小时船，偏离到离主河道很远的地方。在距离大河几英里的村庄里，人们几百年来过着几乎没有改变的生活。就在四十八小时前，我还走在繁华的格洛斯特路上，那里有来自世界各地的人。现在，我一连几个小时盯着丛林看。我和首都相隔多少英里？我和小镇又相隔多少英里？如果从陆路或者水陆走，需要多长时间？要走上多少个星期，多少个月，要经历多少风险？

天上的云开始聚集。云渐渐变黑，丛林也暗了。天空中电闪雷鸣，然后开始刮风下雨，把我们从走廊赶回到小楼里。雨时而变小，时而成倾盆之势。在雨中，丛林消失了。就是像这样的雨滋养了这些丛林，让机场建筑周围鲜绿色的杂草长得这么高。雨慢慢小了，云也散了一些。丛林再一次出现，一排树接着另一排树，近处的颜色较深，越到后面，颜色越淡，和灰色的天空融为一体。

金属桌子上摆满了空啤酒瓶。没有多少人走动，几乎所有人都找到了待的地方。没有人说个不停。屋子里有个比利时中年妇女，在这里等着和我们一起上飞机，此刻她还在聚精会神地读一本法语平装本的《佩顿镇》①。看得出，她根本没把心思放在丛林和天气上，她的心在别处。

太阳出来了，阳光在高大的、湿淋淋的草上闪烁。柏油路在冒热气，我观察了一阵。下午晚些时候，半边天空成了黑色，另外半边却还亮着。黑色的那半边很快就有耀眼的闪电划过，然后又下起瓢泼大雨，雨势迅速蔓延，包裹了我们所在的地方。天变黑了，又冷又湿。丛林成了昏暗凄惨之地。再次降临的暴雨已经没有了原来的刺激感。

非洲乘客中有个人上了年纪，戴着灰色毡帽，西服上面罩着毛巾布做的蓝色浴袍。没人对他表示出太多关注。我只注意到他的怪异，心想："这人用外国的东西自有一套。"正这样想着，过来一个人，赤着脚，戴着消防头盔，头盔上的塑料面罩拉下来护在面前。他也上了年纪，瘪瘪的脸，穿着破烂的褐色短裤和灰色格子衬衫，浑身都湿透了。我在想："他这样子可以直接去参加面具舞会。"这人挨桌检查啤酒瓶。要是发现还有剩酒，他就掀开面罩一仰脖子喝掉。

雨停了，天色仍然很暗，是黄昏那种暗。飞机回来了。开始我们只

---

①二十世纪五六十年代流行的一本美国通俗小说，其中有不少颇受争议的性描写。

看到天空划过一道褐色的烟雾。我们走了出去，到潮湿的机场上登机，这时我发现那个戴消防头盔的人和另外一个戴头盔的人守在门口。原来他还真是消防员。

飞机升空了，我们看到了大河，看到了最后的日光：先是金红色，然后变成红色。我们一直看了几十英里，好几分钟，后来只剩一片光芒，柔和平滑，接着是一片乌黑，没入乌黑的丛林之间。最后，天全黑了。我们在这一片黑暗中飞往目的地。上午这旅程还像是小菜一碟，现在它有了不同的特征，它重又让人意识到了距离和时间。我觉得自己好像飞了好几天。飞机下降之时，我意识到自己走过了很远的路，在这么远的地方生活了这么长时间，我的勇气是从哪里来的？

接着，一切突然又简单了。我看到了熟悉的建筑，熟识的官员，我可以与之讨价还价的官员，还有那些我能看懂其面孔的人。我上了消过毒的出租车，颠簸在熟悉的、崎岖不平的路上，向小镇进发。先是经过特征鲜明的丛林，然后路过几个临时居住地。经过这样陌生怪异的一天，我感觉自己又回到正常生活中了。

我们路过一幢被焚毁的建筑，看来是不久前才遭到破坏的。这里原本是所小学，不过从来没有好好拾掇过，更像普通的矮棚屋。天已经黑了，我本来根本没有注意到它，是司机指给我看的。这景象让他兴奋。暴乱、解放军——这一切仍在继续。这并未破坏我轻松的心情：回到了镇上，看到了夜间人行道上的人群。刚回来，身上仍带有丛林的灰暗气息，我发现我站在自己的街道上，一切都没有变，和往常一样真实，一样普通。

回到家，我发觉梅迪对我冷冰冰的，我很吃惊，也很难过。经过了这样的旅程，我多么希望他明白，我期待他给我最热烈的欢迎。他应该听到了关出租车门的声音，听到了我和司机讨价还价。但他没有下来。我从外面的楼梯走了上去，看到他就站在自己房间门口，见到我只是淡淡地说了一句："我没有想到你会回来，恩主。"这话让我的整个回归之旅似乎变了味。

屋子里井井有条。但是客厅，特别是卧室，好像有些异常——或许是收拾得太清爽了，陈腐气息没有了——这让我感到怀疑，梅迪肯定是趁我不在的时候占用了整套房子。他一定是看到我从伦敦发来的电报才收敛的。他怨恨吗？梅迪？他自小在我们家长大，不知道还有别的生活方式。他不是跟着我们家就是跟着我。他从来没有独自生活过，除了从海岸到这里来的那些日子，还有我去欧洲的这些天。

第二天早上，梅迪给我送来了咖啡。

他说："我想你知道你为什么回来，恩主。"

"你昨晚上就这么说了。"

"因为你的退路断了。你不知道？伦敦没有人跟你说过？你没有看报纸？你现在什么都没有了。他们拿走了你的商店。他们把商店交给公民西奥泰姆了。两个星期前，总统发表了一次演讲，说要实行激进化政策，要剥夺所有人的一切。所有的外国人都包括在内。第二天，他们就给你的商店贴了封条，还封了其他一些商店。你在伦敦没有看到这消息？你现在一无所有了，我也一无所有。我不明白你为什么要回来。我想这不会是因为我的缘故。"

梅迪情绪很差。这些天来，他一个人在这里。他肯定发疯似的等着我回来。他想挑动我做出愤怒的反应，希望我做出保护的姿态。但是我和他一样，只是感到茫然。

激进化：两天前，在首都，我在报纸的新闻标题上看到了这个词，我没有在意。我以为不过是另一个新词。我们已经有这么多新词了。到现在我才明白，激进化真的发生了，这是近来的一件大事。

梅迪说得没有错。总统发动了一次突然袭击，这次袭击把我们牵连进去了。我——还有其他像我这样的人——被国有化了。总统一纸号令，我们的生意不再属于我们，被转到其他人手里了。这些新业主被称为"国家托管人"。 公民西奥泰姆托管了我的店铺，梅迪说，过去一个星期，这人真的就待在我们店里。

"他待在那里做什么？"

"做什么？他在等你回来。他要聘你为经理。你就是为此回来的，恩主。不过你自己会看到的。你不用着急，他来上班的时间不会太早。"

我到了商店，看到过去这六个星期，货物减少了，但还是按原来的样子摆放着。西奥没动。只是我的桌子被从商店前面靠柱子的地方搬到了后面的储藏间。梅迪说，这是西奥来的第一天搬的。公民西奥决定把储藏间当作自己的办公室，他喜欢有私人空间。

桌子最上面的抽屉里（原来放着耶苇特的照片，那些照片曾改变过我眼中集市广场的样子）有一些卷角残边的法文非洲插图小说，还有漫画书：里面画着过上了现代生活的非洲人。这些漫画书上的非洲人被画得和欧洲人差不多——过去两三年，市面上出现了很多这样的读物，都是法国人出的，纯粹是垃圾。我自己的东西，杂志、我留给梅迪备用的商店有关文件，都在下面两层抽屉里。西奥还算有风度，没有胡乱处理。国有化：过去它只是一个词儿。如今这么具体地出现，让人无法不吃惊。

我等着西奥。

西奥终于来了，看得出他很难为情。他透过玻璃看到了我，愣了一下，差点从门口走开，继续往前走。西奥原本是个机械工，和我认识已有好几年了。以前他负责卫生部门的器械护理工作。后来，因为部落的关系，他在政治上开始上升，不过也没有升多高。他连自己的名字都不会写。西奥约莫四十来岁，相貌平平，宽脸，皮肤呈暗褐色，因喝酒过多皮肤显得憔悴而松弛。此刻他醉醺醺的，不过喝的是啤酒，他还没有到喝威士忌的级别。他也没有穿短袖夹克加领巾的官员制服，还是穿着原来的裤子和衬衫。他确实是个不怎么张扬的人。

我站在原来放桌子的地方。我注意到西奥的衬衫被汗水浸湿了，脏兮兮的。这一情景让我想起过去到我店里来敲诈我的那些学生，他们拿我当猎物，跟我玩一些小花招。西奥鼻子上的毛孔在冒汗。我想他早上应该没洗脸。他的样子像是宿醉初醒后又喝了几杯，然后什么也没有吃。

他说："萨林姆爷，萨林姆，公民。这事你不要责怪我，不要往心里去。发生这样的事，不是我期望的。如您所知，我对您可是崇敬有加。不过，现在的局势想必您也知道。革命变得有些"——他在寻找合适的词语——"有些变味了，有些变味了。这里的年轻人失去了耐心。有必要——"他又在寻找合适的词语，表情很纠结，他攥起拳头，做了个笨拙的击掌动作，"有必要开展激进化运动。我们绝对需要激进化运动。我们太依赖总统了。没有人愿意直接担当责任。现在责任强制性地分派到各人头上了。不过你也不会吃亏，你会得到充分补偿。这里的进货还是你安排，你将继续在这里工作，担任经理。总统一再强调，业务要照常开展，不让任何人吃亏，你会拿到一份合理的薪水。专员一到，就能拿到文件。"

他一开始磕磕巴巴，但渐渐地就有了条理，好像每句话都经过再三斟酌。最后，他又一次露出难堪的表情，等着我说话。然后，他改变了主意，跑到储藏室，也就是他的办公室。我离开之后，直接去了汉堡王找马赫什。

汉堡王的生意一如往常。马赫什又胖了一些，正在倒咖啡。伊尔德丰斯在招待迟来的吃早饭的客人，窜来窜去忙得不亦乐乎。我很吃惊。

马赫什说："这家公司这些年来一直是非洲公司，还怎么激进化？我是为丰斯等几个人管理汉堡王的。他们成立了这家公司，给了我一点儿股份，让我出任经理，然后他们又从我手里拿到一份租约。这都是繁荣时期的事情。他们为此在银行贷了不少款。看到丰斯那样子，你或许不会相信这一切，但这千真万确。自从诺伊曼把自己的产业卖给政府之后，这种事情在很多地方都发生了。我们察觉到了风向，我们中的一些人提前兑现了补偿。那时候还很容易，银行的钱多的是。"

"怎么没有人告诉我？"

"这种事人们一般不愿意多说。再说你的心思也不在这上面。"

此言不虚。当时我和他的关系确实不怎么热乎。诺伊曼走后，我们的脾气都比较差。

我又问："那蒂弗里情况怎么样？他们的厨房里都是新设备。他们的投资很大。"

"蒂弗里现在入不敷出，负债累累。没有哪个头脑清醒的非洲人愿意担任蒂弗里的托管人。不过，他们排着队要当你那家商店的托管人。我这才知道原来你没有采取什么措施。西奥泰姆甚至和人打了起来，就在汉堡王，当时像这样闹到拳脚相见的情况有不少。总统宣布采取激进化政策后，这里就像过狂欢节一样。外面到处都是人，这些人每到一处，也不和里面的人打声招呼，就直接在门上做记号，或者在地上留下一些布条，好像是在市场上认购肉食一样。那几天真够乱的。有一个希腊人干脆把自己的咖啡种植园一把火烧了。现在大家都冷静下来了。总统发布了一个通告，告诉大家大人物既然能把这些财产派给大家，就能够收回去。这就是大人物对待他们的方法：想给就给，想收就收。"

整个上午我都泡在汉堡王。在上班时间聊天，交流新闻，看着客人们进进出出，看着对面的凡·德尔·魏登，感觉自己被隔离在小镇生活之外，这种状态于我很陌生。

马赫什没有多说舒芭的情况。我只了解到她没多大变化，还是躲在家里不让人看到她破相了。不过，马赫什不再反抗这一局面，似乎也不再为此烦心。听说我去了伦敦，他并没有像我担心的那样表现出不快。别人旅行去了；别人离开了；他留在原地不动。对马赫什来说，事情就是这么简单。

我成了西奥的经理。这似乎让他松了口气，他很开心，我提出的工资条件也满口答应。我重新添置了桌椅，放在柱子边上，感觉和原来一样。我花了不少时间收集旧发票，清点存货，准备进货。我交给西奥的是一份很复杂的文件，当然，账目中有虚报。没想到西奥很快就批准了。打发我离开储藏间后，他费力地在文件后面写下自己的名字："公民：西奥泰姆"。我意识到马赫什的话是对的，我不能指望兑现补偿了，顶多只能拿到政府债券——如果还有人记得的话。

库存只能让我联想到自己的损失。我现在还剩下什么？在一家欧洲银行，我存了大概八千美元，都是过去黄金交易的收益。这笔钱一直存在那里没有动，天天都在贬值。还有镇上的公寓，但不会有人愿意买的，只有汽车还可以卖上几千美元。另外，我在各银行一共存了约五十万本国法郎——按官方汇率约值一万四千美元，而到自由市场上只能换到一半。这就是我现有的一切，实在不能算多。我必须挣更多钱，越快越好。至于现有的这点儿钱，我得尽量弄到国外去。

作为商店经理，我有一些机会，但都是小打小闹。所以我开始冒险，开始做黄金和象牙生意。购买，储存，出售。我有时也给大经营商当帮手，帮他们储存、运输，从中提成（他们把钱直接汇入我在欧洲的银行账户）。这生意有风险。我的供应商（有时是偷猎者）是官员和军人，和这些人打交道总是危险的。回报不算很高。黄金虽然听起来很贵重，但其实只有交易量达到几公斤，提成的数目才稍显可观。象牙好一点儿，不过象牙不好储存（我还是利用院子楼梯下的洞来储存），运输也更棘手。我使用的运输工具是集市上的货车或小公共汽车，我把大象牙夹在床垫之间，小象牙藏在装木薯的麻袋里，和其他货物一起运走。每次运输我都是用公民西奥泰姆的名义，有时还要西奥泰姆亲自出马，用他的官衔压阵，把司机当众训斥一顿。

钱是可以赚到，但是把钱转移到国外就是另一回事了。要是生意做得很大，能让高官、部长这些人感兴趣，钱就很容易转移出去。此外，如果有足够多的业务活动，也可以汇钱出去，但现在业务活动很少。我只好指望游客——他们会因种种原因需要换取本地货币。没有别的办法。我先把本地货币给这些游客，指望他们回到欧洲或者美国后，把钱汇到我的账上，汇不汇天知道，只能靠信任。

这生意做起来很慢，要四处兜售，很失身份。我真希望我能发现人类行为的规律，知道哪些阶层、哪些国家的人值得信任，哪些不能信任。要是这样，事情会简单得多。每次交易都像是一次赌博，在这种交易中我损失了三分之二的钱——等于白送给陌生人了。

做这种货币交易的时候，我要多次进出领地。我的很多关系户都是在那里认识的。一开始去领地我心里很不自在。后来，我用行动验证了因达尔"践踏过去"的说法：在我眼中，领地很快就不是原来的领地了。我在领地上遇到的那些受人尊敬的人很多是第一次做这种违法交易，不久之后就开始面不改色地利用自己遵纪守法的名声欺骗我，想方设法按照比我们原先商定的汇率更优惠的条件和我交易。这些人有两个共同特征，一是紧张，二是鄙视，鄙视我，鄙视这个国家。我和他们的立场有一半重合；我很羡慕他们的鄙视——摆出这种态度对他们而言是多么容易。

一天下午，我看到雷蒙德和耶苇特的房子里住进了新房客，一个非洲人。自从我回来后，那幢房子就一直关着。雷蒙德和耶苇特都走了，谁也不知道他们去哪里了，是为什么走的，连马赫什也不知道。现在，那房子的门窗大开着，更显出设计和做工的粗劣。

新房客打着赤膊，我来的时候他正在耙房子前面的地，我停下来想和他聊聊。他是河下游某地的人，很友善。他说他准备在这块地上种玉米和木薯。非洲人不擅长大规模耕作，他们热衷于小块种植，喜欢在自家房子附近种点儿东西，自家种自家吃。他注意到我的车，才想起自己还打着赤膊。他说他以前为政府的汽船公司做事。为了让我更进一步了解他的身份，他说他每次坐船都坐头等舱，而且一分钱不用花。担任过政府要职，又在政府的领地上分到这么一幢大房子，他知足了，他对自己所得到的感到满意，别无他求。

现在领地住着很多这样的家庭。理工学院仍在那里，但领地不再具有展示现代化的特征了。这里越来越肮脏，越来越像非洲人的定居地。到处都长着玉米，在这样的气候条件下，玉米只需三天就能出芽。还有绿中带紫的木薯叶子。这些木薯你只要剪一段枝子插在地里，哪怕是插反了，也能长得郁郁葱葱，看起来仿佛是花园里的矮灌木。这一片土地经历了多少变化！河湾处的森林，人群汇合的地方，阿拉伯人的定居地，欧洲人的前哨，欧洲式的郊区，湮没文明的废墟，罩着光环的新非洲的领地，如今，又成了这个样子。

我们正说着话，从屋子后面跑出几个孩子——还是乡下孩子的模样。他们先是向大人单膝下跪行礼，然后才羞怯地过来看着我们，听我们讲话。接着又跑来一只高大的德国猎犬。

拿着耙的人说："别怕。它看不见你。它的视力不大好。是外国人的狗。外国人走的时候把它送给我了。"

他说得对，那猎犬离我只有一英尺，却没有看到我，从我身边跑开了。但跑出去没几步，又跑了回来，在我身边活蹦乱跳，不停地摇着被剪短的尾巴，高兴得不得了。可能是我身上的外国人气味吸引了它，让它误以为我是别的什么人。

我为雷蒙德的离开感到高兴。不管是在领地还是在小镇上，他都不安全。他后来不知怎么招惹来这样一个名声：他是给总统开路的白人，把可能发生在总统身上的不幸引到自己身上。这种名声肯定会刺激解放军来杀他，特别是现在，因为听说总统要到镇上来访问，镇上正在为此做准备。

人们正在清理、搬运镇中心的垃圾山，平整坑坑洼洼的路段。还有油漆！镇中心到处都是油漆，溅在水泥墙面上、灰泥上、木头上，滴落在人行道上。有人清空了自己的存货——粉红色、酸橙色、红色、紫红色、蓝色。丛林里在打仗，镇上处于暴乱状态，每天晚上总会发生点儿什么事。而突然之间，镇中心仿佛在过狂欢节。

17

公民西奥泰姆每天上午过来，双眼通红，面目憔悴。他一早就把自己喝得醉醺醺的，上班的时候靠几本漫画书或者插图本小说打发时光。镇上有一个非正规的杂志交换网络，西奥总能找到新的读物。神奇的是，他每次拿着卷得紧紧的漫画书或者插图本小说进来，总给人一种忙碌干练的印象。他每次都径直走进储藏室，在里面待一上午不出来。起初我以为他是不想碍手碍脚，不给我添乱。后来我才明白他根本没有这方面的考虑。他就喜欢待在黑黑的储藏室里无所事事，要是来了情绪，就看看杂志，喝点儿啤酒。

后来，他和我相处随意了一些，也不那么害羞了，他在储藏室的生活变得充实起来。开始有女人来看他。他喜欢女人来看他，看他这个董事长，手下有员工，还有办公室。这也让来看他的那些女人高兴。她们常常一待就是一下午。就像躲雨的人一样，西奥泰姆和这些女人不咸不淡地聊着天，有时会停顿很长时间，眼睛盯着不同的地方发呆。

这种日子很容易过，西奥在卫生部门做机械工的时候可能做梦也没有想过他会过上这样的日子。后来，他的自信心树立起来了，不再害怕总统会从他手里夺走这个商店。于是，他开始不好相处了。

他开始为他这个大董事长居然没有一辆汽车感到苦恼。这可能是某个女人提醒他的，也可能是他想效仿其他国家托管人，或者是他从漫画书上看到了什么。而我有车：他开始要求搭便车，接着要求我开车接送他上下班。我本可一口回绝，但我想，要是这样就能息事宁人，倒也算不了什么。前几次，他坐在车子前面，后来就坐到后座去了。每天我得这样接送他四次。

他没有安静多久。可能是因为我看起来若无其事，并未露出很委屈的样子。西奥泰姆不久就想找点儿别的事情来表现自己的权威，问题是他根本不知道怎么做。他想真正扮演管理者的角色——接管商店的经营，或者感觉自己在经营商店（同时不放弃待在储藏室的乐趣）。但是他知道自己什么都不懂，也知道我知道这一点。他对自己这种无可奈何的处境很是恼火，动不动就要大闹一场。他经常喝得酩酊大醉，一边愤愤不平，一边威胁恐吓，故意表现得不可理喻，就如同那些决意作恶的官员。

这真是咄咄怪事。他既要我当他是老板，又要我体谅他是没受过多少教育的人，一个非洲人。他既要我尊敬他，又要我容忍他，甚至想要我同情他。他差不多是想让我帮个忙扮演下属的角色。但要是我真的回应他的要求，把一些简单的商店文件拿给他看，他装出来的权威却是不打折扣的。他把这权威加入对自身角色的认知之中，到后来总会借这权威迫使我做出新的让步，就像在汽车一事上。

这比和那些狡猾的官员打交道还糟糕。那些官员装出受到冒犯的样子——比如，你把手放在他的桌子上，他们就把你吼出去——目的只是要钱。西奥泰姆先是培养出了对自己角色的浅薄自信，然后很快又认识到自己的无奈，在这种情况下，他希望你把他想成另外一种人。这不好笑。我决定忍耐，把心思放在自己的目标上。但忍耐并不容易。商店对我成了可恨的地方。

梅迪比我更惨。他一开始为西奥泰姆做的一些小事后来都成了他的常规工作，而且这类小事越来越多。西奥泰姆开始派梅迪出去做一些毫无意义的事。

有天晚上，已经很晚了，梅迪从自己家回到我的寓所。他走进我的房间，说："我受不了了，恩主。我迟早会做出什么可怕的事情来。要是西奥继续这样，我会把他杀了。我宁可去锄地，也不要服侍他。"

我回答说："这样的状况不会持续下去的。"

梅迪的脸愤怒得扭曲了，他轻轻跺了一下脚，差点要掉眼泪了："你什么意思？你什么意思？"说着离开了我的房间。

早晨我开车接西奥泰姆去商店。他在本地算是有钱有势的人，有三四个家，分布在镇上不同的地方。自从当上国家托管人后，和其他托管人一样，他又多养了几个女人。此时他正和其中一个女人住在非洲城区某个院子矮小的后屋里——裸露的红色土地上，几缕浅浅的黑色水流全流向一个方向，地上刮掉的泥土和垃圾堆在边上，屋子之间长着几株芒果树和其他树木，还有木薯、玉米和一串串香蕉。

我按了按喇叭，各个屋子里的女人和孩子全跑出来看。西奥泰姆朝汽车这边走过来，手里拿着卷着的漫画书。他假装没有看到那些围观者，随意往地上啐了几口。喝过了啤酒，他的眼睛红红的。他尽力装出受到冒犯后生气的表情。

车子沿着坑坑洼洼的城区小巷驶入刚平整过的红色主干道，为了迎接总统的来访，主干道周围的房子都重新粉刷过了，每幢建筑整体粉刷成一色（墙、窗框、门），但都和隔壁不一样。

我说："公民，我想和你谈谈公民梅迪在我们公司的工作。公民梅迪是经理助理，不是什么都做的仆人。"

西奥泰姆一直等着我说这话。他早就准备好了一段话，他说："公民，你这话我听着很意外。我是国家托管人，是总统任命的。公民梅迪是国家公司的雇员。怎么用他这个混血应由我来决定。"他故意用了法语的"混血"一词，嘲弄梅迪为之自豪的新名字。

四周建筑的鲜艳颜色在我眼中变得更加不真实，成了我的愤怒和痛苦的颜色。

这段时间我在梅迪眼中变得越来越渺小，现在我彻底让他失望了。我不再能够为他提供他所要求的简单的保护——西奥泰姆已经把话说得很明白。所以梅迪和我之间的契约，梅迪家和我家之间的契约，都到了尽头。即便我能把他安排到镇上的其他公司——在过去我可以办到——这也意味着我们之间的特殊契约结束了。他似乎认识到了这一点，他的情绪很乱。

他开始说："我会做出可怕的事来，萨林姆。你必须给我钱，给我钱，让我走。我觉得我会做出可怕的事来。"

我感觉到他的痛苦，把那当成我额外的压力。在心里，我把他的痛苦加入到我的痛苦之中，使之成为我自己的痛苦。我本来应该为他多考虑一点儿。我本来应该让他脱离商店，把我的工资分给他一份，直到我自己也拿不到工资为止。其实，这正是他需要的。但是他没有这样表达。他只是不理智地想着离开，这让我害怕，我想："他能去哪里呢？"

他还是去了商店，去为西奥泰姆干活，变得越来越憔悴。有天晚上他又说："给我一点儿钱，让我走吧。"我想着商店里的情形，想说点儿安慰的话："梅迪，这样的情形不会长久的。"听了这话，梅迪尖叫了一声："萨林姆！"第二天一早，他破天荒地没有为我送咖啡。

这是那一星期开始时发生的事。到了星期五下午，我们关了商店的门，我开车送西奥泰姆去他的一个院子，然后我回到自己的住处。现在这房子在我眼中一派荒凉，我不再把它看成是我自己的地方。自从那天早晨在车里和西奥泰姆谈过一番之后，我看到镇上鲜艳的颜色就感到恶心。这颜色属于一个已经变得陌生的地方，这地方好像离所有地方都很遥远。这种陌生的感觉蔓延到我住处的每一样东西上。我正准备出门去希腊俱乐部，或者说希腊俱乐部的遗迹，突然听到外面关汽车门的声音。

我走到楼梯口，看到院子里有警察。其中有个我认识的警官，名叫普罗斯普①。他带来的人一个拿了叉子，另一个拿了铁锹。他们知道自己来这儿的目的，也非常清楚应该在哪里下手——在外面的楼梯下面。我在那里埋了四根象牙。

我的脑子飞快地转动，开始把各种事情联系起来。梅迪！我在想："唉，阿里！你看你都对我做了什么？"我知道这时候必须通知什么人，这很重要。马赫什——不会有别人了。他现在应该在家。我跑到卧室，拨了电话。马赫什接的电话，我刚说了一句"这里情况不妙"，就听到了上楼的脚步声。我把电话放下，跑进洗手间，拉动冲厕所的链子，出来后正好看到圆脸的普罗斯普微笑着独自上来。

这张脸上来了，微笑着，我开始后退，就这样，我们一言不发地沿着走道进了白色的客厅。普罗斯普无法抑制自己的兴奋。他的眼睛熠熠发光。他还没有想好该怎么办，没想好该索要多少钱。

他说："总统下个星期就来了。你知道吗？总统很关心动物保护。所以你的事大了。如果我汇报上去，天知道你会是什么结局。你肯定要掏几千块钱才能摆平。"

这对我来说并不多。

他注意到我如释重负的表情，说："我不是说法郎。我的意思是美元。你得掏三四千美元。"

这太让人吃惊了。普罗斯普也知道这一点。过去，五美元就很了不

---

① 原文为 Prosper，意思是"发达、繁荣"。

得了。即便在繁荣时期，掏二十五美元也能办不少事。当然，暴乱发生后，情况有了变化，激进化政策实施后，这些人更是变本加厉。每一个都贪得无厌，孤注一掷。人们感觉一切都在快速恶化，大乱就要开始了；有些人的表现让人觉得钱已经不值钱了。即便如此，普罗斯普这样的警官不久前才开始几百几百地要。

我说："我没有这么多钱。"

"我早就想到你会这么说。总统下个星期就来。我们准备对一些人实施预防性拘留。你也要进去。我们暂时不提象牙的事。你会被一直关到总统离开为止。到那时你再决定你有没有这笔钱。"

我收拾了几件物品，装进一只帆布旅行包，然后，普罗斯普让我坐到他的车子后面，车子驶过颜色鲜艳的小镇，到了警署总部。在那里，我学到了什么叫等候。在那里，我决定不再想小镇，不再想时间，尽量做到心中空无一物。

在这幢房子里，我得经过重重关卡，我开始把普罗斯普当成我的向导，引领我体验这个奇特的地狱。普罗斯普有时会让我一个人长时间在房间或者走廊里站着或坐着，这些地方都重新油漆过，到处闪着亮光。每次看到普罗斯普回来，看到他的一脸横肉和时髦的皮包，我甚至感到如释重负。

太阳快下山的时候，他把我带到后院一间靠着楼房建的小屋，就是之前我接梅迪出来的屋子。这下轮到我采指纹了，接下来我会被带到镇监狱。我记得这屋子的墙壁原来是蓝色的，布满灰尘。现在是明晃晃的黄色，上面的"DISCIPLINE AVANT TOUT"，即"纪律高于一切"，重新用黑色油漆刷过，字母很大。我出神地看着这些笔迹歪斜、凹凸不平的字母，看着总统肖像的纹理、坑坑洼洼的黄色墙面，还有溅到破地板上干掉的油漆。

屋子里全是被抓来的年轻人。等了好久才轮到我按指纹。桌子后面那人好像操劳过度，甚至都不想抬头看一下我们的脸。

我问能不能把手上的墨水洗掉，问过这话后，我才想到我并不是为了干净。我是想表现得沉着冷静、不卑不亢，感觉一切都是正常的。桌子后那人说可以，然后打开抽屉，拿出一个粉红色的肥皂盒，里面装着一块两头大中间小的肥皂，上面是一条条黑色的印子。肥皂很干。那人告诉我可以到外面的自来水管处冲洗。

我走到院子里。天已经黑了。周围是树、灯光、炊烟，还有夜间的各种声音。水管就在敞开的停车棚旁边。让我惊奇的是，手上的墨污很容易就洗掉了。我回到小屋，把肥皂还给那人，看着房间里和我一起等候的其他人，一股怒火在我心头燃起。

如果有计划，这些事就有意义；如果有法律，这些事就有意义。但是没有计划，也没有法律。这一切都是过家家，是表演，是浪费世人的时间。这是看守和犯人的游戏，这种游戏可以把人稀里糊涂地毁掉。这游戏在丛林时期就开始了，从前玩过多少次啊！我想起雷蒙德说的话——很多事情被遗忘了，丢失了，吞没了。

监狱就在去领地的路上，但离大路有些距离。监狱前面形成了一个集市和一个定居地。开车路过时，你只会注意到集市和定居地。监狱的水泥墙只有七八英尺高，形成一道白色的背景。这地方从来不像真正的监狱。在丛林中的一片空地上，在新定居地之中，冒出这么个监狱，粗糙不堪，像是临时建筑，这其中有种不自然的甚至是离奇有趣的东西。你会觉得建监狱的人——都是第一次到城里定居的村民——是在玩社区和法律的游戏。他们筑了这么一道只比人高一点儿的墙，然后把人关到墙后；因为他们是村民，所以他们会觉得这样的监狱就很不错。换个地方，监狱可能是很复杂的东西。这里的监狱很简单：你觉得在那矮墙后发生的一切和墙前面那渺小的集市生活很匹配。

现在，经过了窝棚、破屋、货摊、酒铺的灯光和收音机的声音，终于到了小巷尽头。监狱敞开大门，把我收了进去。只比人高一点儿的墙也是高墙。在灯光下，新刷的外墙泛着白光。我又一次看到"纪律高于一切"这几个字，只不过这次是约有两英尺高的黑色大字。我感觉这些字母在诅咒我，嘲笑我。不过这正是他们希望我感受到的。这些词语现在成了多么复杂的谎言！从这个谎言回溯，经过所有累积的谎言，需要多久才能回到简单和真实？

在里面，在监狱的大门后面，有安静，也有空间：院子很大，地上光秃秃的，积满灰尘，里面的建筑全都低矮粗糙，水泥墙，波纹铁皮屋顶，搭建成方块状。

我所在牢房的铁条窗对着光秃秃的院子，电灯高高地挂在柱子上，灯光洒在院子里。牢房上面没有吊天花板，只有铁皮屋顶。一切都是这么粗糙，但一切都很牢固。现在是星期五晚上。当然，星期五是关人的时候：这样周末就不会出什么乱子。我不得不学会等待，在这样一个监狱等待。这监狱因其简陋让人突然感到它的真实和可怕。

在这样一间牢房，你很快就会意识到自己的身体。你会渐渐开始恨你的身体。而你的身体是你所拥有的一切：这种奇怪的想法不时从我的愤怒中冒出头来。

监狱关满了人。我是早晨才发现的。前不久，我从扎贝思等人口里听说村里经常有人遭到绑架。但我从来没有想过会有这么多年轻小伙子和小男孩被抓。更糟糕的是，我没有想到他们就关在我经常开车经过的这个监狱里。报上很少刊登暴动和解放军的消息。不过这监狱——或者我所处的这部分监狱——全是为暴动和解放军而设的。而且，这里很可怕。

清早，光线明亮，监狱里的情形有点儿像上课：有很多教员在教诗歌。这些教员也是看守，脚上蹬着皮靴，手里拿着棍子。这些诗歌不是赞美总统就是赞美非洲圣母，从村里抓来的小伙子和小男孩被迫重复这些诗句。他们中还有很多人被五花大绑丢在院子里，遭受种种非人的折磨，具体情形我不想细说。

清晨，耳朵里听到的就是这些可怕的声音。那些可怜的人也落入圈套，被监狱白墙上那些字眼诅咒了。不过从他们的脸上你能看出，他们的思想、心灵、灵魂都退隐到了某个遥远的地方。这些狂热的看守——也是非洲人——似乎也知道这些受害者遥不可及。

这些非洲面孔！这些孩子般沉静的面具，它们曾经挫败世界的打击，以及其他非洲人的打击，正如此刻监狱里正在发生的情形。我觉得我以前从来没有这么清晰地看过这些面孔。在别人的注视下，在同情或轻蔑面前，它们一律无动于衷。但这些面孔上的表情并不茫然，不消极，也不显得听天由命。无论是犯人，还是想方设法折磨他们的看守，身上都有一种狂热。不过犯人的狂热藏在内心，这狂热让他们远远超越了自己的事业，甚至对自己事业的认知，远远超越了他们的思想。他们能坦然赴死，这并不是因为他们是烈士，而是因为除了自己的身份，以及对自己身份的认知，他们一无所有。他们是为自己的身份而疯狂的人。我从来没有觉得离他们这么近，同时又这么远。

一整天，从太阳出来到落下，这些声音都在继续。白色的围墙外就是集市，是外部世界。周围发生的一切，败坏了我对外面的所有回忆。监狱里显得如此离奇。我原以为监狱里的情形应该和外面的市场很相配。记得某个下午耶苇特和我把车停在外面的一个小摊前，准备买点甘薯。隔壁摊位上在卖毛乎乎的橙色毛虫，用一个白色大瓷盆装了满满一盆。耶苇特做了个惊恐的鬼脸。那摊主笑了起来，把一盆毛虫举起来，塞进我们的车窗，说要全部白送给我们。他后来还把一条蠕动的毛虫拿到嘴边，装作要咬下去的样子。

这样的生活正在外面继续。而在这里，年轻人和孩子却要学习纪律，学习赞美总统的诗歌。这些看守或者这些教员的狂热是有原因的。听说不久会有一场重大的行刑，总统来访的时候也会参加，届时他会听到自己的敌人唱出赞美自己的诗歌。小镇正是为了这次访问变得五颜六色。

我觉得我和院子里的那些人几乎没有什么分别，他们没有理由对我区别对待。我决定保持与众不同的姿态，让他们知道我和其他犯人不是一类，我正等着被赎救出去。我想到我不能让看守碰我的身体。只要被他们碰过一次，指不定会有多少可怕的事跟着发生。我决定不挑起任何身体的接触，不管多么轻微。我的态度很合作。我遵守所有命令，甚至在命令还没有下达的时候我就开始遵守了。就这样，带着愤怒和恭顺，看着院子里的惨象，听着那些可怕的声音，我终于熬到了周末结束，此时我已经变成了监狱里的老鸟一只。

星期一上午，普罗斯普来了。我一直在等人来看我。可我没指望他，而且他看起来不大高兴。他眼中的贪婪不见了。我上了他的车，坐在他旁边，在开往监狱大门的时候，他用一种算得上友善的口吻说："这事本来星期五就可以了结，可你自找麻烦，弄到不可收拾。专员决定亲自过问你的案子。我只能祝愿你万事大吉了。"

我不知道这是好消息还是坏消息。专员有可能是费迪南。他的任命前一段时间已经宣布了，但是他一直没有在镇上露面，可能这任命后来被取消了。但是，如果真是费迪南，我这样子去见他可不太体面。

我记得，费迪南在这世界上成长的过程中，接受并亲身实践过所有这些角色：公立中学的学生、理工学院的学生、非洲新人、汽船上的一等舱乘客。在总统一手遮天的首都当了四年实习官员，现在的他是什么样子？他学到了什么？作为总统手下的一名官员，他对自己有什么看法？在他眼中，自己肯定是发达了，而我却落魄了。随着年龄的增长，我们之间的距离越来越远。一想到这个我心里就有些不安。我常常在想，这个世界对这个从一无所有开始的乡村男孩而言是多么现成，多么容易！

普罗斯普把我交给前面秘书办公室的人。这里的内院四周围了一圈宽阔的走廊，走廊三面垂着巨大的芦苇帘子，挡住了外面的阳光。穿过细条状的光和阴影，看着它们似乎在随着你的移动而移动，感觉怪怪的。勤务兵把我带进一间屋子，刚从走廊的明亮光线中走出来，我的眼前还有光斑在晃动。然后，我被带入里面的房间。

果然是费迪南，围着圆点领巾，穿着短袖夹克，看起来很陌生，但也出人意料地平凡。我以为他会耍点派头，表现出一点儿神气，一点儿傲气，一点儿炫耀。可他没有，他看起来有些孤独，还有点儿憔悴，仿佛刚从发烧中恢复过来。他无意于在我面前显摆自己。

新粉刷过的墙上挂着比真人还大的总统肖像，只有一张脸——那脸生气勃勃。在那张脸下方，费迪南显得很渺小，穿着那身毫无个性的制服，就像报上集体照里那些官员。毕竟，他和其他高官是一样的。我不知道我为什么会认为他就应该有所不同。这些人处处仰总统的鼻息，永远精神紧张。他们施展着自己的权力，与此同时一直害怕自己也被毁掉。他们战战兢兢，半死不活。

费迪南说："我妈妈说你走了。听说你还在这儿，我很吃惊。"

"我去伦敦待了六个星期。回来后就一直没有见过你母亲。"

"她不做生意了。你也要这样。你得离开。你得马上离开。这里没有什么好让你牵挂的。他们现在已经把你关进监狱了。以前没有这样做过。你知道这意味着什么吗？这意味着他们以后还会这样干。我不可能总在这儿救你出来。我不知道普罗斯普这班人要你掏多少钱，但是下次他们只会得寸进尺，越要越多。现在就这世道。你知道的。这次在监狱里他们还没怎么整你，这只是因为他们还没有想到。他们仍旧觉得你不是那种人。你是外国人，所以他们没有兴趣整你，他们只是拷打丛林里的人。不过有朝一日，他们会对你狠起来，发现你和其他人一样，到了那时候，你就会吃大苦头了。你得走。把一切抛到脑后，离开这儿。现在没有飞机了，所有座位都留给为总统到访打前锋的官员了。这些访问都会采取这样的安全措施。但是星期二有班汽船，也就是明天。你就乘这班船。这可能是最后一班船了。这一带到时候遍地都是官员。你不要惹人注意。不要带很多行李。不要告诉任何人。我会安排普罗斯普到机场帮忙。"

"我会按你说的去做。你现在怎么样，费迪南？"

"你不用问了。你不要以为就你倒霉。谁都倒霉。糟透了。普罗斯普日子不好过，接管你商店那人日子也不好过，没有人好过。大家都在干等着，在等死，每个人在内心深处都知道。我们在被人谋杀。一切都失去了意义，所以每个人都变得这么疯狂。大家都想捞一把就走。但是往哪里走呢？这就是人们发疯的原因。他们感觉自己失去了可以回去的地方。我在首都做实习官员的时候就感觉到了。我觉得我被利用了。我觉得我的书白读了。我觉得自己受到了愚弄。我所得到的一切都是为了毁灭我。我开始希望能回到孩提时，忘了书，忘了和书相关的一切。丛林原本与世隔绝。但现在没有地方可以回去了。我出差去过很多村庄。简直是梦魇！到处都是那个人造的机场，外国公司造的机场——现在没有一处安全的地方了。"

他的脸从一开始就像一个面具，现在他开始暴露出他的狂热。

我问："那你打算怎么办？"

"我不知道，我会做我必须做的。"

他一直是这样的风格。

他的桌子上有一块玻璃镇纸——半球形的水晶，上面刻着小小的花朵。他把镇纸放在左手掌上，盯着它看。

他说："你得走，去买船票。那是我们最后一次见面的地方。我经常回忆那一天。当时在汽船上我们有四个人。那是中午，我们在酒吧里喝了啤酒。有主任的妻子——你是和她一起走的。还有那个讲师，也就是你的朋友，他和我一起旅行。那时我们都很开心。最后一天，告别的日子。旅途也很愉快。但到了终点情况就不同了。我做了一个梦，萨林姆。我做了一个可怕的梦。"

他把镇纸从掌心拿下来，放回到桌子上。

他说："早上七点要处决一个人，所以我们要碰个头。我们准备去观刑。是我们中间一个人要被杀头，可这人自己不知道。他以为自己是去观刑的。我们在一个我描述不出来的地方见面。可能是家里的什么地方——我感觉我母亲也在场。我很慌张，我把什么东西弄脏了，很丢人，我努力想弄干净，遮起来不被人看到，因为我得七点钟去观刑。我们等着这个人。我们和平常一样跟他打招呼。在梦中，这时问题出现了。我们是否该把这人留下，让他独自乘车去刑场？还是鼓起勇气和他在一起，和他友好地说话，直到最后时刻？我们是乘同一辆车呢，还是乘两辆车？"

"你们应该乘同一辆车。如果乘两辆，半路上你会改变主意。"

"去买汽船票吧。"

汽船售票处开放的时间毫无规律，这点人所共知。我坐在门口的木凳上，直到卖票的人来开门营业。豪华舱的票有售，我立刻订了一张。这样，一上午的时间就过去了。下午汽船就到，所以码头大门外的集市已经形成了。我想到汉堡王去看望一下马赫什，但转念一想，还是决定不去。那地方太公开，太热闹，而且午饭时间有很多官员在里面。我不得不这样看待这个镇子，这种感觉很奇怪。

我在蒂弗里要了点儿小吃。蒂弗里这些日子有点儿萎靡，好像等着被"激进化"。这里还保持着欧洲的气氛，还有一些欧洲技工和他们的家人在用餐，男人们在酒吧喝啤酒。我想："这些人会有什么下场呢？"不过他们是受到保护的。我买了点儿面包、奶酪，还有几听昂贵的罐头——这是我最后一次在镇上采购了。然后我决定在家里度过剩下的时间。我不想做任何事，不想去任何地方，不想看任何东西，不想和任何人说话。想到还得打电话给马赫什，我都觉得是个负担。

傍晚的时候，我听到外面楼梯上有脚步声。是梅迪。我很吃惊。通常这个时候他应该和他的家人在一起。

他走进客厅，说："我听说他们把你放出来了，萨林姆。"

他看上去很苦恼，很混乱。把我举报给普罗斯普之后，他那几天的日子肯定也很不好过。这是他想要和我谈的问题，但我不想谈。三天前那个时刻的震惊已经过去了，我脑子里还有很多别的事情。

我们没有谈几句。很快，我们似乎就没有什么可谈的了。我和他之间以前从来没有出现过这样的沉默。他站了一会儿，进了自己的房间，最后又回到客厅。

他说："你得把我一起带走，萨林姆。"

"我什么地方也不去。"

"你不能把我丢在这儿。"

"那你家人怎么办？我怎么把你带走呢，梅迪？现在世道变了。要签证、护照这些东西。我自己的都不知道能不能办好。我不知道我要去哪里，也不知道将来做什么，我也没什么钱。我现在是自身难保。"

"萨林姆，这里的局势会变得很糟糕。你不知道外面都在说些什么。总统一来，不知道要发生多少可怕的事情。一开始他们只准备杀公职人员。现在解放军说这样不够，他们说要和上次一样，而且要比上次更彻底。一开始他们说要设立人民法庭，要在广场上处决人。现在他们说要杀更多人，每个人手上都要沾满鲜血。他们要把所有识字的人杀掉，把所有穿过夹克、围过领巾的人杀掉，把所有穿仆人制服的人杀掉。他们要杀掉所有的主人和他们的仆人。等他们杀完了，以后不会有人知道这里曾经有这么个地方。他们要一直杀下去。他们说这是回归本原的唯一办法，否则就太迟了。这样的杀戮要延续好几天。他们说宁可多杀几天，也不要永远死去。等总统一来，情况会变得很糟糕。"

我努力安慰他。"他们总是这样说。自从暴乱开始后，他们就说有朝一日，他们要看到一切都付之一炬。他们总是这样说，因为他们希望这样的事情发生。但是真的会发生什么事，谁也不知道。总统是个明白人。你知道的。他应该知道他们在筹划一些事情，等着他到来。所以他会把他们的兴致吊起来，然后说不定就不来了。你知道总统的为人。你知道他是怎么玩弄老百姓的。"

"解放军不只是丛林里的那些家伙，萨林姆。所有人都是解放军。你看到的所有人。我一个人在这里怎么活得下去？"

"那你就得碰运气了。我们一直都是这么过来的。这里每个人都在碰运气。我想他们不会找你麻烦的——你也不要吓唬他们。不过，你要把车子藏起来。不要让车子吸引来他们。别看他们口口声声说要回归本原，但他们肯定会对车子感兴趣的。如果他们想起来了，问你，你就让他们找普罗斯普。另外，你要永远记住，这地方还会繁荣起来的。"

"那我怎么谋生呢？商店没有了，我也没有钱。你没给过我钱。你把钱给别人了，而我找你要你都没给。"

我说："阿里！我确实给别人了。我不知道我为什么那样做。我本应该给你一些。我不知道我为什么没给你。我从来没有想过这个。我从来没把你跟钱联系在一起。你现在才让我想起来了。你肯定气坏了吧。你为什么早不告诉我？"

"我还以为你心里有数呢，萨林姆。"

"我心里没数。我现在心里也没数。但等这一切都结束了，你还有我的车和房子。车子如果保下来，能值不少钱。另外我会通过马赫什给你寄钱过来。这都好安排。"

他并没有得到多少安慰。不过事已至此，我也只能这样了。他也认识到了这一点，不再逼我。他走了，回自己家去了。

最后我还是没有给马赫什打电话，我想以后再写信给他。第二天一早，码头的安全保卫并没有很夸张，但那些官员都很紧张。个个都像有任务在身，这对我有利。他们对一个外国人的离开不是很有兴趣，他们更关注的是纪念碑周围和码头前面集市上那些陌生的非洲面孔。尽管如此，还是不断有人拦住我检查。

一个女官员在看完我的证件还给我的时候说："你为什么今天离开？总统今天下午就要来了。你不想见一见吗？"这女人是本地人。她这话里是不是有什么讽刺意味？但我不敢有半点儿讽刺，我说："我很想见一见，公民。可惜我不得不离开。"她笑了笑，挥手放我走。

我终于上了汽船。豪华舱里很热，舱门正对着河面，河上阳光刺眼。甲板上也有阳光。我想去找个阴凉的地方，可那阴凉处正对着码头，到那里去不是个好主意。

码头上有个士兵在向我打手势。我们对视了一眼，他就开始爬舷梯。我想："我不能单独和他在一起，得有证人在边上。"

我来到酒吧。酒吧侍者站在空荡荡的货架前。一个胳膊粗壮光滑的胖子正坐在一张桌子旁边喝酒，像是汽船上的什么领导。

我坐到中间的桌子旁边，那士兵很快就出现在门口。他在门口待了一会儿，看来有点儿顾忌那胖子。但之后他克服了自己的紧张，走到我的桌子旁边，侧过身子小声说："你的事情我为你办妥了。我为你办妥了。"

他微笑着，他是在向我讨钱，一个可能即将走向战场的人在向我讨钱。我无动于衷。那胖子狠狠地瞪过来。士兵看到了，开始往后退，仍然笑着，打着手势，要我忘了刚才的要求。在这之后，我尽量不出现在人前。

我们在正午前后离开。这些日子驳船不再拖在汽船后面——这被看成是殖民时代的做法——而是绑在汽船前部。汽船一会儿就过了小镇。小镇那一侧的河岸虽然长满了树木，但还能依稀辨认出殖民时代修建庄园和豪宅的地方。

上午的闷热才过去，暴雨马上就来了，在银色的闪电下方，树木葱茏的河岸衬着黑色的天幕，显得鲜翠欲滴。翠绿之下，是鲜红的土地。风刮起来了，弄乱了河岸在水里的倒影。雨落下来了，但没持续多久，船开了一会儿雨就停了。不久，我们进入真正的森林，每当经过村庄或集市，总有人撑着独木舟出来靠近我们。整个阴沉沉的下午都是这样。

空中起了薄雾，落日变成橘黄色，倒映在浑浊的河面上，洒下无数破碎的金色线条。接着，我们驶入一片金光之中。前面有村庄——因为远处有独木舟划过来。在一片光亮之中，独木舟和上面的人影影绰绰，看不分明。独木舟靠近之后，我们才发现上面根本没有东西卖。他们只是拼命地想和我们绑到一起。他们正从河岸那里逃离。这些独木舟在汽船、驳船边挤来挤去，磕磕碰碰，有很多翻掉了。汽船和驳船之间的狭窄空间塞满了水葫芦。我们继续前进。夜幕降临了。

在黑暗之中，突然传来很大很杂乱的声响，船停了。驳船、独木舟和汽船上很多地方都有人在喊叫。带枪的年轻人上了汽船，想把汽船夺过来。但他们失败了。我们上方的船桥上有个年轻人身上在流血。船长，也就是那个胖子，仍控制着汽船。这是我们后来才知道的。

这时候，我们看到汽船上的探照灯照在河岸上，照在驳船上的乘客身上。驳船已经和汽船脱开了，正在河边的水葫芦丛中斜着漂流。探照灯照亮了驳船上的乘客，他们待在栅栏和铁丝笼子后面，可能还不知道驳船脱离了汽船在独自漂流。后来又传来了枪声。探照灯关上了，看不到驳船了。汽船又发动了，在一片黑暗中沿河而下，离开了打仗的区域。空中肯定满是蛾子和各种飞虫。探照灯开着的时候，能看到成千上万的虫子，在白色的灯光下，白茫茫一片。

一九七七年七月至一九七八年八月

图书在版编目(CIP)数据

大河湾/〔英〕奈保尔著；方柏林译.-海口：
南海出版公司，2014.8
ISBN 978-7-5442-7213-1

.①大… Ⅱ.①奈…②方… Ⅲ.①长篇小说-英
国-现代 Ⅳ.①I561.45

中国版本图书馆CIP数据核字(2014)第142452号

著作权合同登记号 图字：30-2011-037

A BEND IN THE RIVER
Copyright © 1979, 1997, V. S. Naipaul
All rights reserved.

大河湾
〔英〕V.S. 奈保尔 著
方柏林 译

出 版 南海出版公司 (0898)66568511
       海口市海秀中路51号星华大厦五楼 邮编 570206
发 行 新经典发行有限公司
       电话(010)68423599 邮箱 editor@readinglife.com
经 销 新华书店

责任编辑 侯明明
特邀编辑 第五婷婷
装帧设计 韩 笑
内文制作 王春雪

印 刷 北京中科印刷有限公司
开 本 850毫米×1168毫米 1/32
印 张 9.5
字 数 230千
版 次 2014年8月第1版
       2023年6月第11次印刷
书 号 ISBN 978-7-5442-7213-1
定 价 39.50元

版权所有，侵权必究
如有印装质量问题，请发邮件至 zhiliang@readinglife.com